光文社文庫

宝の山

水生《みずき》大海《ひろみ》

光 文 社

目次

序章

険しい山の奥の奥、さらに奥、東の山と西の山のふもとに、身をひそめるように小さな村があった。

東の山には鬼蜘蛛《おにぐも》がいて、生き血を喰《く》らう。西の山には鬼百足《おにむかで》が待ち、肉を食《は》む。人々は人身御供《ひとみごくう》を差しだしながら、季節を過ごしていた。

あるとき村に旅の僧が訪れた。幢可《どうか》という名の僧は人身御供とされる娘をかわいそうに思い、鬼蜘蛛と鬼百足を戦わせて弱らせ、退治してはどうかと村人に持ちかける。

僧の手引きで鬼蜘蛛と鬼百足を出合わせ、戦わせることに成功した。しかし死闘の末、鬼百足は鬼蜘蛛を押さえこみ、その足で千切り、食べてしまう。腹を充《み》たした鬼百足だが傷を負わされた怒りは収まらず、村を滅ぼそうと暴れまわる。

僧は自らの姿を白蛇に変えた。白蛇が鬼百足を吞《の》みこむ。鬼百足は内側から白蛇を食い破ろうとする。白蛇は経の力を借りてそれを抑え、鬼百足は消滅した。しかし深手を負った白蛇は息絶えてしまう。

村人は白蛇を祀《まつ》った。見よう見まねに南無阿弥陀仏と唱えたところ、白蛇は温泉となって村の宝となった。

――それが宝幢《ほうどう》温泉のはじまりである。


二〇〇三年九月、宝幢村から温泉が消えた。

岐阜県宝幢村は長野県と接し、富山県より愛知県側に近く、木曽《きそ》山脈の西側だ。二〇一九年現在の人口は千五百人余りだが、十六年前には三千人に近かった。いまや日本の地方では、都市部に類する場所でさえ徐々に人口を減らしている。だが宝幢村から人を消したのは、災害だ。

太平洋上を通過する台風が長雨をもたらしていた。やっと晴れ間が見えた翌日、地面が乾ききらないまま、地が揺れた。

地震の震源地は長野県だった。宝幢村に最も近い、隣の市にある震度計設置場所では震度5強が記録された。だが一九九五年の阪神・淡路大震災を体験したものが宝幢村にいて、彼の言を借りれば6はあった、6強かもしれない、という。

本震は午後五時半で、同等の大きな余震が三十分あとに起きた。長雨による地盤の緩みが影響し、多数の地滑りが発生して道路が何ヵ所も寸断。土砂は建物を崩し、建物は人を押しつぶし、死者は五十三名に達した。全壊、半壊、一部損壊といった建物が多数。電気、水道、電話、携帯電話などのライフラインも順に止まった。付近の市町村でも同様に止まったが、隣の市から宝幢村に向かう峠の道路が崩れたため、村では復旧が遅れた。

宝幢村のガスはプロパンで、井戸を持つ家も多く、農作物の備蓄があって煮炊きの不自由は少ない。だがそれが、余震時の火災の原因にもなった。家と家との間が離れているため類焼は少なかったものの、消火は叶《かな》わず、多数のものが焼けだされ、怪我《けが》をした。

五十三名の死者と、重軽傷者が合わせて数百名。しかしその後千数百人もの人口が減ったのは、産業が丸ごとなくなったせいだ。

宝幢村の名を世に知らしめていたのは、村営の宝幢温泉だった。宝幢温泉は村の中心部から山を少し登ったところ、東の山と西の山が合わさる中腹部分の幢可という地区にあり、規模は小さいものの天然温泉だ。その温泉が、双方の山から崩れてきた土砂で埋まった。五軒あった温泉旅館も被害を受けた。平日のため観光客が少なかったのは幸いで、死者は村の住人だけだった。

地震後、地下を行く水の流れが変わったのか、温泉の跡地でボーリング調査を行ったが、なにも出ない。場所を変えて再調査しても同じで、それ以上続ける金銭的余裕は村にない。宝幢温泉を有する宝幢村としての復興は、諦めるしかなかった。

人々は、仕事を求めて村の外に出ていった。

第一章　いっぺん村八分にしたら、反省もするわ

1

「おめでと、希子《きこ》ちゃん。あんたが結婚て、おばさん歳取《とし》るわけやわ」

「ありがとうございます。でもまだ婚約しただけで」

「一緒やてー。結納の品、見してもらお思てな」

岩間絹江《いわまきぬえ》が勝手口から上がりこんだ。お土産に渡された草餅が青くさいにおいを放つ。

佐竹《さたけ》希子は、昨日も同じ会話を伯母の友人、〝宏《ひろし》さんのとこの志乃《しの》さん〟と交わした。返事も聞かずに家に上がりこむところまで同じだ。宏さんのとこの志乃さんとは、岩間宏の妻の志乃を指す。村では苗字のバリエーションが少ないため、下の名前を呼ぶことが多い。特に高齢者は家長の名前で家を識別し、そこに妻や子の名前を、誰々さんの所の、と続ける。絹江も、コウちゃんのとこの絹江さんと呼ばれているが、コウちゃんこと紘介《こうすけ》は鬼籍に入っている。息子の代になればその名も更新されるが、あいにく名古屋に出たまま

戻ってこない。絹江はひとり暮らしだ。

「絹江さーん。来てくれたん？　ありがとう」

台所と座敷を隔てる引き戸を開け、壁、食器棚とつたいながら、伯母の倫代《みちよ》がゆっくりと歩いてくる。倫代は六十九歳、足と腰に痛みを抱えていた。外では高齢者用の手押し車、シルバーカーが手放せない。

五月も半ばを過ぎ、暖かくなったせいか、倫代はこのところあまり痛みを訴えない。それとも希子の結婚という慶事の効果なのか。

絹江が、すかさず倫代の腕を支えた。

「倫代ちゃん、おめでと。希子ちゃん、伯父さんと伯母さんに感謝せんとあかんよ。こんな大きくなるまで育ててもろて」

「はい。本当に伯母さんたちのおかげです」

「そんなかしこまることと違うわ。美樹《みき》がおっても一緒のことしとったし」

倫代が謙遜しながらも、どこか自慢そうに顎を上げる。

「なに言うとるん。あんときもう、美樹ちゃんは二十歳過ぎてたやない。あんた、もう一回子育てをやったんや。偉いわー」

「ほうやなー。昨日のことみたいや。けど美樹がおったら今ごろ孫もおってなあ」

美樹とは、伯母たちのひとり娘だ。十六年前の地震で他界した。同じとき、希子は家族を亡くした。希子が住んでいたのは宝幢温泉のある地区、幢可で、全壊となった旅館だ。両親と、風邪をひいて学校を休んでいた高校三年生の兄、旅館で働いていた二十一歳の従姉《いとこ》の美樹の四人全員が、土砂に流されて消えた。希子が生き残ったのは、村の小学校にいたおかげだ。当時十二歳、小学校の六年生だった。ひとり娘を亡くした伯父伯母のもとに引きとられて高校まで出た。伯父の伸一《しんいち》が、希子の父親の兄にあたる。

「孫やったら希子ちゃんが産んでくれるわ。三人はいける。ほんで村の人口を増やさなー、希子ちゃん」

話を振られた希子は、はい、と赤くなりながら答えた。二十八歳という年齢からみれば三人産めなくもないが、取りまく環境を考えると不安がある。伸一には介護が必要で、希子が面倒を見ている。結婚後もこの家に通う予定だ。結婚相手となる山之内竜哉《やまのうちたつや》は母親の勝子《かつこ》とふたり暮らし。勝子は今は元気だが七十を超えている。先のことはわからない。

でも、収入の心配はない。

なんといっても竜哉は公務員、村役場の課長だ。しかも宝幢村の名門、幾度も村長を務める来宝《らいほう》家の親戚なのだ。竜哉の死んだ祖母が、来宝家から嫁いでいた。

竜哉にプロポーズされたとき、本当にうちの家でいいんですかと、希子は思わず訊《たず》ねてしまった。訊ねてから、そんな時代じゃないと思い直したが、それでも来宝家は特別だ。そんな相手と結婚できるなんて、自分は本当に幸せだ。

「希子、お茶淹《い》れてー」

倫代から声がかかった。

佐竹家は、農村によくある古い家のつくりをしている。座敷は田の字型に配置され、南と北に縁側を持ち、昔は土間だった東側に台所と勝手口を持つ。居間はその脇だ。倫代は絹江に手を引かれながら、家の北側にあたる納戸を通って、結納の品が置かれている南側奥の仏間に大回りして入った。

南側手前、南東の部屋は、すべての襖を閉め切っている。伸一は昼寝の最中だ。

伸一は十年前、脳溢血《いっけつ》で倒れた。半身に麻痺が残り、寝たきりの一歩手前だ。ここのところ、認知症も強くなってきた。襖《ふすま》を開《あ》け閉《た》てすると、病人特有のにおいが漏れてくる。絹江が大回りしたのは、それを知っているからだ。仏間にはいつも香を焚《た》いているが、それでもどこか、複雑なにおいがする。

十年前、希子は名古屋の美容専門学校に進学するはずだったが、伸一が倒れ、叶わなかった。そのこともみな知っている。

「ああ、ええ品やなー。でもまだ箪笥《たんす》の中スカスカやないの。結納金いくら？　もう少し揃《そろ》えたげないかんよ」

希子が仏間に茶を持っていくと、倫代と絹江が引き出しを覗《のぞ》きこんでいた。

「いやだ。中は見せんといてって、昨日、お願いしたのに」

希子は声をかける。

絹江の言う結納の品を見るという行為は、床の間に飾られた鶴亀の縁起物の飾りや、贈られた指輪、記念品を指しているだけではない。結納金を元に購入した嫁入り道具を見るのだ。昔は、桐《きり》の箪笥に着物を詰め、緞子《どんす》の布団や座布団、鏡台や裁縫箱までも妻の家に並べて披露し、結婚前に夫の家に運びこんだという。今はほとんどの人が家具店から直接入れる。希子もそうしたかったが、倫代が箪笥だけでも家から入れたいとこだわった。

娘の美樹にしてあげられなかったことをしたい。来宝家につながる家に嫁がせる以上はしきたりを重んじたい。倫代がそんな気持ちを持っていることを、希子もじゅうぶん理解していた。仲人だって村長夫妻なのだ。省略しては失礼にあたると、倫代は繰り返す。

「心配せんでもええよ、希子ちゃん。箪笥の中まで見せるのは女の人だけやわ。ほやから下着が入っててもだいじょうぶ」

絹江がにやにやと笑う。

「ほういや林《はやし》のシゲさんとこのカズちゃん。オレンジやら紫やらのレースのブラジャーが入っとったわ。グラマーさんいう自慢やわー」

倫代の言う林のシゲさんの家は、佐竹家の裏手にある林をさらに奥に行ったところにあったが、もう空き家だ。朽ちて、屋根も落ちている。カズちゃんこと和美《かずみ》もすでに五十代後半、ふたりは三十年ほど前の話をしている。

希子の箪笥に入っているのは、季節外の洋服のなかできれいなものと、成人を迎える美樹のために誂《あつら》えた二十年近く前の着物だ。一六〇センチを少し超える希子には小さいが、譲ってくれるという。結婚にあたって新たに揃えたものはない。

家具も、実のところ買ったのはこの箪笥だけ。希子が住むのは竜哉が今暮らしている家なので、必要なものはそれほどない。

「ほういえば奥の長谷川《はせがわ》さんとこ、黄色の変なテープで塀がぐるぐる巻きにされてまったわー。事件でもあったん？」

絹江が、ちぎって持ってきたと、その黄色のテープを開帳する。

警察や消防が立ち入りを禁止するときに張るkeep outのテープのようだ。地震のあと、あちこちで目にした。もし本物なら勝手にちぎってはいけないと思うが、それは希子の記憶よりも細かった。

「知らんわ。なんやあそこの家、気持ち悪いんやわ。夜中によく奇声が聞こえてなー」

長谷川家は、今は朽ち果てたシゲさんの家まで行く手前、佐竹の家とは二軒の空き家を挟んだ家だ。二軒の空き家といってもそれぞれの建物は一棟ではない。このあたりの家は母屋のほかに納屋や蔵を持っているのがほとんどだ。一方の家には離れもあって、実際には数棟を挟んでいる。庭も広い。林の近くに残っているのはもう、佐竹と長谷川の二家族だけだ。

長谷川家は、移住者だ。

宝幢村は人口減対策として、移住者を広く受け入れている。出ていった人の家を村が借り上げ、安く貸すのだ。長谷川家も七年前に越してきた。家族は四人で、四十代の夫婦と子供ふたり。今はもう中学生と高校生になる。

「田舎暮らしがしたい言うてたのよ。ほやのに周囲に融《と》けこもうとせん。別荘気分でおるんと違うん？」

「だけど佑美《ゆみ》さんは、公民館の掃除も雑草取りも、ちゃんと参加しとるよ。ねえ、伯母さん。わたしが結婚したあと、急なことがあったら頼れるんは長谷川さんとこよ」

希子は、倫代の不満にささやかな異を唱える。佑美とは、長谷川家の妻の名前だ。

「頼りになんてなるやろか。そばに住んどるのに、いっぺんもあそこのうちに上がらせてもろたことないわー。雨の日やてあるやらー、うちがせっかく洗濯物を取りいれてやろ思ても、窓ひとつ開いとらん。なにやっとるんやろ。希子は気持ち悪ないん？」

長谷川家が村から借りた家は地震の少し前に建てられたもので、縁側がなく壁の多い、新しいつくりだ。元の住人は仕事をなくし、名古屋に出ていった。最初は借りたと聞いていたが、どうやらそのまま購入したらしく、ほどなくすべての窓の外に菱形クロスタイプの面格子や雨戸がつけられた。小さな窓や、階段の途中らしき位置にあるものにまでだ。雨戸がないところはカーテンで閉ざされている。玄関の扉も堅牢《けんろう》な鍵が取りつけられた。泥棒対策と説明されて、村には泥棒などいないと倫代は怒っていた。

やがて塀も高くなった。目線より高いコンクリートの塀ができ、その上には金網のフェンスが張られて二メートルはある。門扉も、風抜きの隙間が斜めに切られている形で中が覗けない。背後は林。まるで牢獄のようだと倫代たちは噂《うわさ》した。

その塀に、keep out の黄色いテープが巻きついているとは。

「ほやけど、なんや言うてたやない？　ダンナが光線過敏症いう病気て」

長谷川家の夫は、悟《さとる》という。めったに外に出てこないうえに出てきても黒いサングラスをしているので、希子も顔立ちがわからない。引っ越しの挨拶にやってきたのも、佑美と当時小学生だった子供ふたりだ。紫外線を浴びると皮膚が赤く腫れあがる、皮膚がんになる可能性もあるので失礼させていただく、と説明された。

「ほんな病気で、なんで田舎暮らしがしたいん。都会のほうが病院も近いわ」

「空気はうちの村のほうが断然きれいやわー。大昔かてあったやらー。肺を悪うした人の転地療養とかなー」

絹江から出た、肺を悪くしたという言葉に、倫代が眉尻を上げる。

「光線過敏症は伝染せんて話、本当なん？」

「だいじょうぶよ、伯母さん。それに佑美さんは畑仕事がしたくてやってきたんよ。田舎暮らしを満喫してる」

一キロほど先の畑を借りた佑美は、夏はキュウリやナス、トマト、豆類、冬は大根に白菜などを作り、年々腕を上げていた。腰を悪くして畑仕事ができなくなった倫代も、お裾分けの野菜を笑顔で受けとっていたではないか。

「嫁さんはともかく、大の男が家の中で籠ったままてなー、いややわー。なにやっとるかわからんわ」

倫代は、自分に理解できない人が近くにいることが好きではないのだ。希子はそれを知っていた。

引っ越してきて間もなく、倫代は長谷川家の宅配便を代理で受け取った。そのときは礼を言われたが、間を置かず犬小屋のような木の物置が塀の裏口に出現して、すべてそこに入れられるようになった。裏口は佐竹家とは反対側にあり、道の先まで回りこまないと見えない。なにが運ばれてもわからないやないの、と倫代はこぼしていた。

「ほういや、ふふ、マムシ酒、昔、持ってったげたわ」

倫代が思いだし笑いをする。

「マムシ酒？」

絹江ははじめて聞く話なのか、忘れてしまったのか、問いかえす。

「滋養強壮に効くやらー、瓶入りのを持ってったげたんよ。ほしたらまあ、子供がわああ泣いてまって」

本物のマムシを焼酎に漬けこんだものだ。瓶の底でとぐろを巻いたまま死んでいる。佑美も青ざめて受けとらなかった。

「ほら腰抜かすわ。けどおもしろいことやったなー」

「親切心やわ。光線過敏症やて治るやらー。ほれにこんな山のそばで暮らしとって、蛇ぐらいで怖がってどないするん。白蛇さんは村の宝やわ」

倫代が言っているのは、宝幢温泉の伝説のことだ。

「佑美さんも、もう怖ないんと違うか？　縞蛇《しまへび》くらい畑にどんだけでも出てくるわ。上の子もそのぐらい平気やらー。男の子やし」

絹江の言葉に、そういえばと倫代が身を乗りだした。

「ほうやほうや、その子や。奇声をあげて叫び続けるんやわ。道路の真ん中で大の字に寝っ転がっとったりなー」

「その子いくつ？」

「十七か八か。高校生やわ」

「ほれ、あんた、持てあましとるんやないん？　いろいろ」

絹江が卑猥《ひわい》な笑いを浮かべる。倫代は嫌そうに眉をひそめた。

「父親といい息子といい、なんでそんなんが近くにおるんかなー」

「あんまり変なことが続くんやったら、私に言うたらええ。長谷川さんが借りとる畑がうちの畑と接しとるやらー。水の取り口はうちの畑にあるんや。貸したげんから」

絹江がしたり顔で言った。

村では、水に関する諍《いさか》いがたびたび起こっていた。来宝家の土地と、今は村にいない宝満《ほうまん》家の土地の間を用水路が流れているが、そう広くないため、なにかあると堰《せき》を止める止めないの喧嘩が起こるのだ。四十年近く前にも、今の村長が用水路に突き落とされて怪我をしたという。

「ええ考えやわー。いっぺん村八分にしたら、反省もするわ」

倫代が物騒なことを言う。

希子がその怪我の話を聞いたのは、小学校の先生からだった。怪我をさせたものが、まさに村八分にされていなくなってしまったという。

「伯母さんったら、やめて。絹江さんも、そんな怖いこと言わんで」

焦る希子を見て、倫代と絹江が笑った。

「なにその顔。冗談に決まっとるやらー。いくら気に入らんでも、うちがほんなんするわけないわー」

「ほやわ。冗談やわ」

2

店の照明は煌々《こうこう》と明るかったが、テーブルクロスはオレンジのギンガムチェックとカントリー調だ。壁紙にはうすく花模様が散っている。すべてがちぐはぐだ。

「でね、そのあとね、伯母さんがその黄色いテープを見にいきたいって言ってね。一緒に長谷川さんとこに歩いてって。そしたら佑美さんが畑仕事から戻ってきたとこで、その黄色いテープ、のきなみはぎとってて」

希子はテーブルを挟む竜哉に話しかける。

「わたしたちが挨拶したら、なんか、困ったような顔？　そういうのして、これはなんでもないって、言うて。それから持ってきたの、お菓子。マカロン。裏見たら横浜の住所が書かれてた。パッケージがお洒落《しゃれ》な感じで、中も色とりどりできれいな」

宝幢村の隣の市にあるこのファミリーレストランは、夜八時を過ぎると空いてくる。

「長谷川さんのとこ、よく通販で買い物をしてるんよね。それのひとつみたい。佑美さんはいつも笑顔で、なにかというと贈り物を持ってきて、それがなんていうか、周囲と円満にやっていく秘訣《ひけつ》やて思ってるみたい。そういうときは伯母さん、文句言わないんだよね。まえもさ、鮭《さけ》の瓶詰、北海道の、もらったことあった」

竜哉が、注文したペンネアラビアータをぐさぐさと続けてフォークに刺した。

「どうやらそのテープ、長谷川さんとこの耀《てる》くんが巻いたみたい。耀くんいうのが上の男の子。頭、かなりええって聞いたことがあって。今、高校の三年生。あまり喋《しゃべ》ったことないんやけど、受験のストレスかなー」

ぐさぐさぐさ、ぐさぐさぐさ。苛立《いらだ》つようにフォークの柄の部分までペンネを刺し続けてから、竜哉が言った。

「つまり希子ちゃん、なにが言いたいわけ？」

希子は返事に詰まる。結論はこうである、という話ではなく、今日はこんなことがあったと報告しているだけだ。

なにを話題にしていいかわからないのだ。一方で沈黙が怖くて、反応がないとつい喋り続けてしまう。今もそうだったと気づいた。

「……そう、だね、うん。……なんていうか、その。伯母さん、また長谷川さんを気にしはじめたんやわ、って話」

「今。ちょっとなまった。いや、さっきからずっとだ」

「え？　嘘《うそ》」

希子の周囲では、高校に入るころから標準語を心掛ける子が多かった。最近は移住者も多いので、もっと早くから気にしているだろう。親も注意している。希子も高校時代になまりを自覚して気をつけてはいたが、倫代や伸一のような高齢者と一緒にいると、つい出てしまう。

「年寄りくさいからお勧めしないね」

「気をつけます。……えーっと、それで、伯母さん、あそこの家、なにをやって暮らしているんだろうって。インターネットの仕事って聞いたけど、それはどんなものかって」

「いろいろあるよ、インターネットの仕事は」

「いろいろって？」

「いろいろはいろいろ。とにかく移住者の攻撃をしないでよ。まいるんだ。ほんの小さなことでも役場にきて、あそこの家がこんなことをしていた、子供がどうしたって、年寄り連中はそんな話ばかりしていくんだ。要するに暇なんだな」

竜哉が肩をすくめる。彼は宝幢村役場の地域振興課に勤めている。移住のあっせんに村のPR活動にと、新しいことに取り組んでいるのだと、よく希子に語っていた。

「わかってる。わたしも伯母さんの気をそらすから」

村八分なんて話が冗談でも出たと知ったら、竜哉は目を剝《む》くだろう。

「頼むよ。そりゃ不満もあるだろうけど、人が増えないと村が成りたたない。今が転換期なんだ。ううん、僕や村長のアイディアでむしろ上向き、去年に比べて人口が七人も増えた。死亡率は同じで出生率は下向きだから、減る要素しかないだろ？　それが増えてる。増えたのはIターン、移住者だ。僕が汗をかいた成果だ」

「うん、すごいね」

「村を出ていったやつは、今ごろ悔しがっているだろうな。僕の同級生なんて派遣の工場作業員だよ。男なのにこの先、どうするんだよって話だ。子供もふたりいるんだぜ」

竜哉が、ぐあ、と鼻を鳴らした。竜哉はよく、そんな笑い方をする。

「でも世の中は人手不足なんでしょ」

希子がためらいがちにそう言うと、竜哉はまた、ぐあ、と鼻を鳴らした。客の減ったファミリーレストランに、やたらと響く。

「わかってないね、希子ちゃんは。人手不足なのは低賃金で働く仕事に就く人がいないからだよ。家族を養えるほどの仕事なのかどうか、はなはだ疑問だね。もっと世間を知らなきゃダメだよ。まあ正直うらやましいけどさ、そんなふわふわした意識で生きられることが」

生きられる、と言われたものの、実のところ佐竹家の暮らしは厳しい。伸一と倫代の年金が頼りだ。

温泉がなくなり、村の産業は林業と農業だけになった。林業はほとんど収入が見込めない。農業も似たり寄ったりで、集落営農という何軒かが共同で出資と作業を行う組織も作られたが、かろうじて食べていける程度だ。

唯一の例外が、来宝ファームだった。

来宝ファームは来宝家が営む農業生産法人で、生産から加工工場まで手広い商いを行ってきた。地震後は、村を離れていく人から土地を借り、買い、なお手を広げた。人も雇い、村への寄付もかかさない。倫代もかつてはキノコ工場に勤めていたし、希子も繁忙期に仕事を手伝わせてもらう。伸一の介護の合間を縫ってやれることだけなので、たいした収入にはならないが。

「でもそんな素直な考えを口にできるところが希子ちゃんの魅力だよ。僕はわかっているからね」

竜哉が鷹揚《おうよう》な笑顔になり、フォローを入れてくる。希子は不快な表情を見せてしまったのではと不安になった。

「ありがとう。……ごめんなさい」

反射的に謝り、唇の端を上げた。ちゃんと笑顔に見えているだろうか。

ああ、鏡が見たい。

「幢可に作った桜の森の話をしたっけ。このあいだデータをまとめたんだけど、観光客の数も去年より上昇したんだ。これも六年前、僕のアイディアから生まれたものだよ。あのまま来宝ファームにいてはできなかったことを僕は成し遂げたわけだ。震災の記憶を引きずってちゃいけない、ってね」

といっても、竜哉は地震当時、東京の大学にいた。村に戻ったのはそれから三年後。大学を卒業して来宝ファームに就職したのだ。さらに七年後、つまり六年前の春に、村役場に転職した。

宝幢温泉界隈《かいわい》の幢可、その上にある東の山の東峰、西の山の西峰という、字名《あざな》にして三ヵ所が土砂崩れのため立ち入れなくなっていた。だが六年前の秋、予算がなく放置されていた幢可を整えて、桜の苗木を植える計画が起こる。反対意見は多く出た。宝幢温泉があった場所だが、桜の森ができればもう掘り返せない。掘り返す金も機会もないが、土砂の下には思い出が埋まっている。遺体が見つからないものもいた。建物のがれきを取り除いても、全員の発見には至らなかったのだ。

希子の母も、身体《からだ》の一部が見つからないままだった。土深く埋まったのか、流されて沢へと落ちていったのか。

崩れたままにするより、美しい花の咲く山にするほうが死者への慰めになる。そんな声が計画を後押しし、山の中腹に散るピンク色が、年々増えていった。最初の年は淋《さび》しげだった桜も、次第に見栄えがするようになった。良い決断をしたという意見が、今では大半を占める。

希子も、春が楽しみになっていった。母に見守られているような気持ちになる。

この村で毎年、この桜を眺めよう。そう思う。

「宝幢村とここの市との合併案がずいぶん前からあっただろ？　ほかの町や村は応じたけど、うちは宝幢温泉があるから突っぱねてた。事実上の吸収合併だもんな。地震のあとだって、自治を維持しようと頑張ってるんだ。いまも話は来るけど、桜の森が新たな抵抗の一手だ。僕はアイディアをさらに出して、宝幢村を桜の名所として定着させるつもりだ。今は村に宿泊施設がないから金も落ちないけど、観光客が増えれば絶対に潤う。なのに古い連中ときたら頭が固くてさあ」

竜哉が、期待するかのように顎をしゃくった。希子はそれを汲みとらねばと思い、だがなにを訊ねればいいかわからないまま、おうむ返しにする。

「古い連中って?」

「年寄りや顔役だよ。村議会議員に各自治会会長。特に、昔、宝満家側にいた連中な。僕が村長の改革路線に心酔して、手足になっているかのように嫌みを言ってくる」

今年で二期目に入った村長の来宝慶太郎《けいたろう》は、来宝家の長男だ。地震があった年から十二年間村長を務めた父親の城太郎《じょうたろう》の跡を継ぐ形で、四年前の春に三十九歳で村長を拝命した。かつて城太郎も、同じくらいの歳に初村長となった。現在は七十八歳。この市の病院に入院している。

宝満家とは、来宝家と交代で村長の座についていた村の名家だ。親の代、祖父の代、さらにずっと以前から、村の権力は両家を行ったり来たりしていた。来宝ファームの元となる農園や生産工場を営んでいた来宝家に対し、宝満家は建設会社を持っていた。古くはどちらも、村に君臨した地主だ。

宝満家は、今はない。しかし――

竜哉は話し続ける。

「実際は逆なんだよ。慶太郎さんは周囲から思われているよりずっと保守的な人だ。僕のアイディアに毎回驚いてる。でも世に公表するのは慶太郎さんだろ、どうしても村長がすごいって印象になっちゃうんだよな。そうそう、さっき言った派遣やってる同級生って、興次郎《こうじろう》、村長の弟だよ。村に戻ってくれれば多少はマシな暮らしができるって勧めてるんだけど、プライドが許さないいんだろうな。Uターンに乗ってくれない」

竜哉の無意識が、むしろプライドが高いのは竜哉だと語っていた。慶太郎、興次郎兄弟とははとこにあたる竜哉だが、苗字は山之内、来宝竜哉ではない。興次郎とは同級生で、成績も竜哉のほうがよかっただけに、葛藤が見え隠れする。

村には小、中学校がひとつずつしかなく、同世代全員が顔見知りだ。竜哉は希子より八歳年上の三十六歳と、直接の接点はなかったが、兄の二歳上なので顔は見知っていた。母親の勝子は、倫代の通院仲間だ。竜哉の家もまた、竜哉の父親と祖母の介護を抱えて縁談が前に進まなかった。昨年、そのふたりが相次いで他界し、勝子が息子の配偶者探しに本腰を入れたのだ。

気心の知れた倫代の姪《めい》が家に入るならこんなに嬉《うれ》しいことはない。勝子は折に触れてそう言い、希子にも優しく接してくれる。勝子もまた、娘、竜哉の妹を地震で失っていた。希子は思う。三十歳を前にして、こんなに周囲から望まれる結婚ができるなんて、と。倫代も同じことを言う。おまえは幸せだと。

竜哉は希子の向かいの席で、自分がどれだけ将来を嘱望されて優秀なアイディアを持っているか、唾を飛ばしながら話している。希子は笑顔でそれを聞いていた。

食事が終わり、竜哉がトイレに席を外した。

希子も続きかけたが、店員が視線を向けてきたため再び座った。ふたり揃って席を離れては店の人が困るのかも。なにも言われていないのに、そう思ってしまった。

窓に目を向けると、車の光が差しては遠ざかり、流れていくのが見えた。この市は宝幢村より栄えているが、それでも夜が早く、窓の外には闇が広がっている。ガラス窓が鏡を作っていた。希子は笑顔を映しながら竜哉を待つ。

ずっと家ばかりの毎日だ。医師に伸一や倫代の病状の説明をするぐらいで、ほぼ十年、会話を楽しむことがない。なにを話せば竜哉が喜ぶのかわからない。せめて笑顔だけでも見せないと。

目尻を下げて口角を上げてと笑い方を練習する暗い鏡に、別の笑顔が浮かんだ。

ぎょっとして振りかえる。

背後に立っていたのは同世代の女性だ。軽い髪色をふんわりしたボブカットにして、レース素材のブラウスに柔らかな色合いのスカートを穿《は》いている。宝幢村には高校がないので、希子をはじめ、多くのものが最も近いこの市の高校に通っていた。知り合いだっただろうか。しかし見覚えがない。女性はあか抜けて、お洒落な印象だ。

「こんにちは。ううん、こんばんは」

女性が屈託なく話しかけてきた。希子は頬が熱くなるのを感じた。窓に顔を映していたところを見られていた。恥ずかしい。

竜哉がトイレから戻りかけて、途中で別のテーブルへと曲がった。女性がいるせいで別のグループと勘違いされたのでは。そう思った希子は「こっち！」と手と声を上げた。

女性の視線がつられて動く。

竜哉は一瞬目を伏せてから、笑顔でやってきた。

「お待たせ。出ようか」

竜哉はそのまま椅子に置いていた鞄《かばん》を取って、入り口へとつま先を向けた。

「山之内課長じゃないですか」

ボブカットの女性が明るい声を上げる。

「やあ、こんばんは」

竜哉の声が硬い。

「課長、彼女さんいたんですねー。かわいい人。あ、あたし、森宮茗《もりみやめい》、ブロガーです」

なにがーと言ったのかわからず、希子は小首を傾《かし》げた。茗は眩《まぶ》しい笑顔を見せてくる。かわいい人と褒められたが、きっとお世辞だろう。自分は伸びすぎた髪を後ろで束ね、着ているワンピースもいつ買ったか覚えていないほど古い。

「……あの、わたしは佐竹希子と申します」

と応えたものの、話が続かない。

「こちらは村で雇っている人。村の紹介記事を書いてもらっているんだ」

竜哉が紹介する。

「記事？」

「はーい。宝幢さくらプロジェクトの宝幢さくらでーす。よろしくっ！」

アイドルのような笑顔で、茗が片手を上げた。

「宝幢さくら、さん？　さっきは森宮さんって」

「サイト見てません？　ブログ読んでません？　やだ、まさかあなたもネットやってないの一？　同世代、だよね？　信じられないー」

矢継ぎ早に言われて、希子は混乱する。

「待って森宮さん。この子の携帯はスマホじゃないし、ネットも知らない。ややこしいから僕が説明しておくよ」

「そんなにややこしくないし、自己紹介は自分でしますよ。ねえ、あたしたち同じぐらいの歳じゃない？　あたし、二十八。仲良くして」

「あ、わたしも――」

「彼女は門限があってね。もう遅いから」

竜哉が話を切りあげる。そう言われて、希子は時計を確認した。家に帰るころには九時を回っているだろう。門限はないが、そろそろ伯母が心配する時間だ。

「あの、失礼します。森宮……宝幢さん？」

村の名前と同じ、宝幢という苗字はない。宝の字がつくのは、来宝家と宝満家だけ。希子は不思議に思いながらも茗にぺこりと礼をして、レジへと向かう竜哉を追った。

3

――今年のはじめごろだったか、村おこしのアイディアをネットで募集したんだ。桜の森に焦点を当ててね。村内の人はもちろん、出ていった人、桜の森を好きになった人、誰もが応募できて、募集そのものが宣伝の意味を持つ。うん、これも僕の主導だ。そこに応募してきたのがさっきの女性、森宮茗さんで、食べ歩きのブログや旅行のブログを書いていて、本も出版しているそうだ。村に住んで、村の魅力を映像配信やブログで発信していきたいという。アイディアは彼女以外からも来ていて、そのなかに、村を宣伝するキャラクターを作ればいいというものがあった。名前は宝幢さくら。イラストや着ぐるみも考えたが、依頼、作成、と時間がかかりそうだ。だったら森宮さんに宝幢さくらというキャラクターを演じてもらうのはどうだろうと打診したところ、快諾をもらったわけだ。

帰りの車の中で、竜哉はそう説明した。

「じゃあ、さっきの人は村の人じゃないの?」

「半年間は村の人だ。詳しい場所は忘れたけれど、東京都出身。活動内容はさまざまなイベントに参加して村を取材し、ブログやSNS、YouTubeなどでネットに流すこと。希子ちゃんは知らないだろうけど、そういうのがあるんだよ。ケーブルテレビにも出たよ。隣の市でやっている地域テレビ局だ。宝幢村でも流れてるだろ？」

希子はあいまいにうなずく。伸一には昼間テレビを見せておくが、希子はいつもバタついているので、腰を据えて見ることができない。

「イベントって、たとえば夏の盆踊り大会とか？」

「桜の森ができてからは、春にも桜まつりがあるじゃない。彼女はそのころにやってきたんだよ。村の広報にも載せた。忙しいのはわかるけど、そのぐらいの情報は得てよ」

ごめんなさい、と希子はうつむく。宝幢村の桜が満開になるのは四月中旬なので、桜まつりもそれに合わせて行われる。一ヵ月ほど前だ。

車が希子の家の近くまで戻ってきた。あとはまっすぐ行って坂を上がるだけなのに、竜哉はハンドルを左に切る。街灯はなく、右も左も畑で、この先には小さな神社があるだけだ。鳥居と祠《ほこら》、車が数台停《と》められる敷地を持っている。

前回のデートの最後にも、竜哉は神社へと向かった。そこでキスをされた。

それ以上進みそうになって、希子は拒否した。間に合わせのような場所ではなく、はじめての体験はちゃんとした場所で迎えたい。

また迫られたらどうしよう。そう思うと、シートベルトを握る手に力が入る。車が減速していく。

「あ、灯《あか》り……」

昼間でもめったに人の訪れない神社に、四角い光が見えていた。懐中電灯でも、ランタンの光でもない。

「誰だ？」

竜哉が戸惑うような声を出した。神社までは一本道だから進むしかない。バックに切り替えて暗い畦道《あぜみち》を後進するより、神社でUターンするほうが安全なのだ。

ヘッドライトに人の姿が浮かんだ。ノートパソコンを持った人物が灯籠の石段に斜めに座り、こちらに背を向けている。四角い光はパソコンの画面だったようだ。車に気づいてか、相手が顔を向けてきた。灯籠の脇に自転車――マウンテンバイクの車輪が覗いている。

「耀くんだ。長谷川さんとこの。なにやってるんだろう」

夜の九時を過ぎている。こんな時間に外で過ごしている村の高校生はあまりいない。希子もかつて、危ないから出歩かないよう言われていた。男の子ならまた違うんだろうか。

「帰るか」

竜哉が舌打ち交じりに車をUターンさせる。切り返したところで、バン、と窓が鳴った。

「ひやっ」

希子は声を上げる。

にやにやと笑う耀の顔が、助手席の窓ガラスの向こうにあった。両のてのひらで、バン、バン、と、何度も窓を叩《たた》いてくる。

今度こそはっきりと舌打ちをした竜哉が、車に空ぶかしの音を立てる。

「急発進しないで。危ないよ」

希子に返事をしないまま、竜哉はその窓を少し下げた。

「ふざけるのはよしなさい。怪我をするぞ」

「気にせずヤればいいじゃん」

きひひひひ、と品のない笑い声を聞かせてきた。

「手を放すんだ。学校に言いつけるぞ」

「はいはーい」

耀が両手をばんざいの形に上げ、バカにしたような顔を見せてくる。竜哉は車を発進させた。畦道を猛スピードで飛ばす。

「なんだあいつは。どうかしてるんじゃないか」

竜哉の声が苛立っている。

「さっきの子が、黄色いテープの家の」

「テープ？」

はじめて聞くかのように、竜哉がおうむ返しで問う。さっきのファミレスでしていた話を覚えていないのだろうか。

「……なんでもない。邪魔をしたのは、わたしたちのほうかもしれないね」

竜哉は返事をせず、ただハンドルを握っている。ほどなく車は希子の家の前についた。

伯母たちに挨拶をしていくか訊ねる間もなく、竜哉はすぐに行ってしまった。

機嫌を損ねてしまったのだろうか。どこで損ねてしまったんだろう。

そのまま家に入る気になれなくて、希子はそっと納屋に向かった。佐竹家の敷地は道から少し坂を上がるようになっていて、手前側に納屋が、奥に母屋がある。納屋は車庫を兼ねていて、農機具置き場にもしている。希子の車の隣がぽっかり空いているのは、トラクターを売ってしまったからだ。壁には、竹製の手箕《てみ》――持ち手のない大型の塵取《ちりと》りのような形をした農具――が立てかけられていて、そばにある急な階段を上った二階には古い衣類や家財道具をしまっている。灯りは暗く、簞笥や水屋などの家具の間も狭く、どこか秘密基地のような趣を感じるため、希子はこの家で暮らすようになってから辛《つら》いことがあるたびに籠りにきていた。

今も、伸一の介護に疲れたときは納屋に足が向く。お気に入りは車の中だ。軽自動車だが、その狭さがまた心地いい。希子にとって、唯一のひとりになれる空間だ。納屋の鍵はかけていない。いつも誰かしら家にいるので、いちいちかけるほうが面倒なのだ。車の鍵は、家の鍵と一緒に持っている。伸一の病気で美容専門学校に進学できなかった希子に、そのかわりにと買い与えられた車だ。金の出所は希子の両親が遺《のこ》した生命保険で、美容専門学校の学費に充てるはずのものだったが。

つまり十年近く経《た》った車だ。次の車検を通すか悩むほどあちこちガタがきているが、買い替える金はない。スマホを持たないのも同じ理由だ。古い二つ折りの携帯電話を、当時の安いプランのまま使っている。

運転席に座ってエンジンはかけないままで、希子は目を瞑《つむ》った。今日のできごとを反芻《はんすう》する。

茗の眩しい笑顔が浮かんだ。東京の人だという。

あんなかわいい人が桜の森に魅せられただなんて、うちの村も捨てたものじゃない。崩れた山を桜の森に生まれ変わらせるアイディアを出した竜哉は、やっぱりすごいのかも。

自分のことのように、頬がにやける。

と。

「うおおおおおおぉぉ」

突然、叫び声がした。納屋の扉は閉めているし、車のドアにも隔てられている。それでも聞こえてくる声に、希子はこわごわ、外を窺《うかが》った。

「うおおおおおおおおぉぉ」

さらに大きな声とともに、目の前の道を耀の自転車が走っていった。

玄関の灯りがついた。倫代がシルバーカーにつかまりながらよたよたと歩いてくる。

「ああ、希子、おったん？　いつ帰ったん？」

「い、今。さっき送ってもらったところ」

「あの子になんもされとらんよね」

倫代の言うあの子とは、耀のことだ。

「全然。あの子が通ったの、わたしの帰ったあとだよ」

「ほんまにもう、長谷川さんとこは気色悪い。あんな子を放っとかんといてほしいわ」

4

翌朝、希子は倫代を村の診療所、矢部《やべ》医院に車で送っていった。矢部は、自身も棺桶《かんおけ》に片足を突っこんでいそうなほど老齢の医師だ。宝幢村にある病院はここだけで、診療科目こそいくつも並ぶが、大きな病気への対応を望むなら隣の市に行くしかない。倫代は定期的に服《の》んでいる薬を矢部医院でもらい、整形外科は隣の市の総合病院に通っている。

救急車も村に一台しかない。運んでいく先は隣の市で、出動すると戻るまで二、三十分はかかる。田舎ならではのリスクだ。移住者のなかには、その事実に直面して帰っていくものもいる。最初から矢部を当てにしていない家も多い。そんな彼らはヤベをヤブと呼ぶ。もちろん藪《やぶ》医者ということだ。

しかし希子たちにとって矢部は、昔から世話になっているお医者さま、ホームドクターだ。伸一が往診を受けるのも矢部医師で、診療所は高齢者にとって交流の場でもある。村の噂が仕入れられ、蔓延《まんえん》していくのもこういった場所からだ。倫代もサロン代わりに、朝から昼まで過ごしている。

最近のホットな噂は、前村長の城太郎の病状と、野菜の収穫時期にやってくる季節アルバイト、通称「宝助《たすけ》っ人《と》」について。

城太郎は腎臓を患って隣の市の総合病院に入院中だが、それ以上の情報が出てこないだけにみなが好き勝手な噂をする。結局は、堂々巡りのまま終わっているが。

宝助っ人は村の事業で、村のサイトで募集をしているが、事務的なあれこれを委託されているのは来宝ファームだ。最も多く宝助っ人を雇い入れるのも来宝ファームで、ほかにも家族向け、小学生向けの農業体験ツアーなどを行っている。農業体験は、移住者を受け入れる仕組みのひとつになっている。一方、宝助っ人に期待されているのは結婚相手だ。村に残った跡取り息子があぶれているので女性が歓迎される。とはいえ力仕事も必要だし、おおっぴらに嫁募集とは言えないので、男性も何人かは来てもらう。

夏には盆踊り大会、秋には収穫祭が行われる。これらの機会を利用して、なんとかカップルになってほしい。そして村に残って子供を作ってほしい。それが村の願いだ。そういった背景があるので、労働力をあてにした外国人技能実習生は受け入れていない。

そろそろ宝助っ人の時期だ。どんな子が来るだろう。誰それの息子は今年こそ縁に恵まれるだろうか。宝助っ人の住む部屋の合い鍵を用意しておいたほうがいいのではないか。そんな不道徳な話まで交わされているという。

「ねえ、伯母さん。森宮茗さんって人の話、聞いたことある?」

矢部医院へ向かう道すがら、希子は倫代に訊ねた。畦道の向こうに、畑の草取りをしている長谷川家の佑美の姿が見える。

「誰いうた?」

「森宮茗さん。宝幢さくらプロジェクトとかいう、村をアピールするために来た人」

ああ、と倫代は考えこむような声を出す。

「派手な子やらー。やっとることもあさっての方向で、なんやようわからん子やわ」

倫代より自分のほうが情報に疎かったようだ。竜哉に呆《あき》れられるのも当然だ。恥ずかしい。

「ネットで発信して、桜の森に観光客を呼びこむらしいよ」

「まー、いまはなんでもネットネット。年寄りにはわからんわー。町の人ならともかく、こんなとこでネットて言うてもな。それに桜は、一年に一回しか咲かんよ」

桜の森を作る作らないの議論があったころ、反対派が同じことを主張していた。観光客が来るほど景観が整うまでに、どれだけの時間がかかるのか、とも。

「昨夜、偶然会ったんだけど、かわいい人だったよ。半年間村にいるそうだから、宝助っ人と同じくらいの期間？　もう少し長い？」

「かわいいなんてどうでもええ。歳取れば皺《しわ》まるけ、みんな同じや。それより気立てのええ子が一番」

「茗さんはお嫁さん候補じゃないでしょ」

「ほやけど惑わされる子が出るかもしれんわ。ほんなことになったら、その子はひと夏棒にふってまう。どうせあんな派手な子、村に残るわけないやらー。迷惑や」

「だけど桜の森を好きになったからやってきたって」

は、と倫代が笑う。

「あんたは居ついてほしいんかほしくないんか、どっちなん？」

希子はただ、倫代が知っているかどうかを聞きたかっただけだ。それとも、無意識のうちに気になっているんだろうか。

倫代を送り届けたあと、希子は家へと取って返した。この時間を利用して伸一の散歩につきそわねば。

伸一の身体の動きは年々悪くなり、寝たきりの一歩手前だ。だからこそ、リハビリとして少しでも歩くよう矢部医師から推奨されていた。杖《つえ》を頼って家の周囲を歩く程度で、遅々として進まないが、それでも外に出ると伸一の表情は明るくなる。

山が見たいのだ。ひとり娘と弟家族を呑みこみ、東峰と西峰が崩れて形を変えた山を。桜を植えるという計画を聞いたときは言葉にならない言葉で怒っていたが、春になり、ピンクの色が見えたときは涙を流した。それから毎年、伸一は徐々に増えていく桜を見つめている。

佐竹家から東の方向に見えるその山は、温泉の煙はもう見えないが、桜色の墓となった。桜の季節が終わりほかの若葉の緑と交じっても、やがてくすんだ緑に代わり雪に覆われるようになっても、伸一は山にこだわった。そこでベッドを縁側のそばにある南東側の座敷に置き、少しでも山が見えるようにした。天気のよい日は縁側に置いた肘つきの椅子に座らせる。そんな日は、伸一の機嫌もいい。

今日も希子は、伸一のペースに合わせて歩く。回らない口で伸一が話しかけてくる。聞き取りづらいが、言っていることはわかる。

　――あそこにおる。みんなおる。

　坂を上って裏手の林のほうへ向かう。山がよりよく見えるところまではわずかな距離だが、伸一の足では片道二十分もかかる。しかし暖かな五月の太陽の下、伸一は穏やかな表情だった。

　長谷川家の前までやってきた。

　黄色い keep out のテープが、再び巻かれていた。

　林を背後に、高い塀と金網のフェンス。家は二階の窓から上しか見えないが、こんなうららかな陽気にもかかわらず雨戸がぴっちりと閉まっている。牢獄というより、要塞といった趣だ。

　塀にぐるりと二重巻きにされた黄色のテープがなお、ものものしさを増す。

「なん……あ……？」

けげんなようすの伸一に問われた。なにかと訊《き》かれても、希子にはわからない。

矢部医院からの帰り道、佑美はまだ畑にいた。子供たちは中学と高校で、家にいるのは外に出ることのない光線過敏症の悟だけなので、気づかないのだろう。

門扉の脇にインターフォンがある。

教えようかどうしようかと、希子は迷った。けれどこれだけ眩しい太陽が出ていては、声をかけても悟には対処できないだろう。

外してあげたほうがいいのだろうか。近所づきあいをしない家だから、やってくるのは宅配の車くらい。佑美は昼にでも帰るはずだ。どうせ昨日と同じように、耀がいたずらしたのだろうし。

そこまで考えて、いつ巻いたのだろうと、ふと疑問に思った。

耀は、隣の市の高校に通っている。希子も同じ学校だったが、毎朝七時半には家を出ないと間にあわなかった。下の女の子は中学生、村の学校だ。部活動に参加しているそうだから、朝練の時間からみて同じころに家を出るだろう。佑美は、ふたりを送りだしてから畑に出たのではないだろうか。じゃあいったいいつ、耀はあのテープを巻ける？

「きこ……、いこ……、はや……」

伸一に促され、我に返った。ふたりで歩きだす。ゆっくりと坂を上った。

若葉を揺らす風の音がした。思いだしたように鳥の声が交じる。気持ちがいいねと伸一に声をかけた。この季節の山の緑は、薄緑、黄緑、深緑とジグソーパズルのピースのように入り乱れる。山を見ながらぼんやりしたあと、強さを増した風に背中を押されて坂を下りた。

黄色いテープがまた目に入った。どうにも違和感がある。

あの家でなにが起こっているんだろう。あの男の子の頭の中はどうなっているんだろう。でも、うちとは関係ないことだ。愛想のいい佑美とだけつきあっていればかまわない。だけど自分が結婚したあと、長谷川家を頼ることがあるかもしれない。最も近所なんだし。でも――

家に戻り、納屋の二階で冬物の衣類を片づけながらも、希子は脳内で、でもとだけどを繰り返す。はたと気づいたときには、思いのほか時間が経っていた。

庭に出ると、母屋からブザーの音が聞こえた。伸一が呼んでいるのだ。希子は慌てて家に入り、部屋の襖を開ける。

異臭がしていた。伸一は床によつんばいになっている。ひとりで歩けないわけではないが、歩行が遅いため部屋の隅に簡易トイレが置いてあり、介添えをして用を足す。だがその近さでも間に合わないことがある。最近は、それが多くなっていた。

「お……えが、おそ……ん……がわる……、おま……が」

恥ずかしさと怒りが交じった表情で、伸一が睨《にら》んでくる。希子はごめんなさいと頭を下げた。

5

伸一が汚した衣類の始末を終え、庭先の物干しにつるす。結婚しても昼間はこうやって通うことになるのだと、希子はため息をついた。

外の道から、軽いクラクションの音がした。こんにちはー、と明るく大きな声もする。

ココア色の小型車、いわゆるリッターカーから、派手な服装の女性が降りてきた。濃いピンク色のパーカーと短いデニムのスカートが、周囲の風景から浮いている。軽い髪色のふんわりしたボブカットに見覚えがあった。

「昨夜の人だよね。たしか、佐竹希子さん。覚えてる？　ブロガーの茗です」

ファミリーレストランで会った女性だ。

小型車に太陽の光が当たっていた。その反射を受け、茗が光って見える。希子は眩しさに目を細めた。

「ああ、はい。覚えてます」

答える自分の服装は、褪《あ》せた色のTシャツと、高校の体育で使っていたジャージ。せめてジーンズでも穿いていればよかった。

「宝幢さくらプロジェクトの話、課長から聞いてくれた？」

茗は屈託なく笑っている。その笑顔のまま、坂道になっている庭を上がってきた。

「ええ、まあ」

「ネットも見てくれた？」

「いえ、わたし、スマホ持ってなくて。パソコンも。昨日、そんな話してませんでしたっけ」

「課長は見せてくれなかったの？」

竜哉に見せてもらえばよかったのか、と思いながら希子はうなずく。

「やだもー、使えない！　まあそんなことだと思ってたけど。だからあたし直接来たの。おじゃましていい？」

「ええ？」

茗の勢いに釣られてうなずきそうになり、待って、と首を横に振る。こんなキラキラした人と、なにを話したらいいかわからない。

「だれ……て……、きこ?」

仲一のいる縁側から声がした。誰が来ているのかと訊ねたのだ。

「ご家族がいらっしゃるのね。ご挨拶します。こんにちはー」

「えっとあの、伯父が。でもその、歳で」

「おじいちゃんってこと? おじいちゃんのお相手、得意だよ。じゃあ失礼しますー」

肘つき椅子に座った仲一が、「あー」と声を出しながら縁側の隣を指さした。茗は庭から直接縁側に座った。希子は仕方なく、座布団を持ってくる。

「見て見て。これー」

茗が鞄から黒いノートパソコンを出した。来宝ファームという社名とナンバーを印字したシールがカバーに貼ってある。液晶画面にさくら祭りの映像が流れていた。画面の中で、茗が若い桜の並木の間を歩きながら、「こちらの山は十六年前の地震で形が変わったけれど、六年前に桜が植えられて、こんなにきれいになりましたー」とハイテンションに説明している。それが終わったかと思えばすぐに次の映像が始まった。来宝ファームのキノコ工場だ。打って変わって真面目な表情をした茗が、収穫までの流れをレポートしている。

「これが、YouTube ?」

希子が問う。仲一は口を半開きにしながら、画面に見入っていた。

「そうそう。でこっちがInstagramっていって写真がメインでね――」

茗がパソコンの画面に、いくつか窓を開いていく。複数のSNSを、ひとつずつ説明してくれた。

「宝幢さくらはこういう活動をしてるわけです。わかった？」

「うん。でもこれって、そんなに宣伝効果あるの？」

と訊ねると、わあ、と茗がおおげさに両手を上げた。

「やだ希子さんってば、意外と辛辣《しんらつ》ーっ！　それ、あたしに言うー？　宝幢村をみーんなに知ってもらえるよう全力でがんばります！　って宣言してるあたしに」

「ご、ごめんなさい」

希子は身体を引いた。

「冗談、冗談。ノリでテンション上げてるだけだから気にしないで。希子さんって真面目なんだね。今、全国の山村や漁村、ううん地方都市も、みんな町おこしに必死なんだよ。PR動画作ったり、映画やアニメに乗っかったり、ゆるキャラ作ったり、あとローカルグルメとかね。そんななか宝幢村では、都会から桜の森に魅せられてやってきた宝幢さくらという三次元のキャラクターでいくと決めたわけ。そういう設定なのに名前が『宝幢さくら』じゃ変じゃん、ってつっこみはナシね」

茗が明るい声で笑い、続けた。

「キャラクターを使っての町おこし、全部が全部、成功してるわけじゃないけど、そこはあたしのがんばり次第だから。やっぱ」

どう「やっぱ」なのかわからないまま、希子は勢いに押されてうなずいた。

「村のためにがんばってくれてるんですね。ありがとう」

「どういたしましてー。ただねえ、お年寄りはYouTube見ないし、村での認知度がイマイチなんだよね。村のいいところをレポートしようにも、あたしのことを知らないからか、怪しまれたり。ねえ、同世代の人にあたしを紹介してよ。いろいろ情報が欲しい」

「……わたしあまり、友達いなくて」

同級生の大半は、名古屋や東京などの都会に出ていった。村に残ったわずかなものも結婚して、子供の世話で忙しい。希子とは話題が合わないので、会う機会もない。

「それでおじさんとごはん食べてたんだー」

「おじさん？」

「課長。山之内課長」

「婚約、してて」

え？　と茗が目を丸くした。

「そうだったの？　あ、やだあたしったら、おじさんだなんて。ごめんなさい」

「謝らないで。……八歳上だから、たしかにおじさんかも」

でしょー、と茗は明るく笑う。

「せっかくだからこっちも見て」

茗がポケットからスマホを出した。黄色いブック型のケースから、小さな耳のようなものが飛びでている。猫のキャラクターのようだ。

「これ、以前やってたあたし個人のブログ。旅行のブログで、いろんなとこ紹介してて、それでこの村のPRをすることになったんだ」

スマホの液晶画面に、きれいな写真がいくつも載っていた。国内ばかりとのことだが、あちこちに出かけているようだ。伸一も、楽しそうな表情で覗きこんでくる。

「いいなあ」

思わず希子はつぶやいた。旅行なんて、高校の修学旅行が最後だ。

茗が、そんな希子のようすをじっと見てくる。

「はじめて？」

「え？　なにが？　こういうのを見るのがってこと？　うん……まあ」

「希子さん、あなたって、ネット、本当にやってないんだね」

「珍しい？　でもスマホ、持ってないから」

「あ、ううん、ううんそういうことじゃないの。確認、ただの」

茗が早口になる。これもきれいでしょ、こっちも面白いよ、と旅行ブログの画面をどんどんスクロールしていく。一年前の記事まで到着した。桜の写真が並んでいる。

「ほかにも桜のきれいな場所はあるのに、どうして宝幢村に？」

希子が問うと、茗は待ってましたとばかりにうなずいた。

「発展性があるじゃない。完成されたところより、これから、って感じがいいの」

発展性。そう言われると希子も悪い気はしない。派手さはないけれど、空気は澄み、この季節は若葉もすがすがしい。のんびりした美しい村だ。

ねえ、と茗がにじりよってきた。

「この村のこと、もっと知りたいな。希子さんは村のことに詳しい？　なにか噂とか、面白い話はない？」

「噂？　どういうこと？」

「んー、ほら、そういうのがあったら、ブログを読む人の興味を惹《ひ》けそうだから」

噂と言われてもピンとこない。倫代がよく村の人の噂を持ってくるが、誰と誰が喧嘩したのくっついたの、病気がどうのといった話題ばかり。そんなものはブログの材料にはならないだろう。よくわからないまま思いついたことを口にした。

「桜の森、あれは地震で崩れたところだから、何人もが死んでるの。だから人魂《ひとだま》が出るって言われてて」

「……うーん、それ、村の宣伝としては逆効果かも」

「だ、だよね。ごめん。じゃあ、村の伝説はどう？」

希子は鬼蜘蛛と鬼百足の話を披露した。宝幢温泉のはじまりとなった伝説だ。最初は興味深そうに聞いていた茗だが、話の途中でふいに表情を曇らせた。

「これも面白くなかったね」

「そんなことないよ。だけどあたし、蛇が苦手で」

「蛇が嫌いで、よくこんな田舎に来たね」

「自然は好きなのよ。蛇さえいなければ」

伯母のマムシ酒の話をしたら、茗は卒倒してしまうかもしれない。それはやめておこう。

「今の伝説も面白いんだけど、温泉はもうないじゃない。もっと現在の話のほうがいい。そうだね……」

茗が、探るように見てきた。

「この村って、山の中で、隠れ里みたいな雰囲気じゃない。誰かが隠れ住んでいるって噂はない？」

「ええ？　まさか」

「そう？　でも空き家がたくさんあるでしょ？　こっそり住めるんじゃないかと思って」

「空き家は基本、電気も水道も止めてるよ」

「それはそうか。じゃあ逆に、不審な移住者とか知らない？　あ、これは村の宣伝とはまったく別ね。村の人への注意喚起も必要かなって思って」

不審といえば、長谷川家だろう。けれどそれを茗に話して、ブログにでも書かれてしまっては、自分が村八分に加担することになる。それはいけない。

「思い浮かばないなあ」

伸一が、ごぼごぼと喉で音を鳴らした。

「おじさん、なにか知ってるの？」

茗が期待のこもった声をかけるが、伸一はゆっくりと首を横に振る。希子はすかさず、部屋から水筒を持ってきた。ストローをくわえさせる。

「喉が渇いただけ。十年前に倒れて以来、ずっと家にいるの。伯父にはわからないよ」

「そう……。希子さんって偉いね。よかったら今度どこかに遊びに行こうよ。ドライブしよう。たまには息抜きしたほうがいいよ」

人懐っこい笑顔で、茗が言った。

希子はうなずいた。こちらから提供できる話題は持っていないけれど、同世代の友達ができるのは嬉しい。

なによりも茗の旅行の話は楽しそうだ。できればもう少し聞いていたかったが、そろそろ倫代を迎えにいく時間だ。そう告げると茗が腰を上げた。おじさんまたねと、伸一にも声をかけてくれる。

茗が乗りこむとき、車の横腹に、宝幢さくらプロジェクトという文字と大きなピンクのハートマークが見えた。

6

月曜日は、倫代の整形外科の通院日だ。隣の市の総合病院は予約制だが週明けとあって飛びこみの人も多く、診察も会計も院外薬局もすべてずるずると遅くなるので、みな、朝早い時間から出かける。希子たちも朝七時には家を出た。終わったという連絡をもらって迎えに行ったのが昼前。そして午後五時が近い今、――またもや希子は隣の市にいる。

今日は伸一の機嫌が悪い。伯母の送迎で希子の不在の時間が多く、思いどおりにならなかったせいだ。ベッドには汚れ防止のために介護用防水シーツを敷いているが、気にいらないことでもあったのか、伸一自ら外してしまい、その汚れを掛布団にまでなすりつけていた。

田舎とあって、客用布団は何組も備えている。しかし伸一が次々につぶしていき、最後のひと組だった。布団がなくてはまだ夜が寒い。今日のうちに買ってくるしかなかった。

一番安い布団をホームセンターで購入し、街中を抜けたところで、赤信号に引っかかった。疲れた、とハンドルに寄りかかったはずみで、クラクションを鳴らしてしまった。

「すみません！　なんでもないです。なんでもないです」

外の誰に聞こえるわけでもないが、希子は焦って車の中で叫んでしまった。それに気づいて恥ずかしくなり、身を縮める。

バン！　と助手席の窓が叩かれた。

クレーム？　とこわごわそちらを見ると、耀だった。どうしてこんなところにいるんだろう、なんの用なのか。そんな疑問の前に、先日の夜のことを思いだした。にたりと笑うようすに、なお怖くなる。

ドアに鍵をかけていない。と気づいたときにはもう開けられ、車に乗りこまれていた。

「ちょっと、ま、待って。どうして」

「信号替わったよ。今度はあんたがクラクションを鳴らされる番だ」

耀はそう言いながら、シートベルトを締める。

背後に車がいた。動くしかない。

耀は持っていた鞄を後部座席に放り投げかけたが、倒されたシートと積まれている荷物に気づいたのか、そのまま膝に置いた。

「おむつだけじゃなく布団も買ったのかよ。大変だな」

「え、あっと、そうなんだけど、あの、どうして車に？」

「目的地が同じだから。家に帰るんだろ？」

「帰るけど。えっと……、高校の帰り？　自転車通学じゃなかった？」

通学手段は自転車か親の車しかない。バスは、希子が入学する少しまえに廃路線となっていた。

「ちょっと山でやらかして、修理中。行きは後輩の父親に乗せてもらったけど、そいつ、部活があるから。で、オフクロに電話をかけたんだけど出やしない。しょうがないから歩き始めたとこ」

耀が乗っていたのはオフロードタイプの自転車、ＧＴアグレッサー　エキスパートだ。山道も走れる。

「歩くの？　二時間近くかかるよ？」

「助かったよ。サンキュー」

そう言われて放りだせなくなってしまった。だが、気味の悪い相手を隣に乗せるストレスは強く、緊張で汗が滲《にじ》んできた。

「あんたさあ、希子さんっていったっけ。シンプルイズベストな人なの？」

ふいに耀が訊ねてきた。

「どういうこと？」

「ぬいぐるみのひとつも乗っていないから。女の子の車って、もうちょっと飾らね？」

「車は、足だから」

費やすお金がないというのが本音だが、そんなことを耀に言うつもりはない。

「たしかになー。田舎じゃ車がないと生活できない。うちのオフクロ、昔は怖くて車なんて乗れないって言ってたのに、今じゃ歩いて十分でも車だ。でかい車を乗り回して、……っておい、今、変な音したぞ？　ボロ車だな。こんなんで、峠、越えられる？」

「今日は五回越えてる」

「ってことは三往復？　なんで」

「伯母の病院の送りと迎え。と、今」

訊かれたことにだけ答えよう、希子はそう思った。お喋りをしたい相手ではない。

はー、と耀が感心したような声を出す。

「あの総合病院か。やたら朝が早いんだよな。予約制のくせしてシステムがバカなんだ」

「みんな早く診てもらいたいから。毎週そうだから慣れてる」

「伯父さんいたよね。たまにあんたと一緒に散歩をしてる人」

「いるよ」

「どこが悪いの？　後ろのおむつ、その伯父さんのだよね」

「脳溢血」

「ふたりも介護してんの？　うっわ、めちゃくちゃ大変。希子さん、寝る暇あるの？」

「伯母はそんなでもないし」

「介護保険とかヘルパーとか、なんか利用できる制度があるんじゃないの。詳しくないけど」

「最低限は頼むけど、保険っていっても自己負担分だってあるから」

希子は助手席の耀を、そっと窺う。

なんなんだろう、この子は。神社では脅してきたくせに、今日はべたべた話しかけてくる。はじめて会ったのは、まだ小学生だった。ほとんど喋らず、周囲を窺ってばかりいて、母親の佑美がいなければ挨拶さえしなかった。

希子の目の端で、耀がまたにやりと笑った。

「希子さん、自由が欲しいと思わない？」

「え？」

「自由だよ。なんで自分、伯父さん伯母さんに縛られてるんだって思わない？」

「別に、縛られてなんて」

「じゅうぶん縛られてるでしょ。噂で聞いてるよ。ほらこの村、みんながみんなのこと知ってるから、つい耳に入ってくるんだよね。あんた、十六年前の地震で土砂に埋まった旅館の生き残りなんだろ？　で、伯父さんたちに引き取られた。だから逃れられない」

悪魔が少年の姿を借りて、喋っているような気がした。

耳を貸してはいけないと、希子は思う。

本当なら――という考え。

本当なら、今ごろ自分は村から出ていた。美容師として、名古屋か岐阜かどこかの街でひとり、暮らしていた。もちろん休みの日には村にやってきて、伯父たちが元気でいるか、ようすはみるけれど。

その考えはとっくの昔に封印した。

もしかしたらあの地震で、自分も死んでいたかもしれないから。

もしかしたら美容専門学校を卒業しても、就職先がなかったかもしれないから。

伯母は当時、キノコ工場で働いていた。自分が伯父の世話をするしかなかった。だからこれでいいのだと。

「耀くん、あなたとは関係の――」

「自由になれるよ」

「なに言ってるの」

「自由になるんだよ」

いいかげんにしなさいと口に出すまえに、耀が言った。

「オレたち、交換殺人、しない？」

7

希子は思わずブレーキを踏みそうになった。

耀にあてこすられたとおり、この車での峠越えは厳しい。上り坂の途中で減速してしまうと、くたびれかけたエンジンがもたなくなる。ただでさえくねくねとカーブの多い道なのだ。なんとかこらえる。

「バカなことを言わないで」

「知らない？　交換殺人。1、Aが殺したい相手をBが殺す。2、Bが殺したい相手をAが殺す。そのときお互いにアリバイを作っておく。って方法だ」

「知ってるよ、どういうものかは。わたしのことをバカにしてるの？」

希子は、耀がどんな表情をしているのか窺った。上り坂とカーブが続くので、どうにも読みとれない。

「じゃあ話は早い。伯父さんがいなくなったらって考えたことない？　伯母さんもいるから多少の面倒は続くけど、もし伯母さんも倒れたらダブルで大変じゃん」

「くだらない。考えたことないよ」

「楽になるよ。計算してみてよ。伯父さんのために一日何時間使ってるの」

「そういう問題じゃないでしょ。人を殺そうだなんて、耀くん、おかしいよ」

耀の笑い声がした。

「やっぱり真面目キャラか。残念だなあ」

本気なんだろうか。冗談なんだろうか。耀は平然としている。

「オレ、殺してほしい人がいるんだ」

「……あのね」

「オヤジ。オレの父親。オレは虐待されてるんだ」

「そういう悩み相談は先生にしたら？」

「あてになんないよ、先生なんて」

　耀は一七三、四センチほどの痩せ型だが、俊敏そうな子だ。父親の悟はめったに見かけないけれど、この子を虐待できるほどの体格だっただろうか。

「本当に虐待されているのなら、警察に行けば？」

「オレには動機がありますって宣伝するようなものじゃん」

「動機もなにも、お父さんに暴力をやめてもらうことが先でしょう？」

「やまないよ、あいつのは。だからオレはここから脱出しないといけない。それを邪魔してるのもあいつなんだ。あいつを殺せば解決する。てわけで、交換殺人ってわけ」

「しません」

「今ならばれないよ。交換殺人のメリットは、動機のある人間にはアリバイがあり、アリバイのない人間には動機がないから疑われないってことだ。オレたち、今までほとんど話したことないだろ？　共謀してるなんて思われない」

　希子はふいに、可笑《おか》しくなってきた。

なにを恐れていたんだろう。この子は成績がいいと聞いたが、まるで考えが足りない。

「落ち着きなさいよ、耀くん」

「オレは落ち着いてるよ」

「千五百人ほどしかいない村で二件も殺人事件が起きたら、関係があると思われる。なにより、すぐそばの家なんだよ。交換殺人なんて都会じゃないと成立しないよ」

耀が黙ってしまった。しばらくしてから、口を開く。

「あんた、希子さん。意外と頭、いいんだな。なにも考えていない人だと思ってた」

「それは褒めてるの？　けなしてるの？」

「両方」

「わたしは不満なんて持っていない。わたしは今、幸せだから」

「伯父さんの介護がか？」

「結婚するの」

あー、と耀が息を漏らす。

「このあいだの夜のあいつか。おっさんじゃん」

「大人と言うべきだと思わない？」

「で、そのおっさんが、代わりに伯父さんたちの介護をしてくれると」

そういうわけじゃないけど、という言葉を呑みこむ。

「伯父さんの世話をするのがわたしの仕事。彼はカイシャに行くのが仕事」

村役場に勤めていると教えたくなかった希子はカイシャと表現したが、耀は鼻で嗤《わら》った。

「知ってるよ。村役場の地域振興課のやつだろ。世話になった。いろんな意味で」

「いろんなってどういうこと？」

「いろんなはいろんなだ。そのうちわかるんじゃない？」

話をしているうちに峠を越え、雑木林を抜けた。集落が見えてくる。と、耀の鞄から電話の呼びだし音がした。相手は佑美のようだ。だいじょうぶ、友達の親に会った、などと話をしていた。

「そろそろ車、停めて。家まで一緒に帰ると、オレたちの関係が疑われるから」

耀がにやにやと笑いながら言う。

「関係もなにも、交換殺人なんてしない」

希子は畦道で車を停めた。軽やかに耀が降りていく。

「じゃあね、希子さん、また連絡する。あ、ケータイの番号教えて」

「嫌。連絡もしなくていい。さよなら」

耀がわざとらしい笑い声を残して去っていった。

希子は、ほっと息をついた。

腋の下が汗でびしょびしょだ。受験のストレスにしてもとんでもない。もう無視しよう。

その夜、伸一にブザーで呼ばれたとき、希子は入浴中だった。シャンプーを急いで流し、タオルを頭に巻いて出ていく。足の悪い倫代では伸一の支えにならないのだ。

伸一の身体を支え、簡易トイレへといざなう。

体重を預けてきた伸一の肩が、希子の頭のタオルをずらした。そのまま落ちて足元に。希子はそれを踏んでしまう。あ、と思ったときには、伸一と一緒に転んでいた。

「なにしとるの、希子。お父さん、だいじょうぶか？」

倫代が、よろよろと壁に手をついてやってきた。

伸一ははずみで失禁してしまった。真っ赤な顔でうなり、助け起こす希子の腹を、腕を、手加減もなく殴ってくる。

倫代と一緒に伸一をなだめた。倫代は遅い動作ではあったが、おむつパンツに洗濯済みの服、タオルを用意してくれた。希子は、タオルを巻いた保冷剤を伸一が痛がるところに当てた。骨は折れていないようだ。

もっと気をつけてと倫代に言われた。だけどどうすればよかったんだろう。髪を乾かしてから向かう余裕はなかった。しばらく美容院に行けなかったので、髪は肩下まで伸びている。短く切ってしまうほうが楽だけど、結婚式を控えているので切りたくない。

すっかり身体が冷えていた。五月後半といえ、標高の高い宝幢村は、夜の気温が低い。冷えた身体を温めるため、希子は再び浴室に入った。湯船につかったとたん、肘に痛みを覚えた。すりむけて血が出ている。身体をひねって確認すると、尻から太腿《ふともも》にかけて赤くなっていた。押すと痛い。けれど保冷剤はもうない。

希子はため息をついた。顔を手で覆うと、涙が出てきた。

――伯父さんがいなくなったらって考えたことない？

――自由になるんだよ。

ふと、耀の声が聞こえた。希子は耳をふさぐ。

そんなことは考えちゃいけない。

一週間後、伸一が死んだ。

第二章　そうね、誤認させるのよ

1

読経の声が響いている。

宝幢温泉をもたらした幢可を祀っていた寺は温泉の近くにあり、十六年前の地震の山崩れで流されてしまった。そこで同じ宗派の空き寺に土砂の中から掘りだした本尊を移して、幢可寺の名をつけた。伸一の葬儀はそこで行われている。地震で損壊した寺は多く、住職も年を経るごとにいなくなった。法事のときだけ、隣の市からその宗派の僧侶を呼ぶ。空き寺も増えた。住職が寺に住んでいるのは幢可寺だけだ。

そんな幢可寺はさほど広くないのに、弔問客の少なさが目立つ寂しい式となっていた。伸一は七十二歳、これでも村では若い部類に入るが、十年間自宅に籠っていたせいで周囲とのつきあいが絶えていたのだ。むしろ倫代の知り合いのほうが多く訪れている。来宝ファームが運営しているキノコ工場の、元同僚たちだ。長い間大変だったねと慰めていた。

喪主は妻である倫代だが、葬儀の指示は親戚のなかで最高齢の男性、伸一のはとこが出した。伸一の祖父の兄からつながる人物だ。住職に包むお布施の額にも口を挟んでくる。

「どうしてあの人の顔色を窺うの？　法事でしか会うこともないのに」

希子は倫代に訊ねる。失礼にあたらない程度の最低額のお布施にしないと今後の生活が厳しいのに、はとこが提案してきたのは予定の倍に近かったのだ。

「しっ、聞こえるやないの。本家やからやわ。あんたはお嫁に行くんやから、この先、うちとこの墓も一緒に見てもらうことになるんよ。あんたは山之内の墓に入るんやし」

「だけど、わたしのことや旅館のこと、なんの援助もしてくれなかったのに」

「あんたのお母さんて、何世代も前の話やないの」

希子の母親も佐竹姓で、ずっと以前に枝分かれした分家筋だ。そちら側からみても、はとこは本家にあたる。希子の両親は遠い親戚関係にあり、同じ姓だが、父親のほうが養子に入っていた。母親の家が旅館を持っていたからだ。

「伯父さんのお祖父《じい》さんだって、亡くなったのはずいぶん昔じゃない」

「口答えせんの」

と、倫代が首を横に振る。

「あんたが結婚してたら竜哉くんに頼れたかもしれんけど、ほかに男の人がおらんのやから仕方ないやない」

その竜哉は、仕事がたてこんでいると通夜に焼香をしにきただけだ。本葬の今日はいない。母親の勝子が申し訳なさそうにしていた。

ふいに場がざわめいた。村長の来宝慶太郎と妻の麗美《れいみ》が焼香に現れたのだ。倫代の隣に座っていた本家のはとこも、驚いて二度見をする。

「希子の仲人さんなんや」

倫代が得意げにささやく。

慶太郎は四十三歳、背が高く顔も甘めで、特に女性に人気がある。ただ最近は少し太ってきたようで、ウエストのあたりが窮屈そうだった。一方の麗美は仕立ても生地も良いとひとめでわかるアンサンブルの喪服を着ている。三十六歳で、竜哉と同級生だ。ただし小学校を卒業したあとは、名古屋にある名門女子中学、系列の女子高校に母親の車で通っていた。

ふたりは倫代のそばに寄ってきて、丁寧な挨拶をし、動作のひとつひとつを正確にこなして焼香を済ませた。ほかの弔問客に目配りと礼をしたのち、すっと帰っていく。

「なんやもう帰ってまうんか。村長は忙しいかもしれんけど、嫁さんは暇やないか」

はとこが呆れた顔をしている。

「来宝ファームの社長さんやし、仕事はあるんよ、たぶん」

倫代が答えた。

「どうせお飾りやないか。名古屋からエステやらなんやら、人呼んどるいう話やらー。なんやあの黒真珠は。葬式であんな大きなんつけてまって、見せびらかしたいだけやろ」

本家のはとこは文句を口にする。麗美の派手さは、宝幢村の定番の噂だ。ガタガタのアスファルトをものともせずハイヒールで歩いている。しかも靴底が赤だ。海岸沿いでつけるような大きなサングラスをしている。爪がヒョウ柄だ。みながそれぞれくさす材料を見つけては、村長夫人としていかがなものかとささやきあう。それが楽しみのひとつなのだ。

希子の同級生は、誰もこなかった。希子から連絡もしていない。来たのは茗だけだ。希子は来てくれたことに驚いた。

茗はトイレに立った希子を追いかけてきて、元気を出してね、と肩に手をかけた。

「ありがとう」

と答えたものの次の返事ができなくなった希子に、茗は声をひそめて続ける。

「ところでこのあいだの話なんだけど」

「このあいだ？」

「山の伝説の話をしてたじゃない。人を襲うとかいう」

いきなりなんだろう、と希子は困惑する。このあいだ話していたのって……

「鬼蜘蛛と鬼百足の話？」

「ああ、それそれ。実はあの伝説はこういうことだ、なんて裏伝説みたいなものはない？ほらよくあるじゃない。表立っては言えない真実を伝説に託すみたいなの」

「……あの、茗さん？」

「だからね、たとえばの話だけど、蜘蛛や百足とは、実は山賊集団だったとか殺し屋だとかそういうの。聞いてない？　このあいだ、ここの住職さんにも訊ねたんだけど、めったな話をするなって怒られちゃったんだよね。それって逆に気になるよね」

「えっと、その話、今度でいいかな。今は時間が」

おずおずと希子が願いでると、あ、と茗は我に返ったように周囲を見回した。

「あっ、やだ。あの住職さんの顔見たら、つい思いだしちゃって」

「う、うん」

「ほら、なんていうか民俗学っぽい切り口があるのかな、とか思っちゃったの。ごめんね。たしかにこんなときに訊ねることじゃないよね。失礼しました」

茗はぺこりと礼をして両頰を叩き、慌てて去っていく。希子がトイレから戻ってくると、もう姿はなかった。

誰かから話しかけられて、そのまま茗のことを忘れた。希子もまた、こんなときだというのに考えているのは、別のことだったからだ。

一昨日、希子は朝早くから、倫代を連れて隣の市の病院に行った。市内で買い物があったので家には戻らず、病院から倫代を拾って帰宅した。そして縁側で、肘つき椅子に座ったまま動かない伸一を見つけたのだ。伸一はもう、こと切れていた。

倫代はすぐに矢部医師を呼び、死亡診断書をもらった。死亡の原因は直接死因として心筋梗塞。その原因として既往症である脳溢血、高血圧。死因の種類は「病死及び自然死」に丸がされた。

警察を呼ばなくてもいいのかという希子の質問に、倫代は呆れていた。縁側の鍵は開いていた。前日から開いていたかもしれないが覚えていない。だが盗《と》られたものはないし、誰も伸一を殺したりなどしない。警察を呼んだところで面倒なだけ。以前、近所の家でも老人が寝たまま死亡していたことがあり、警察を呼んだが、駐在が半日も調べておいて結局は既往症による病死という結論だった。矢部もそのとき、ご遺体に問題があれば自分から駐在に伝えるので、直接連絡してくれればいいと言っていた、と。

倫代はどんどんことを進めていく。希子には口が出せない。余計な手間をかけようとする自分のほうがおかしいのではと思えてくる。

それもこれも一週間ほど前に、耀に変なことを言われたせいだ。

伸一を置いて希子たちが家を出たのは、朝の七時だ。伸一はもう目覚めていて、縁側の椅子に座りたがったので連れていって膝掛けをかけた。この時間なら、耀は高校に出かける前に佐竹家に寄ることができる。鍵の開いている佐竹家に。だが自分と倫代がいないことを、耀は知らない。希子の車はいつも納屋に置かれていて、外からは見えないからだ。あれ以来、耀とは話していない。交換殺人などこの村では無理だと言っておいたが、わかってくれただろうか。

埒もない考えに囚われている間に、儀式がすべて終わった。あとは出棺となる。

希子は伸一の顔のそばに花を供えながら、もう一度、首の周りに妙な痕がないか確かめた。なにもない。

「どうされました?」

住職が声をかけてきた。

「いえ、なにも。……ずいぶん痩せたなと思っただけで」

「ほうねえ。ほやけど、たいそう穏やかなお顔してますわ。お身体は無《の》うなりますが、これからもおふたりを見守っとりますでなー」

住職の慰めに、倫代が涙を浮かべた。余計なことは考えずに、伸一の死を悼まなくてはと、希子は両の手を合わせた。

医師の矢部が心筋梗塞と診断したのだ。伸一は病死、ほかには考えられない。希子はもう一度、自分に言い聞かせる。


翌日の夕方、庭先にふらりと耀が現れた。にやにやしながら近寄ってくる。

「このたびはご愁傷さまです。落ち着いた？」

「そうそう落ち着きはしません。手続きもいろいろあるし」

「ふうん。落ち着いたらこっちのこともやってほしいと思ってさ」

その言葉に希子はぞっとした。平静を装う。

「こっちのことってなんのこと」

「伯父さんのこと、殺してあげたじゃないか。次はあんたの番だ」

ごくりと唾を呑みこんだ。

「お、伯父は病死です。お医者さんが確認してる。変なことを言わないで」

「あのヤブ、矢部の診断だろ？　あいつ、オレが十四のとき、虫垂炎を見逃したんだぜ。胃腸風邪で終わらせようとした。どうもヤバそうなんで隣の市の病院まで行ったら、即入院だ。信用が置けないね」

「だけど……このあたりのお年寄りはみんな診てもらってて、何人もの看取《みと》りをしてるから間違えやしません」

経験則というものがあるなら、かなりの死亡診断書に関わっていて、誰よりもプロだろう。希子はそう思う。そのはずだ。

「余計ヤバいじゃん、全員解剖してないってことだよな。介護疲れ殺人も含まれてるんじゃやね？」

「勝手に決めつけるの、やめて。とにかく伯父さんは病死なの」

「ううん、オレが殺してあげたんだよ。だから——」

「耀くんに伯父さんは殺せない。わたしがあの日家にいないこと、いない時間、耀くんに知れるはずがないでしょう？」

何度も頭の中で繰り返していた疑問と回答を、口にする。

「推理の結果だ」

「……え？」

「オレを車に乗せてくれた日の、ちょうど一週間後にあたるよね」

「それがどうしたの」

「あの日、そう、先週の月曜日、あんたは伯母さんを病院に送ってってたと言っていた。大きい病院は、たいてい次の診療も同じ曜日になる。あんたはたしか、朝が早いと言った。毎週だとも言っていた。だから一昨々日の月曜日も、また早く出ていくだろうと思った」

そんなばかかな、と希子の頭の中がぐるぐると回る。

そんな風に、誰かを殺せるものだろうか。

どうしてもっと強く、伯父の死を警察に連絡しようと言わなかったのだろう。伯母がいくら面倒くさがろうとも、警察に判断してもらえばよかったのだ。

「だから早くうちの――」

「頼んでない！　わたしは頼んでないし、望んでもいない。伯父は病死だし、もしもなにかやったにしても、耀くんが勝手にやっただけ。わたしとは関係ない！」

希子は背を向けた。怖くて仕方がなかったが、背を向けることが唯一の抵抗だ。

2

その日の夜は、竜哉もやってきた。

通夜も葬儀も、忙しくてなにも手伝えないままで申し訳ないと詫《わ》びる竜哉に、倫代は、ええのええのと手を振る。

「男の人は仕事が大事やからなー」

「そう言っていただけるとありがたいです」

竜哉はうなずき、最近はこんなことをしていると説明しはじめた。移住者を増やすための取り組みや、宝幢村を桜の村として全国に認知させるためのプロジェクト、首都圏でのイベントへのアピールや視察でばたついている。隣の市からまた合併の打診があったが、スルーしている、むしろ向こうのほうがうちの観光資源を欲しがっている、と胸を張った。

そのあと、ところでと切りだされた。

「結婚の件ですが、喪中ということで、一年ほどの延期でいいでしょうか」

え。と倫代と希子は同時に息を吞んだ。

先に口を開いたのは倫代だ。

「たしかに一年間は喪中て言うわなー。ほやけど、いまどきは、祝いごとを避けるんは四十九日まででええて考え方もあるんよ。どこやかの家もほうやった。地震のあと、好きな人のそばにいたいて、結婚を早めた人もおるし」

「時代ですね。わかります。ただ、うちは来宝につながる家なので、そういった昔からのしきたりを無視するわけにはいかないんですよ」

竜哉は申し訳なさそうに言う。

来宝家を持ち出されると、反論ができない。

「希子ちゃん、わかってくれるね」

竜哉に訊ねられた希子は、笑顔を作った。

「うん。……そうだよね。喪中は年賀状も出せないし、それ、同じことだよね」

「じゃあ伯母さん、どうぞよろしくお願いいたします」

では、と竜哉は立ちあがった。

倫代が慌てた声をかける。

「竜哉くん、あの、延期するだけやよね。希子のことがどうとかやないよね」

「もちろんですよ」

竜哉はそれだけ言って帰ってしまった。振り向きもしない。

「そんな顔しないでよ、伯母さん。この先、伯父さんのことでやることがいろいろあるし、並行して結婚式の準備をするのは大変だから、ちょうどいいじゃない」

倫代を少しでも安心させたかった。けれど倫代は、不愉快そうにむくれている。

「なにのんきなこと言うとるの。このままうやむやになってまったらどうするん。あんた、なんか変なことやってまったんか？」

「してないよ」

希子にはなんの覚えもない。竜哉が結婚式の延期を申し出たのも、説明されたとおり喪中だからだと思っていた。

そうではないかもしれない。そう感じたのは翌日のことだ。

希子は、伸一の死にともなう手続きのために村役場に出向いていた。健康保険、年金、不動産と、あちこちの窓口に足を運ぶ。

どの窓口でも、希子はじろじろと眺められた。顔になにかついているのかとトイレの鏡に映してみたが、なにもない。

家に帰ると、倫代が憤慨していた。

「希子、希子。さっき絹江さんから聞いたんやけど」

そんな前置きで披露された話は、驚きの内容だった。

伸一を、希子か倫代のどちらかが殺したのではないか。そんな噂があるという。

「ふざけんといてって、絹江さんに怒っといたわ。絹江さんからうまいこと、ほかの人に伝わるとええんやけど」

「それ、噂の出所はどこ？」

　希子がまず頭に浮かべたのは、耀だった。希子が言うことを聞きそうにないので、嘘を流したのでは。村役場の人たちが自分を注視していたのは、その噂のせいだったのかもしれない。

　だけど耀が、誰に噂を流すというのだろう。絹江や、村役場に伝わるとは思えない。

「出所なんて知らんわ。けど、うちとこが介護で大変やったのはみんな知っとる。誰かが面白いことでも言うたったつもりなんやろ。それに尾ひれついて」

　警察にさえ届けていれば。

　希子にまた後悔が浮かぶ。けれど倫代には言えなかった。怒りの火に油を注いでしまう。

「でも伯父さんが死んだとき、わたしたちは病院にいたよ。後ろ指をさされることなんてないんだから、噂なんて無視しよう」

「……希子、あんたは病院におらんかったよね。うちは先生やら看護師さんやらに、おうとるけど」

　倫代がまじまじと希子の顔を見てくる。

「なに言うの。買い物をしてたんじゃない」

「店が開く時間までしばらくあったし、ここ戻ってからまた来れるやない」

「わたしがそんなことするわけないでしょ」

わかっとるわ、と倫代がため息をつく。

「人の噂も七十五日言うし、じきに消えてまうはずや。ほやけどもしかしたら、竜哉くんが結婚を延期したい言うたん、そのせいかもしれへんな」

そんなのありえないのにと、希子は泣きたくなる。


ひとめを気にしながら倫代の病院にさらなる手続きにと走り回り、伸一の葬儀から一週間近くが経った。

希子は気がついてしまった。

このままでは生活ができない。この先、固定収入は倫代に与えられる年金だけだ。希子の親が遺していたものも、すでに尽きている。

「どないしよう。竜哉くんに頼んで、お金、貸してもろたらどうやろ？　延期したいうても結婚するんやし」

倫代が不安そうに言う。本当に結婚できるのだろうか。伯父を殺したと疑われているのではないだろうか。頼みづらい。

「働くよ。わたしが働いて、お金を家に入れるから」

「そんなん、どこがあるん」

希子にも、アテはない。

まずは来宝ファームに仕事を頼みにいった。村で誰かを雇う余裕があるのは、来宝ファームぐらいだからだ。

来宝家は古くから多くの農地や山林を持っていた。戦後の農地改革でかなりを手放したが、また徐々に買い集め、生産工場も立ちあげた。前村長の来宝城太郎がいったん野に下った一九九〇年半ばには、農業法人という形になった。十六年前の地震のあとは赤字覚悟で働き手を増やし、潰れかけた宝幢村を支え、寄付もした。その経緯から、宝幢村の施策には来宝ファームが関わることが多い。

ただし業務を委託する自治体の首長が受託する側の代表者であってはならないという地方自治法があるので、社長には村長本人ではなく親族が就く。他方、来宝ファームの業務が村からの受託頼みでもいけない。そのため、総事業費における村からの委託事業費の割合は、過去の近似する事案から鑑みて問題ないとされる一〇パーセントまでに抑えていた。

社長の麗美に頼めればと思ったがあいにく不在で、事務長の田垣《たがき》と会った。田垣は倫代より二歳年下の六十七歳。もとは村役場に勤めていたが、災害対策が一段落ついたところで早期退職し、そのまま来宝ファームの事務長となった。

受付がわりのカウンターを挟んで田垣と向き合う。昼食の時間だったからか、事務所に人は少なかった。奥が出荷作業場とつながっていて、開け放した扉の向こうでぽつんとひとり、背の高い細身の中年男性が段ボールの片づけをしていた。見たことのない顔なので、宝助っ人だろう。

希子は不安を覚えた。宝助っ人はもうやってきていたのか。だとすると仕事の空きがないかもしれない。

案の定、眉を八の字にした田垣に言われた。

「今は外からの人が優先なんだよねえ」

「思ったより年齢の高い方がいらっしゃるんですね。今年の宝助っ人さん」

「ああ……、まあね。いや、彼らもそうなんだけど、新しい従業員には移住者さんを入れるよう言われててね」

復興から発展へ。事務所にスローガンが掲げられていた。地震で仕事を失って農園や生産工場に雇われた人たちは年老いていく。一方、Iターンの移住者には仕事が必要だ。来宝ファームの生産工場はその受け入れ先となっていた。キノコ工場に勤めていた倫代も、年金の支給開始を理由に辞めさせられた。あとからその仕事に就いたのは移住者だ。伸一の葬儀に来ていた倫代の元同僚も順々に同じ憂き目に遭った。倫代が移住者に厳しいのは、そんな事情もある。

「で、でも、今、村にいる人も大事じゃないですか。働く場所がないと、生活していけません。その人たちが出ていってしまいます」

とはいえ、今も村にいるのは出損ねた人だと、希子もわかっていた。家や土地から離れられず、収入が少なくても外で新たな生活の基盤を立ちあげるより楽だと判断した人たち。自分たちが食べるだけの農作物は採れるのだ。

「そうは思うけど、全員を雇うわけにもいかないし、なんていうか、会社は営利が目的なわけだし、どういう人に来てもらうかは、自分には決められないから」

「じゃあどなたが決めるんですか？　社長ですか？　……あの、直接お願いに上がりたいのですが」

希子は食い下がる。社長の麗美でなければ、実質的な経営者だと噂される村長の慶太郎だろうか。

「そんなこと言われても。今そのいろいろあって。ああ、胃が痛い」

田垣がため息をつく。田垣はまさに胃弱らしく痩せていて、いつも目の下にくまを作っている。

「すみません。でも本当に困ってるんです。働かないと食べていけないんです」

「結婚するって話じゃなかったの？　ちらりと聞いたけど、村役場の竜哉くんと」

その話は今はしたくない。田垣は、希子たちが伸一の死に関して疑いをかけられているという噂を知らないのだろうか。

「……えっと、喪が明けないとお祝いごとは。なので仕事を」

「わかったよ。とりあえずキャベツの収穫の枠を、確認しておくよ」

「お願いします。本当にお願いします」

希子は頭を下げた。

明日は隣の市にあるハローワークにも行ってみよう。だけど一度も働いたことがなく、倫代の病院の送迎もある自分に仕事はみつかるのだろうか。

3

朝一番にハローワークに行ってみたが、条件に合う仕事はなかった。

失意とともに戻ってきた昼前。

「ごめんください。希子さんはいらっしゃいます？」

突然、麗美が家にやってきた。お仕事を頼みにきたのと、麗美は整った顔をほころばせる。大きくウェーブした長い髪に黄色いワンピースが、ひまわりの花のように艶《あで》やかだ。結納と葬儀の席ではつけていなかった香水も漂っていた。希子が麗美と話したのは、その二度と、竜哉に連れられて仲人を依頼した挨拶のときだけだ。今日の麗美は、最も華やかな空気をまとっている。

「仕事？　えっと、ど、どんな」

驚きと焦りで希子の声がひっくり返った。

「あなた、本は読む？　文章を書くことはできる？」

「で、できます。国語の成績は良かったです」

たとえ悪かったとしてもそう答えただろう。実際、良いほうだった。

「じゃあお願いするわ。そうね、身長もちょうどいいし」

文章と身長になんの関係があるのか不思議だったが、じゃあ一緒に来てと言われ、麗美の運転する車に乗せられた。赤のミニ・クロスオーバーだ。ハンドルは左。

希子はそのまま名古屋まで連れていかれた。麗美のいきつけだという美容室で髪を切られ、メイク道具を用意されて使い方を教わった。行きと帰りのドライブで、麗美から仕事の説明を受ける。

「森宮茗さん、知ってるわよね。彼女の代役を務めてほしいの」

「代役？　どういうことですか」

「突然帰っちゃったのよ。まったくなにを考えてるんだか」

二の句が継げないでいる希子に、麗美は説明してくれた。

農業体験の取材をしていたところ、老人がふざけて蛇を投げてきた。蛇が嫌いな茗は、相手と口喧嘩になった。取材に同行していた竜哉に相手に対する態度を注意され、キレた。その後、来宝ファームに戻ってきて、事務長の田垣にも当たり散らした。

それが五日前、先週の土曜日のことだ。

週が明けて月曜日、茗は来宝ファームにやってこなかった。宝幢さくらプロジェクトは村の事業だが、宝助っ人や農業体験と同様、茗の活動も来宝ファームが委託を受けていたのだ。そのため茗の席は来宝ファームの事務所にあり、スケジュール管理もしていた。

履歴書にあった電話番号に電話をしても、ファームから貸与しているスマホに電話をしても、電源が切られていてつながらない。仕方がないので事務を担う女性が貸していた家に訪ねていったところ、茗の車はなかった。室内は片づいていて、ブログを書くためのノートパソコンとカメラ、ピンクのパーカー、車に貼るステッカーなど、貸与したものが食卓の上に並べられていた。ノートパソコンにはテキストファイルが起《た》ちあがり、「こんな仕打ちはひどすぎる。やってられない。やめます」とあった。家の鍵も置かれていた。

この日、竜哉が各地のアンテナショップの視察のため、東京に出張したばかりだった。夏に岐阜県のアンテナショップが、上野でオープンするのだという。連絡して、応募時に履歴書の住所欄に記載されていたアパートに行ってもらったが、すでに別の人が入居済みだった。

プロジェクトをどうするか、茗の処遇をどうすべきか、村と来宝ファームで相談していた。そんなとき、希子が求職に訪れたと知り、代役を思いついたという。

「いいアイディアだと思わない？　我ながら、この手があったかと快哉《かいさい》を叫んだわ」

「でも、代役なんて……、どうなんでしょう」

「取材先は村の人たちだから怖くないわよ。ブログやSNSの文章は真似《まね》して書いてね。しばらくは、わたくしが読んでチェックするから安心して」

「でも名前を騙《かた》るわけじゃないですか。茗さんの」

「いいえ。名前はあくまで宝幢さくらという架空のキャラクターよ。あなたは『宝幢さくら役を演じる森宮茗』ではなく、『宝幢さくら』として取材をしてブログなどを書く。演じる人間が代わっただけよ」

「だけど文章は真似るんですよね？　それにこの髪型も、茗さんと同じです」

ふんわりしたボブカットにさせられていた。

「似合ってる。すごくいい」

「あ、ありがとうございます。でも、えっと、これってまるで」

ふふ、と麗美が笑う。

「そうね、誤認させるのよ」

「誤認?」

「パッと見、茗さんがブログを続けているみたいに、写真は当分の間、後ろ姿にしておく。でもよくよく見れば違う人で、ブログからも森宮茗という名前を外す。つまりソフトランディングさせるの。だってたった二ヵ月弱じゃやめられないわ。計画が頓挫したと思われて、村のダメージになるでしょ」

「茗さんが怒りませんか」

「彼女とは契約を交わしている。宝幢村でプロジェクトに関わる半年間は、ほかのブログやSNSの発信をしないとね。だから怒ってもネットに反論はできない。ううん、怒って、こちらに直接、連絡が欲しいというのが本音ね。わたくしたちだって怒っているのよ。突然仕事を投げ出していなくなるなんて、勝手だわ」

「だけど、その」

不安そうな声を出す希子に、麗美はだいじょうぶよ、と優しく言った。

「あなたに攻撃が向くことはない。村と仕事を委託された来宝ファーム、この二者と茗さんとの問題よ」

そうとも限らないと感じたが、仕事をもらえると思うと、それ以上は言えなかった。報酬も、キャベツの収穫やキノコ工場で働くよりはるかに高い額を提示される。

「もうひとつ、いいですか？」

「ひとつと言わず、心配や疑問があったらなんでも聞いてちょうだい」

麗美がハンドルをさばきながら答える。伸一の葬儀のときは普通の爪だったが、今は丁寧なネイルが施されていた。オレンジから黄色のグラデーションになっていて、ワンピースの色とよく合っている。薬指にはビーズのおまけつきだ。

「わたし、パソコンは、高校のときに授業でいじった程度なんですが」

「スマホからでもかまわないわよ」

「……すみません。スマホも持ってなくて」

ほんとに？　と麗美が目を丸くしている。

「あ、でも、覚えます。わたし、記憶力には自信があるんです」

これで仕事の話がなくなっては困ると、希子は勢いこむ。

「わかった。あとでレクチャーします。パソコンも使えるようになって。お貸しするから。

それから本当に、なにかあったら小さなことでもすぐにわたくしに相談して。茗さんも、まずわたくしに言ってくれてたらうまく処理してあげたのに。あなたに言うのは申し訳ないけど、山之内さん、トラブルに関して、茗さんだけを責めたみたいなのよね」

麗美が小さくため息をついた。

来宝ファームの事務所に案内されて、茗が貸与されていたものをそのまま引き継いだ。車は、ガソリン代は負担するが自身の車でお願いしたい、茗もそうだった、宝幢さくらとして行動するときは横腹にステッカーを貼ってほしいと、ハート形のものを渡される。

パソコンとスマホの使い方も教わった。黒いノートパソコンには来宝ファームという社名とナンバーが印字されたシールが貼られていた。いつだったか、茗から見せてもらったパソコンだ。そのまま引き継ぐそうだ。スマホは、茗が持っていったままだという。

「今、ファームで管理しているスマホの余分がないので、わたくしが以前使っていたものをお貸しします。古いものでごめんなさいね。ケースごと持ってきたけど、ほかのものに入れる?」

そう言って渡してくれたスマホのケースは、キラキラしたビーズで花模様が作られていた。手に持つと、気分まで華やぐ。

「きれい。このまま貸していただけるんですか？」

「いいかしら。今の流行《はや》りはブック型だし、もう少しシンプルだと思うんだけど」

「これ、素敵です。来宝社長はこういうのがお好きなんですね」

「麗美でいいわよ。わたくしも気にいって使っていたんだけど、菜緒《なお》が、娘がね、お姉さんっぽくなってきて。ママ、もっとスタイリッシュなのを持って、だって。六歳の子がスタイリッシュですって。おかしいでしょ」

麗美は、その六歳の娘よりカンが悪いと呆れながらも、丁寧に教えてくれた。休憩時間には紅茶まで淹れてくれる。ティーバッグよりもリーフで淹れるほうが断然いい、自分が淹れるほうが美味《おい》しくできると、高級そうなティーポットまで持ちだしてだ。

「休むときには休みましょう。そのほうが効率的。なにより、美味しいものは美味しいときにいただかないと」

作業を続けようとする希子に、そう諭してくる。

口をつけたとたん、渋みのなかに柔らかで心地いい香りが広がった。混乱した頭がほぐれていく。

派手でキツい女性だと噂されている麗美は、たしかに恰好《かっこう》は派手だが、思ったより優しくて気さくだった。

4

夜遅く帰宅した希子を見て、倫代が腰を抜かしそうなほど驚いた。

「そ、その頭！　黄色いやないの。なにしとるん」

「黄色じゃなくて、なんとかアッシュ、寒色系の色って言われた」

「どっちかてええ」

倫代が頭を横に振る。

「三十近《ちこ》うなってから不良になってまって。あんたの親に申し訳が立たんやないの」

「不良だなんて。名古屋にはもっと派手な人がいたし、みんなてきぱき仕事をしてたよ」

連れていかれたのは美容室なので、ほかの勤め人よりお洒落で派手ではあったが。

十年前に美容専門学校に行っていたら、彼ら彼女らの仲間になっていたかもしれないと、髪をいじられながら考えていた。

帰りの車の中でつい麗美に漏らしたら、意外そうな顔をされた。お洒落とは縁遠い人間だと思われていたのだろう。興味がないわけではない。費やすお金がないだけだ。

「仕事て、いったいなにさせられるん？　男の人の相手やないよね」

「いつだったか話した、村おこしのキャンペーンの仕事。茗さんが東京に帰っちゃったから、その代役を務めてくれって」

「茗さん？　ああ、あの派手な子か。長《なご》うおるとは思わんかったけど、もう帰ってまったんか。ほれでその頭か。はー、ご近所さんに恥ずかしい」

「似合ってるって言われたよ」

「騙《だま》されとるんやわ。口がうまいんよ、あん嫁さんは」

「やめてよ、仲人さんなんだよ」

倫代が、唇を尖《とが》らせる。

「仲人さんでも社長さんでも、ああいうとこは気にいらん。なにかいうと名古屋まで出って服買《こ》うたり髪いじったり。ほれと、エステ？　また呼んできたんよ、エステの人。舅《しゅうと》の城太郎さんの入院が長引いとるから、自分の天下とばかり、好き勝手してまって」

「天下もなにも、お姑《しゅうとめ》さんがいるんだし」

「ほれよ。姑の亘子《のぶこ》さんに、これからは私の天下です、私に従ってもらいます、って宣言しとるんよ。あん嫁さんはもっとおとなしくしとるべきや。ほやろ？」

倫代は、身を乗りだして語りだす。

「来宝ファームの社長の仕事かて、亘子さんは次男の興次郎さんにやらせたかったんよ。

けど興次郎さん、進学した大阪に居ついて結婚して子供まで作ってまった。城太郎さんと仲悪いから、働いてたとこが潰れてまったのに帰ってこんの。興次郎さんとこの子は、ふたりとも男の子やのに」

麗美と慶太郎の子は、菜緒だけだ。――今は。

「まえの村長の城太郎さんと興次郎さんって仲が悪いの？　知らなかった」

「どこの誰ともわからん女とくっついてまってって怒っとったんよ。来宝んとこは手が早いからなー。けど慶太郎さんのがすごいわ。あんたはあんとき、いくつ？　地震の前の年やから十一歳くらいか。子供には知らせんようにしてたけど、まあ、村中、大騒ぎやったわー」

十七年前、東京の大学の農学部を卒業して東京の食品会社に勤めていた来宝慶太郎が、名古屋の女子高を卒業して東京の女子大に進学したばかりの宝満麗美を妊娠させたのだ。

来宝家と、そのころ村長だった宝満隆之介《りゅうのすけ》が家長を務める宝満家は村の二大名家で、仲が悪い。いつからかわからないほど古くから対立していた。村長の座、人手の取り合い、用水路の権利。あちこちで諍い、その諍いが新たな諍いを生む。よくある話だ。その跡取り息子と、兄がいるので跡取りではないが、ひとりきりの娘が恋に落ちた。村にいたころから密《ひそ》かに交流があったようで、親の目の届かないところで遂に、というわけだ。

希子たち小学生も、そのことは兄や姉から聞いていた。だが若年層は、まるでロミオとジュリエットのようだと、大人とは別の盛りあがりをみせた。数年前に、それを題材にしたレオナルド・ディカプリオ主演の映画がヒットしたため、筋が知られていたのだ。

「ほやけどあんだけ騒いどいて子供は死産やらー。あれで宝満の家にケチがついてまったって、みんな言うとる。兄さんは宝満建設に入らんと名古屋のどこぞの会社に行ってまうし、隆之介さんは次の選挙に負けてずるずるや。桜の森の計画にも絡ませてもらえんで、会社も潰れてまった」

倫代の表情に、喜色が交じる。上の立場の人間がおちぶれる話は、どの時代も庶民の楽しみだ。

「ほうや、宝満には産廃の噂もあったな。とんでもない話やわー。なんでよそとこのゴミを村に持ってこなあかんの」

麗美の妊娠騒ぎは混乱を生んだが、結局、若いふたりに傷をつけてはいけないと、出産も結婚も認められた。翌年、宝満隆之介は選挙に敗れ、いったりきたりの村長の座が、再び来宝城太郎に戻った。地震が起きたのはその年の秋だ。復旧工事でいっときは潤った建設会社だが、家を建て直すより村外に出ることを選ぶ人が多く、すぐにその波は去った。宝満建設が産廃を誘致しようとしていると噂が立ったせいもある。温泉を再生させようとボーリング調査を行っていたときに、崩れた山への予定外の立ち入りがあったのだ。

村ではそれまでも、産廃の誘致案が出ては消え、出ては消えを繰り返していた。隆之介は否定したが、宝満建設は温泉の跡地を産廃の受け入れ場所にするつもりだと非難が集まった。村も、危険だという理由で山への道のゲートを閉めた。しばらくは宝満建設も村にあったが、追われるかのような形で名古屋の建設会社に吸収合併された。

けれど希子は知っている。隆之介は跡取り息子に経験を積ませる目的で、宝満建設よりはるかに大きい建設会社に入らせたのだと。息子は、その会社の社長令嬢と結婚した。合併先とはそこなのだ。宝満建設そのものはなくなったが、姻戚となった建設会社は大きくなり、財産は減っていない。隆之介は引退し、息子家族のいる名古屋に住んでいる。麗美がよく名古屋に出かけるのもそのためだ。

宝満家は、おちぶれたわけではない。名を捨てて実を取ったのだ。

倫代たちはそれを見ない。見ても気づかないふりをする。宝満家が事実上消滅したというだけで、溜飲《りゆういん》を下げている。

麗美たちの子は死産だったが、だからと離婚させるわけにもいかず、麗美は復学して大学を卒業し、そのタイミングで慶太郎とともに村に戻った。一方、慶太郎は村役場に入所した。慶太郎が食品会社に入っていたのも、隆之介の息子と同じ理由、外で経験を積ませるためだ。その後しばらく次の子ができなかったが、今は六歳の娘がいる。

結局、村の名家は融合したのだ。

「あん嫁さんは自分の思い通り生きてきたで、わがままなままや。対立候補がおらんから嫁さんが派手でも慶太郎さんは村長になれたけど、ほんまやったらもっと地味にしとらなあかんのよ。ほやないと票が入らん。亘子さんもそのへん教育しとるけど、まー、言うこと聞いたためしがないいうわ。あんな赤い車に乗ってまってなー。希子、あんたは勝子さんの話を素直によう聞くんよ。姑さんを立てなあかんよ」

「うん。勝子さんは優しい人だし、ちゃんとわかってます」

「仕事は、まー、なー。その頭は気に入らんけど、決まってよかったてしとこか。これも毎日、うちがお父さんを拝んでたからや。あんたもちゃんとお礼言うんよ」

倫代の言葉で、希子は仏壇を向く。

四十九日がきていないので、伸一の写真とお骨はまだ、仏壇のそばにこしらえた祭壇に置かれている。その写真を見て、ふと思いだした。

葬儀のとき、茗は鬼蜘蛛と鬼百足の話をはじめた。いきなりのことで相手をする時間もなかったが、裏伝説はないかと訊ねてきた。

裏伝説は、ある。

鬼蜘蛛は来宝家を、鬼百足は宝満家を指している。今は多少形が変わってしまっているが、東峰には来宝家の、西峰には宝満家の土地がある。人を喰らうというのは、厳しい年貢を指してのこと。人身御供というのは、年貢の代わりに娘を妾《めかけ》に差しだすこと。地主だった両家への悪口というのが、裏伝説だ。茗も言っていたとおり、そのまま語り継ぐことができないためソフトな言い伝えに変えたのだ。

相手を確かめずに口にしてはいけないと、住職はたしなめたのだろう。

5

翌日の初仕事はあいにくの雨となったが、希子は用意されたリストを見て、取材の計画を立てた。リストの記録によると、ブログやSNSへの掲載はなかったものの、茗は二ヵ月弱の間にかなりの移住者に取材をしている。この先のスケジュールもみっちりと組まれていた。

全部をこなさなくてもいいと、麗美に言われた。茗がそんなにハイペースだったとは知らなかったと呆れていて、疲れないよう話しやすい相手からでいいわよと気遣ってくれる。

希子は、伸一や倫代とつながりのある村の住人からはじめることにした。希子の突然の変身を笑われたが、その分、緊張せず話も弾んだ。倫代の病院の送迎は、車を持っている絹江が協力してくれるという。出勤時間の調整など、融通も利かせてもらえそうだ。

仕事のはじめと終わりには、来宝ファームの事務所にある「宝幢さくら」の席に寄る。事務所でデスクワークをしているのは四、五十代の女性が多く、ここでも話題の大半が噂話だ。

希子が竜哉と婚約していることはもちろん、結婚が延期されたことも知られていた。

「竜哉さんがみなさんに伝えたんですか？」

「まさか。だけどどこかしらから漏れ聞こえるのよね」

笑ってそう言ったのは、もっともよく喋りもっとも噂好きの、茂山《もやま》という職員だ。茗の不在を確かめにいったのも茂山だそうだ。部屋は整えられており、すぐには必要なさそうな私物が段ボールに残っている程度だったとのことで、「きっぱり手を切ってやる、って空気を感じたわー」などとおおげさに煽《あお》っている。

このようすでは、自分や倫代が伸一を殺したのではという噂も知られていそうだ。

「どこかしらから漏れ聞こえるもなにも、竜哉くん自身が役場で喋ってたんだもん、伝わるでしょ」

同僚の岩間が口を挟んできた。

「まーた余計なこと言って」

茂山がたしなめる。岩間の夫は村役場に勤めていて、直接の上司ではないが竜哉のことはよく知っているそうだ。絹江と同じ苗字だが親戚ではない。

村の人たちはあちこちにネットワークを持っている。茂山にもまた、役場に勤める友人がいるらしい。

「でも竜哉くん、あたしたちを煙たく思ってるから、こっちでは余計なお喋りなんてしないけどね。昔はあたしたちが、この書類が出てない、ここがダメ、っていじめてたから」

にやにやしながら、茂山が告げる。

「え？　いじめてらしたんですか？」

「やだ。佐竹さん、冗談通じないのね。注意しただけ。社会人としてのイロハを教えたの。竜哉くんとしては、オバサンたちからいじめられたって感覚かもしれないけど」

「びっくりしました。竜哉さん、いじめられて来宝ファームを辞めたのかと」

そういえば、竜哉がなぜ村役場に勤めを変えたのか聞いていない。単純に、公務員のほうが安定しているからだと思っていた。

「辞めたのは、社長になる目がなくなったからよ」

茂山が声をひそめる。岩間が小さく二度、うなずいた。

「そんな目、あったんですか？」

「本人のなかではね。だってあの子、来宝家の遠縁じゃない。村長のはとこだっけ。よくアピールしてたし。んー、辞めたのいつだっけ。前社長の大奥様が七十歳になって、そろそろ代替わりって時期なはず」

　来宝ファームでは、前の社長の亘子を大奥様、今の社長を麗美さんと呼んでいる。

「辞めたのは六年ほど前だと聞いています」

　と希子。

「そうそう。ちょうど、慶太郎さんが村長に立つのは次の選挙だろう、って時期でもあったわけ。慶太郎さんが村長になるなら社長にはしない。弟の興次郎さんも村に戻ってこない。じゃあ大奥様のあとは自分しかないって思ってたわけよ。ところが麗美さんが社長に就任した。そのころ、もうお腹も大きかったし大奥様との仲もアレで、仕事だってたまに手伝いに来ていた程度、竜哉くんのほうが詳しかったのにね。つまり、社長の座は来宝家の中だけで回す、事実上の社長は慶太郎さん、ってわかったわけ。これ以上いても自分には目がないと悟って、役場の職員の試験を受けたと」

　だからか、と希子は納得した。

　竜哉に、麗美に依頼されて茗の代理を務めることになったと伝えたら、不機嫌そうな声で、なぜ断らなかったのか、と返された。

なぜもなにも、宝幢さくらプロジェクトは村を挙げての企画で、竜哉が担当している。仕事が欲しいのはもちろんだが、希子には竜哉を手助けしたい気持ちもあったのだ。

だが竜哉は、代役案を承知したつもりはない、麗美が独断専行したのだ、と吐き捨てていた。

麗美に社長の座を取られたと思っているなら、鬱屈した感情は消せないだろう。

「噂だけじゃなく、本当に、事実上の社長は慶太郎さんなんですね」

「いやー、それがさ」

希子の問いに、茂山は岩間と苦笑を交わした。

「あたしたちもそう思ってたわけよ。大奥様のころはたしかに、事実上の社長は城太郎さんだったから」

「麗美さんには菜緒ちゃんもいるしね」

と、岩間がうなずく。

「ところがけっこう、麗美さんはビシビシ決めていっちゃうタイプ。宝助っ人の管理とか、新しい仕組みとか、はい決定、はいやって、って置いていかれそうになる。スピードだけじゃなく、就任時にはいっとき落ちこんだ業績も今は上がってるし、意外とやり手ね」

希子は、茗の代役を頼まれたときを思いだした。戸惑っているうちに、決定事項になってしまったっけ。

「そういえばわたしも、ジェットコースターに乗ってるみたいでした」

「言えてる。突然、突拍子もないこと提案するしね。あれ、ドローンっていうんだっけ、ラジコンみたいな空を飛ぶ機械。いつだったかもそれを調べてたから、どうするんですかって訊ねたら、農業に使えるんじゃないかと思って、だって」

「未来っぽいですね」

「実際はどう利用するかわからないけどねー。あたしたち下々には」

茂山と岩間が笑った。

田垣は今日も胃が痛そうだ。不慣れな自分が迷惑をかけているのかと思ったが、茂山に言わせるといつものこと、ただの心配性らしい。

この日帰宅したあとで、希子は梅雨入りを知った。

6

数日が経ち、他人と話をすることに慣れてきた希子は、移住者への取材をはじめた。ドキドキしながら会いにいったが、思いのほか好意的に迎えられた。今も残っている移住者は考え抜いたすえにやってきたためか、自分の決意を伝えたい人が多いようだ。

長谷川家も、予定表にあった。

曇り空の下、高い塀とフェンスにかこまれた家の前に立つ。今日は黄色いテープは巻かれていない。畑にも佑美の姿はなかった。子供たちの帰宅時間も近いから、たぶん家にいるだろう、と門扉の脇のインターフォンを鳴らした。

希子の声に、門へと出てきた佑美はほほえんでいたが、宝幢さくらの名刺を出して「移住者の紹介をしたいのでインタビューを」と用向きを説明したとたん、笑顔が消えた。

「その話は、このあいだ、別の方にお断りしたはずですが」

佑美が、丁寧ながらもはっきりとした拒絶をする。不愉快そうだ。

「す、すみません。引き継ぎがうまくできておりませんでした」

希子は焦って、ぺこぺこと謝った。佑美が、ふ、と声に出して笑う。近所の顔見知りとしての表情に戻った。

「この名刺、宝幢さくらってあるけど、どういうこと？　このあいだの方も同じ名刺を持っていたのよ」

「村の仕事なんです。宣伝キャラクターとしての名前だと説明されてます」

「あの人はどうしたの？」

「東京に帰ったそうです。それで、わたしが代理をすることに」

「……東京に、帰った？」

佑美が、空を映したかのような曇った顔を見せた。だがすぐ笑顔に戻る。そのとき希子は気がついた。今まで意識さえしていなかったが、佑美の笑顔は作りものめいている。

「そう。ともかくお相手が佐竹さんでも、そのお話は一切受けられません。ご理解くださいね」

「は、はい。失礼しました」

希子は車に戻る。はじめて経験する強い拒否に、肩がこわばっていた。

来宝ファームに帰ろうと走る車のうしろ、自転車がつけてきていた。耀だ。いつものマウンテンバイクではなくいわゆるママチャリに乗り、必死の形相で漕《こ》いでいる。なぜ彼が？　と思ったところで目の前の信号が黄色になった。向かいに右折車がいたので停まる。

自転車が車の右側にやってきた。耀が運転席の窓を叩いてくる。希子は無視した。自転車が車の真ん前に回りこむ。仕方なく窓を開け、顔を出した。

「危ないよ。どいて」

「話がある」

「信号が変わるよ。後ろの車に迷惑だからどいて」

「はっ？どこに車がいる？さすがボロ車だな。ミラーついてないの？」

交差点にいるのは希子の車だけだった。いっそ信号無視をすればよかった。それができない自分がバカに思えた。

交差点を避けて、車を路肩に寄せた。車を降りたくなかったので、助手席に置いていた鞄を後部座席によけ、そのまま横に移動する。しぶしぶ窓を開けた。

「その恰好、なに？」

にやにやと耀が笑っている。希子は、貸与された濃いピンクのパーカーを着ていた。正直、自分には派手すぎて恥ずかしい。

「似合ってるよ。化粧すると別人みたいだね。まあまあかわいいじゃん」

「からかうために停めさせたの？そっちこそ、自転車、どうしたの」

「再修理で入院中。部品の取り寄せに時間がかかるからって、勝手に代用品で修理しやがった。だから田舎ってのは嫌なんだ。仕方がないからやり直させて、今は同級生から古い自転車を借りてる。って、オレの話はどうでもいい。あんたなにしてんの。車にそんなステッカー、貼って」

宝幢さくらプロジェクトの、ハートのステッカーのことを言っているようだ。

「村のアピールのためのプロジェクト」

「それは知ってる。やってた女も」

「茗さんのこと、知ってたの？」

「本人は知らない。村のサイト見て、しょぼいことやってるなって思ってただけ」

「しょぼい？」

「素人っぽいってこと。プロに頼めばいいのに」

「茗さんはプロじゃないの？　食べ歩きや旅行のブログをやっていて、本も出したと聞いたけど」

「オレが言いたいのは、宝幢村のサイトも含めて、素人が借り物で作った感じってこと。

……わかってなさそうな顔だね。腑《ふ》に落ちるには時間かかりそうだから、ま、いいや」

煽るような言い方をしておきながら、耀はあっさりと放りだした。

「んで、その茗はどうしたのさ」

「またその質問か。東京に帰った」

「帰った？」

耀が眉尻をぴくりと上げる。さっきの佑美と同じ反応だ。

「佑美さんにも訊かれたよ。同じように、なにか引っかかるような顔をしてた」

「オフクロが？」

さらに引っかかる、という表情で、耀が考えこむ。

「森宮茗って、ただのブロガーだよな？　Win-Win狙いの」

「ウィンウィン？」

「宝幢さくらプロジェクトの話を聞いたとき、どんなものなのか調べたんだ」

「わざわざ？」

「そういうの、オレの得意分野じゃん」

同意させるような言い方をされたが、希子は、耀のことなど知らない。

「村としては、ずぶの素人にキャンペーンガールを任せるより名前のある人のほうがいいだろ。ユーチューバーやテレビに関わってた人にキャンペーンを担ってもらってる自治体もあるよ。ただ、茗はそこまで有名ブロガーじゃない。茗としては、村おこし活動に関わったという本が書けるかも、ってことで、うちの村に来るのもネタのひとつ。村は、村のことが書かれた本が売れたら宣伝効果があると計算。それがウィンウィン。取らぬ狸《たぬき》の皮算用合戦ってとこかな」

茗が、隠れ里がどうこうなどと言っていたのは、そういった本のネタにでもするつもりだったのだろうか。

「って、オレは思ってたわけよ。でも帰ったの？　理由は？」

「茗さんは蛇が嫌いなの。投げつけられて喧嘩になって、それを注意されて」

「ガキかよ」

耀は笑った。そしてぼそりと言う。

「……調べりゃすぐわかるか」

「なにを？」

「別に。……おー、いいね、希子さん。ちょっと借りるよ」

耀がふいに後部座席の扉を開けて、鞄から覗いていたスマホを取っていく。

「こら勝手に」

希子は車から降りた。手を伸ばしたが、耀は手を頭上へと遠ざけてしまう。届かない。

「オレの持ってるスマホのひとつ前の型だな。手を貸して。指紋認証」

そう言われて希子は、反射的に手を後ろに隠す。

「暗証番号は？」

「教えるわけないでしょ」

「電話番号が知りたいだけだよ。あとＬＩＮＥ、メッセンジャー。連絡取りたいから」

「取ってほしくない。話したくない」

「返してほしくないの？」

　にやにやと耀が笑っている。

「……０９０‐３１××‐××××。それが電話番号。返して」

「適当に言ってるんじゃないの？　かけるよ」

　耀が自分のスマホを取りだした。もう一度言って、と訊ねてくる。希子は復唱した。希子の——正確には貸与されている——スマホが鳴る。

「ブラフじゃなかったんだ。登録しよ。そっちも登録しといて」

　とはいえ耀はまだ、希子のスマホと自分のスマホをそれぞれの手に持ったままだ。手元が見えた。希子の番号を「ボロ車」と登録している。

「ボロ車？　失礼ね」

「女の名前なんて登録したら友達に見られたときにうるさいじゃん。同じ苗字のヤツも多いし。希子さんは知られたくない相手でも名前で登録するわけ？」

「電話番号のまま」

「まま？　え？　それ、誰がどの番号か覚えてるってこと？」

「数字を覚えるの、得意だから。記憶力には自信がある」

へえ、と耀が、試しにと自分の番号を見せて、すぐに隠す。

「090-48××-××××」

不本意だが、番号を暗唱した。

「すげー、合ってる。じゃあ返すよ。お礼にそのスマホの便利なテクを教えてやる」

「いらない。それじゃ本当にさよなら」

希子は、耀の差しだした手からスマホを奪い取った。回りこんで運転席に向かう。

「待ってよ、希子さん。本題はこれから。どうしてうちに来たの。オレ、あんたがうちの前でオフクロと話してるのを見て、追いかけてきたんだ」

「取材。インタビュー」

「……取材って？」

「移住者の紹介。宝幢村のどこに魅力を感じたかっていう。なかでも長谷川さんのところは、ご主人のネットの株取引で暮らしているから、それを紹介——」

「おい待て！　なぜうちの親の仕事を知ってる！」

耀の顔色が変わっていた。

「……え。取材先の資料に書いてあったから」

「資料？　どういうことだ」

「……知らない。けど、村役場には住民税の記録とかあるから、わかったんじゃない？」

「税金の記録？」

耀が、希子の腕をつかんできた。怖い顔で訊ねてくる。

「それは、この村にいる全員が知っていることなのか？」

「わたしは取材先の資料を見て、知っただけだよ。わたしは噂話に詳しくないから、ほかの人も知ってるかどうかまでは知らない」

ああっ、と耀が叫んだ。

「最悪だ。最低だ」

「あの、でも誰がどんな仕事をしてるかって、みんな知ってるものじゃ」

「バカ言え。プライバシーってもんがあるだろうが！」

「そんなに隠すような仕事なの？　株を買う人がいて、つまり投資する人がいて、それで会社が経営できるわけだよね？　社会の役に立つ仕事じゃないの？」

耀がため息をついた。

「なんだその教科書みたいなきれいごとのセリフは。それで取材に来たって？　変わった職業だから？　やめてくれ。見世物じゃない」

「変わった職業だからじゃないよ。そういう職種なら田舎にいても都会と同じように生活ができるじゃない。移住希望者へのアピールポイントにしたいと思ったの」

「日本中に発信するつもりか！」

「し、しないよ。佑美さんにも断られたし。無理に紹介なんてしない」

「もしブログなんかに載ったら、おまえ殺すぞ」

耀が睨みつけてきた。なぜ一方的に罵倒されるのだと腹が立ってきて、希子は睨み返す。

「耀くんが殺したいのって、お父さんじゃなかったの？」

「ああ。早く殺してくれよ」

「なのにどうして庇《かば》うの？　そんなにショックを受けてるの？」

「庇ってねえよ。いろいろあるんだ。あんたには関係ない。殺してくれればそれでいい」

「虐待されてるって言ってたよね。どうやって？　耀くん、すばしっこいじゃない。逃げられるんじゃないの？」

「虐待ってのは肉体的なものばかりじゃねえぞ。言葉の暴力、精神的に虐待されてんだ。親という名のもとに、支配下に置かれてんだ。あんたも伯父さんの支配下に置かれてただろ。自由な時間も持てずに介護であちこち走り回って」

「支配も虐待もされてない。わたしは自主的に世話をしてたの」

「そう思わされてたんだよ。けどオレのおかげで解放された。オレはあんたの伯父さんを殺してやった。あんたも約束を守れ」

「伯父さんは病死です！　お医者さんが診断したの」

希子は叫んだ。

「矢部は藪医者だって言ったろ」

「だったらどうやって殺したの？」

「え？」

耀が怯《ひる》んだ。

「どう殺したか言ってみなさいよ。耀くんは、お医者さんが病死だと勘違いするような方法で殺した、そう言ってるんだよ。どうやればそんなことができる？　伯父さんはどんな服を着ていた？　どんな表情をしていた？　答えられる？　答えられないでしょ」

「覚えてないよっ！」

耀が希子を放りだすように押した。強引に自転車の向きを変えて去っていく。

少し言い過ぎただろうかと、希子は家に戻ってからも気になっていた。だけどこれ以上つきまとわれたくない。伸一を殺したなどと、変な噂を流されたくもない。

ああでも電話番号を知られたんだ。かかってきたらどうしよう。

頭を抱えていると、お茶を飲んでいた倫代が、しみじみと希子を見てくる。

「あんた、なんか変わったな」

「変わった？」

「話し方とか、なんかな」

複雑そうな表情で、倫代がなおじろじろと眺めてくる。

「そう、なのかな。……わたし、今日」

「なんや」

「ううん。ごめん、なんでもない。平気。だいじょうぶ」

倫代に耀との話を伝えてしまうと、また長谷川家を悪く言うだろう。

「あん嫁さんにあんまし影響されんようにな。あんなふうにキツうなると、ますます竜哉くんが離れてく」

それは、自分がきつくなったと言っているんだろうか。たしかにさっき、耀にきつい物言いをしてしまった。けれどはっきり言わないと伝わらないし、これ以上つきまとわれたくないし——

希子はまた同じことで堂々巡りをしてしまう。倫代が呆れた顔をしていた。

7

数日雨が続くと、山の緑がどんどんと濃くなる。希子は、マイペースでいいと言われながらも懸命に取材を続けた。

ブログの記事も書いている。茗の文章を研究して真似たので、自分でも違和感がないのではと密かに自信を持っている。文章をチェックしていた麗美は、デジタル機器の扱いとは違ってこういうのは覚えが早いのねと感心し、これならもうだいじょうぶと太鼓判を押してくれた。ブログに載る希子の写真は、後ろ姿のままだ。ずっとこれでいくのかと訊ねたら、記事が溜《た》まって昔の記事が見えなくなるまでと言われた。そうしたら、過去の記事から茗の載っている写真を削除していくという。

仕事は思いのほか面白い。自分は人と会う仕事に向いているのではと、高校を卒業して十年も経ってから感じる。

今まで引きこもっていただけだ。美容師という接客業に就こうとしていたぐらいだし。そうも思った。

すっきりとした晴れの朝のことだった。

希子は、朝の光の中で伸びをする。今日も一日、がんばろうと。

——その日、来宝ファームに一報が入った。

隣の市との境にある峠、その下の谷になったあたりにココア色の小型車が落ちているのが発見されたと。中には人らしきものが乗っていて、フロントの窓を割って入った大枝が、エアバッグを絡めながら顔……だったはずの場所を串刺しにしていた。

二週間弱前に村から消えた茗の車も、ココア色だった。

第三章　わかったつもりでジャッジするなよな

1

――車は木と木の間に引っかかってまってたって。ほれで、谷底まで落ちんかったいう話や。

――ほん代わりに、枝が突き刺さって、えらいことになってまったんやろ。

――道、間違えたんやろーなー。ほれ、地震でふさがった旧道があるやらー。あん脇道を入ってまうと、途中で引き返さなあかん。ガードレールもなんもないし。

――ねえねえ、左右の窓が開いてたって聞いたんだけど、ホント？　そこから獣が入りこんだつって。

――はらわた食い散らかされてまったそうや。ほれも、発見したのが高校生てなあ。

――移住者の子って聞いたわよ。

――ほれはまた、かわいそうに。犬や猪《いのしし》の死体、山で見たこともないやろしな。

——いまどき村の子でも、ほんなん見たことないでー。

またたくまに村に噂が駆け巡った。茗を直接知らない人は、まるでワイドショーのネタでも消費するかのように話している。だが来宝ファームではそうもいかない。噂好きの茂山でさえ口数が少なく、新たな情報が入るたびに、みながショックを受けていた。

死んでいたのが茗かどうかは、まだわからないという。わからないとはどういうことなのかと、それぞれの頭の中で、想像が腐敗臭を放つ。

だが茗の運転免許証が入った手提げ鞄が車の中にあり、ほかの荷物も彼女のものだったので、十中八九、茗で間違いないだろうという話だ。詳しくは歯型やＤＮＡ型で鑑定を行うそうだ。

身内に連絡を取る必要があったが、そこで、宝幢村に駐在する警察官に責められた。なぜ茗がいなくなったときに身内に連絡をしなかったのだ、行方不明者届を出さなかったのだ、と。

事務長の田垣はしきりと胃を押さえ、口を開けば泣き声だ。ろくに説明ができない。麗美は平身低頭して、今となっては届を出すべきだったと、判断のミスを謝っていた。

麗美の説明はこうだ。

茗からは、両親は他界したと伝えられていた。唯一の身内は兄だが、連れ子同士の結婚だったため血がつながっておらず、結びつけるもののない今はつきあいがないと。しかも兄は婿に入っていて、茗は兄の妻と、つまり義理の姉との関係がよくないそうだ。

そうはいっても兄の名前と、兄のやっている飲食店の電話番号は知らされていた。いなくなったことに気づいた日にすぐ電話をかけてもいる。だが義姉らしき人物が受け、「うちには来ていない」と取りつくしまもなかった。履歴書にあった茗の住所にも行ってみたが、すでに別の住人が住んでいた。できることはやったつもりです、と。

警察官は、その説明で納得したのかしなかったのか、詳しくは遺体を調べてからと言って帰っていった。宝幢村を管轄する隣の市の警察からも人が来ている。もしかしたら県警からも来るかもしれないそうだ。ああ胃が痛いと、田垣がまたため息をつく。

宝幢さくらプロジェクトは、状況がわかるまでストップとなった。希子の仕事がなくなるかもしれない。

「よう。茗っての、帰ったんじゃなくて、死んでたんだな」

その夜、耀から電話がかかって、希子はうんざりした。倫代と絹江に、根掘り葉掘り訊かれたばかりだ。ふたりは茗と会ったことがなく、なんの感慨も持っていない。矢部医院の待合室で話の種にするつもりだろう。

「噂に飢えてるの？　悪趣味」

「そりゃ気になるって。オレ、第一発見者」

え、と希子は息を呑んだ。

茗の死体を見つけたのは、自転車で通学している高校生だと聞いていた。山道から誤って落ちてしまったところ、偶然見つけたのだと。耀だったのか。

「だいじょうぶ？」

「へえ、心配してくれるの？　いやあ、気持ち悪いなんてもんじゃねえな。ホラー映画が作り物くさくて見られなくなるね。もうあれ、人の形をしてないって。虫が人型になっているだけ。フロントガラスはバリバリで、大枝がずどーん。てな話を妹にしたら、めちゃくちゃ怒るしさ」

「切ります」

あー、待って待って、と受話口から声がする。

「いやいやいや、冗談。大変だったんだって。朝食全部、吐いちゃって。直したばかりのマウンテンバイクもまた入院。もう死にそう」

まったく死にそうにない声が、スマホから聞こえる。

「本当に切ります」

「待ってってば」

「なんの用？　またお父さんを殺してって話？　伯父さんを殺した人間が死体を見て吐くとは思えない。やっぱりあれは嘘ね」

「死体のレベルが違うんだって。まあその話は置いといて、死因はなに？」

「それを聞いてどうするつもり？」

「だから気になるんだってば。オレがたまたまあの道を通らなきゃ、骨になるまで気づかれなかったかも、なんて思うとさ」

「死因はまだわかりません。耀くんと同じように道から落ちたんじゃないの？　昔の古い道路だし」

「一緒にしないでくれ。オレは車が入れない山道を走ってて、そこから滑ったんだ。茗は脇道とはいえ、一応車道から落ちたんだろ。どんくさい」

「どうして山道なんて走るの。危ないじゃない」

「マウンテンバイクだから、山道を走るのは普通じゃん。オレ、学校へのショートカットで、よく利用するわけ。ま、そのせいで、このあいだはバイクを入院させちゃったんだけど。天気もいいし、久しぶりにやるかってんで、ちょいと山に入ってったわけ」

以前、山でやらかして、と言っていたのはそういうことかと、希子は呆れた。

「ところで希子さん、茗は帰ったって言ってたよな。いつ帰ったの？」

「聞いてどうするの？」

「オレのマウンテンバイク、修理で入院したり、雨降ったりで、しばらくあの道、走れなかったからさ。死体、つーかあの車、いつからあそこにあったのかと思って」

「二週間前ぐらい」

「正確に」

しつこくてげんなりしたが、希子自身ももやもやしていた。麗美の説明に一応の筋は通っていたが、なぜもう少し親身になって捜してあげなかったのだろう、と。

「茗さんが帰ったのは、んーと、わたしが仕事を頼まれたのが先週の木曜日だから——」

今日は金曜日だ。希子は指を折って数える。

「帰ったのは、十三日前の土曜日の夜か翌日の日曜日。月曜の朝、連絡がつかなかったって聞いてる」

「それだけ経つといろいろわからなくなるよな。残念」

「わからなくなるって、なにが？」

「喧嘩して帰ったって言ってたよな、それはたしかか？」

耀は希子の問いに答えず、次の問いを重ねる。

「貸してた家から荷物が引き払われていて、やめますってメモもあったし」

茗の荷物はもともと少なかったそうだ。着替えや化粧品など、長期旅行と似たような程度で、それらはキャリーバッグとスーツケースに収められて、車の中から見つかった。

「メモは自筆？　筆跡は本人？」

「貸していたパソコンに書かれていたって。……打ちこまれていた、かな」

「それ、おかしいだろ」

希子もうっすらと思っていることを、耀が問う。

「……おかしい、かな」

「タイミングが良すぎる。トラブって、荷物引き払って、消えた。で、死体で発見？　それ単純に考えて、トラブったやつが犯人じゃん」

トラブルになった相手は、蛇を投げつけてきた取材先の老人だった。竜哉もだ。諍いに対し、茗のほうをたしなめたという。

「変なこと言わないでよ。警察が調べてる最中なんだから」

「おお、調べてる！　ま、調べなくてどうするんだって話だけど」

「面白がらないで」

「マスコミは？　誰かやってきた？」

「わたしは会ってない。でも連絡は入っていたみたい」

「やった！　東京から？」

「名古屋だよ、テレビも新聞も。だって、山道から落ちただけの交通事故だよ？」

宝幢さくらプロジェクトがスタートしたときにプレスリリースを出して、取材をしてもらえるよう呼びかけていたという。そのときはたいした反応をしてくれなかったのに、まるでハイエナみたいに血のにおいを嗅ぎつけるのねと、麗美は不満をあらわにしていた。

「耀くん、なにを狙ってるの？」

「狙い？　さあてどうかな。知りたい？」

「知りたくない。刺激がほしいの？　人が死んでるんだよ。受験でイライラする気持ちはわかるけど――」

「受験？　そういうんじゃねえよ！」

突然、耀が爆発した。

「な、なに。急に」

「わかったような口をきくなよ。鈍感かよ」

「……鈍感って、なにが」

「鈍感だから鈍感なんだよ、じゃあな！」

突然、電話は切れた。

2

翌日、希子が来宝ファームの事務所に顔を出すと、田垣が相変わらずの暗い顔をしていた。

「おはようございます。あのあと、警察からはなにか？」

「いいや。……でもないかな。車から見つかったのは、森宮さんで確定だそうだよ。なんでも、彼女が以前書いていたブログに東京で通っていた歯医者さんのことが載っていて、そこにレントゲンのデータがあったんだって」

親身にしてくれた歯科医だったようで、おススメの病院だと、医院のサイトへのリンクが張られていたという。

はあ、と田垣がまたため息をつき、鬱々とした空気を増やした。

「お兄さんから、なにか言われたんですか？」

今日は茗の兄、立岡道緒《たておかみちお》が来ると聞いている。いくら血がつながらないとはいえ、死後の対応をするのは身内だ。

「まだ来ていないよ」

「じゃあどうなさったんですか」

「役場の竜哉くんから電話が来て、怒られちゃってね。なぜ、自分が森宮さんと喧嘩をしたかのようなことを警察に言ったんだ、変に疑われたじゃないかって。そうは言っても、説明をしないとしょうがないし。……その、ごめんね」

「いえ、彼女が帰ったきっかけになったんだから、仕方ないと思います」

「ありがとう。希子ちゃんからも伝えてよ。事実を話しただけだって。でもカッカしちゃってて、聞く耳持ってくれないんだ」

情けなさそうな顔で、お願い、と頼まれた。


昼過ぎに、麗美が三十代半ばの男性を伴ってやってきた。

「立岡さんです。茗さんのお兄さん」

麗美が紹介する。希子も田垣も慌てて立ちあがり、このたびはと哀悼の挨拶を口にする。

「大切な妹さんをお預かりしていながら、まことに申し訳ありません」

田垣が深々と頭を下げた。声が震えている。希子も頭を下げた。激怒されたらどうしようと思いながら、立岡の言葉を待つ。

「いえ……、いや、そうですね……」

戸惑うような声だった。

顔を上げると、立岡は困ったような無念そうな、複雑な表情をしていた。ゆっくりと言葉を続ける。

「もう少し早く連絡をいただきたかったです。そうすれば……、いえ、そうだったとしても生きている妹に会えなかったのかもしれませんが、少なくとも、あんな……」

重く沈んだ声が湿気を帯びていく。あんな、と言った立岡が嗚咽《おえつ》を漏らしかけ、そのまま呑みこんで続けた。

「失礼しました。警察から……聞きました。店に問い合わせをいただいていたんですね。妹は、私の携帯電話の番号はこちらに伝えていなかったのですか」

はい、と田垣がうなずく。

今度こそ立岡は泣いた。静かに、叫ばず乱れず、ただ涙だけが流れる。

疎遠になっていると聞いていたが、それでも妹だ。申し訳なさに、その場にいるものがみな、身を縮こめていた。

「……すみません。それで、妹の最後のようすをもう少し詳しく教えていただきたいのですが」

「連絡を差しあげたときにも説明したのですが、茗さんはトラブルに怒って帰ってしまわれました。それが最後です」

麗美が穏やかに話す。

「ええ。そのトラブルの相手にもお会いしたいし、妹が住んでいた家も拝見したい」

立岡の言葉に、麗美と田垣が顔を見合わせた。

「社長からお願いしてもらえますでしょうか。自分は家のほうの準備を。鍵を持ってきます」

トラブルの相手である竜哉にその旨を説明してほしい、と言いたいのだろう。竜哉が怒っているからか、田垣は逃げの姿勢だ。金庫のほうへと歩いていく。わかりましたと、麗美がスマホを手に席を外す。

なりゆきで、希子はひとり立岡のそばに残された。土曜日とあって事務所には誰もいない。出荷作業場に人の姿を見かけた程度だ。お喋りの茂山なら対処もうまそうだが、希子の手には余る。沈黙が、気づまりに拍車をかけていた。

「あなたが、妹のあとでブログを書いていた人ですか？」

立岡から話しかけられた。

「は、はい」

「どうして妹のふりを？」

「ふり……、い、いえそんなつもりはなくて、わたしも茗さんも、村を紹介するキャラクター、宝幢さくらという役を演じていただけで」

「それはそうでしょうが、村でやっているブログを見たところ、あいまいなようすでしたよ。後ろから撮影された写真も、妹とよく似ている」

希子はどう返事をすればいいのかわからなかった。まさに、あいまいにしておくのが狙いだった。プロジェクトが頓挫したと思われないよう髪型を揃え、背後からの写真しか載せなかったのだ。

自分が代役を務めなければ、もっと早く、茗が見つかったんだろうか。

希子の顔を見つめたまま、立岡はゆっくりと口を開く。

「すみません。あなたが妹のふりをしていなければ、ブログを見ていた人が不在に気づいたのではと思ってしまって。でも真剣に見てる人なら、後ろ姿だろうとなんだろうと別人だと気づくでしょう。……その程度だったんだ。私も見ていなかった」

立岡は、問いかけに自分で答えて納得していた。声も荒らげず、淋しそうな表情を浮かべるだけだ。

「村役場の担当者と連絡が取れました」

麗美が戻ってきた。ただ、と申し訳なさそうに続ける。

「今日は終日忙しいと申していまして。本人から連絡させますので、先にお家《うち》をご案内します」

「わかりました。それと、妹の遺体を発見した人にも会いたいのですが」

「遺体の状況の説明をお求めということですか？　警察からはどのように。わたくしたちも警察からの連絡でしか知らないのです」

「見つけたのはみなさんがたではなく、高校生の少年だと聞きました」

それは、と麗美が口籠る。

「お気持ちはわかります。ただ相手は未成年ですので、わたくしとしてはその少年もショックだったのではと考えますと、仲介できかねます。どうしてもということでしたら警察を介して頼んでください」

3

茗の家を案内する仕事が希子に任された。最初こそ田垣がついてきて説明していたが、仕事が残っているからと途中で帰ってしまったのだ。

また逃げた。ずるい。希子は内心、怒っていた。

「片づけていただいてたんですね。段ボールを持っていくだけになっている」

立岡があたりを眺めまわし、抑揚のない声で言った。

来宝ファームは、村が転出者から委託された空き家を借り、宝助っ人の住まいとして管理している。茗には丸ごと一軒を貸していた。村の住人の感覚では小ぶりだが、ひとりで住むには広い。水回りはすべて一階にあるし、全部の部屋を使っていたわけではないだろう。

車にあったキャリーバッグとスーツケースは荷物でいっぱいになっていたそうなので、段ボールにあるのは詰めきれなかった分だろう。あとで取りに来るつもりだったのか、送ってもらおうとしたのかはわからない。

「荷物をまとめたのは茗さんご自身だと聞いています。あとはお貸ししていたものが置かれていました」

そうですか、と立岡がうなずく。

「この家はずいぶんレトロですね。窓も面白い。こういうの、やってみようと思ったこともありました」

はじめて見た、立岡の穏やかな表情だった。

「窓、ですか？」

「ええ。このネジ締まり錠を使った窓です。ビル側の許可が下りなかったんですけど」

引き戸の重なった部分を貫くタイプの鍵だ。棒状になっていて、くるくると回して締めていく。

「うちも、納屋はその鍵です。古いものだから、都会の方には珍しいですよね」

「逆に、そういうのがお洒落という考え方もあるんですよ。窓枠を白く塗るとか、また、枠は黒にして色ガラスを入れるといった設《しつら》えを見たことがあります」

「そういえば飲食店をなさっているんでしたね」

「創作イタリアンの店です。食器棚の器もいいですね。昭和中期によくある花柄だ」

「もともとこの家にあったたか、どこかから借りてきたものです。家財道具を残したままにしている人も多くて」

なるほど、と立岡は興味深そうだ。茗の兄というだけではない顔が見えたようだった。

あちこちを眺めていた立岡だったが、ふいに不思議そうに首をひねり、再び、台所から続く居間、寝室にしていたと思われる畳の部屋と、なにかを捜している。

「パソコンはどこにあるんです？」

と、訊ねてきた。

「今はわたしが譲り受けています。宝幢さくらとして活動をするために」

「それは、そちらの会社が貸与したものですよね？　私が訊ねているのは、妹の私物です。覚えている限りでは、銀色の薄いノートパソコンでした。最後に見たのが一年ほど前なので、買い替えた可能性もあるけれど」

「ここになければ茗さんが持っていったんじゃないですか？」

よくわからないまま、希子は返事をする。

立岡が首を横に振った。

「警察から、妹が車に載せていた荷物は、事件か事故かはっきりするまで証拠品として預かると言われて、目録を確認させられました。そのなかにパソコンはなかったんですよ」

「もともとないんじゃないですか？　ご覧になったのは一年前なんでしょう？　こちらからの貸与物で仕事はできますし」

希子の言葉に、立岡は納得いかないようすだ。

「妹は、ブログやSNSでネット上の交流を行い、文章も書いていた。そういう人間は一度手にしたパソコンを、タブレット端末などに買い替えることはあっても手放すことはないでしょう。タブレットも目録になかった」

「ほかの人にも訊ねてみます。ただ、宝幢村でプロジェクトに関わる半年間は、ほかのブログやSNSの発信をしないという契約を交わしていたと聞いています」

「その契約、妹がどこまで守るか怪しいものです」

立岡は、諦めたようなため息をついた。


段ボールに残された荷物を抱えた立岡が、先に外に出た。希子は家の鍵をかける。ふたりは別々の車で来ていた。立岡の車は、白い軽バンだ。来宝ファームでも同タイプのものを荷物の配送に使っている。ナンバープレートは練馬だった。

「こんにちは。森宮茗さんのお兄さん、ですよね？　このたびはご愁傷様です」

白いワイシャツにグレーのパンツという高校の制服を着た耀が、道の向こうから歩み寄ってきた。いつも希子に見せているへらへらした笑い顔ではなく、真面目な優等生の顔をしている。

立岡の表情が曇った。怖い顔をして希子を見てくる。

「どういうつもりですか？　誰がマスコミに、私が来ていることを教えたんですか」

「マスコミ？　違います。その子は――」

「わー、オレ、そんなに大人っぽく見えますか？　ちょっと嬉しい。あ、すみません、大変なときに」

そばに立たれてやっと、立岡は耀が若いことに気づいたようだ。困惑しているのか、希子と耀の間で視線を定められずにいる。

「突然すみません。オレ、長谷川耀と言います。山の中で茗さんの車を発見したものです」

優等生の顔を崩さないまま、耀が頭を下げた。はっと表情を引き締めた立岡が、感謝するような目で希子を見た。

「……いえ、呼んでいません。耀くん、どうしてここがわかったの」

昨夜、キレて電話を切ったくせに、耀は平然とした顔だ。うさんくさい、と希子は睨む。

「お兄さんが来るって噂を聞いたから。きっとここに立ち寄るって思って」

「噂って？」

立岡がいぶかしむ。

「母親経由で聞きました。来宝ファームの事務をやってる人と知り合いなんで」

立岡が来訪することは、昨日のうちに予定されていた。誰かが喋ったのだろう。

「この村、噂が立つのが早いんです。茗さんが住んでたこの家だって、すぐにわかりました。興味本位の人が集まってくるから気をつけたほうがいいですよ、お兄さん」

「耀くんもそういう人のひとりでしょ、学校は？」

希子が呆れて口を挟んだが、耀は意にも介さず答える。

「今日は土曜日ですよ」

「話を訊きたかったから歓迎ですよ。長居もしないのでご心配なく。それから、あれはうちの車なんです」

立岡は希子たちの微妙な空気を気にすることなく、耀に接している。

「車、残念なことになっていました。あのココア色、お洒落だけど山の中には向かなかったんじゃないでしょうか。保護色になってしまって、なかなか発見されなかったのはそのせいだと思います」

「街乗りしかしないつもりだったのでね。妹が、車の要る仕事だからどうしてもと強引に持っていったんだ。おかげでいっそう……、いや、なんでもない。廃車手続きをしますよ。見つけてくれてありがとう」

立岡が耀に向け、軽く頭を下げる。

いっそう妻の機嫌を損ねた、そう言いたかったのではと希子は思った。茗の行方を訊ねる連絡をしたときも、妻はそっけなかったという。立岡がいま乗ってきた車は業務用、仕事で使っているものだろう。茗の乗っていた小型車が家族用の車だったに違いない。

「都会の人から見て、この村、そんなに魅力ありますかね。車を用意してまで来るところとは思えない」

耀が肩をすくめる。

「妹が考えていることは、私の理解の外です。ところで……思いださせてしまうので申し訳ないけれど、妹を見つけたときのことを、詳しく教えてもらえないでしょうか」

もちろんです、と耀は淀みなく話しだした。

「マウンテンバイクで山道を走っていて、ぬかるみにタイヤを取られて滑り落ちちゃったんですよ。そうしたら、ココア色の車があった。両側の窓が開いていて、車の中に枝葉が突き刺さってました。ぎょっとして中を見たら、右側から入ったその一本が……その、運転席にいる人の首のあたりに達していて。正面のフロントガラスからも、突き破った大枝がエアバッグを絡めて顔のへんに」

虫がどうとか、人の身体がどうとか、さすがの耀もそんな描写は避けていた。淡々と見たものだけを述べていく。

携帯電話の音が鳴った。

立岡がポケットを探る。電話を受けたのち、後ろを向いて、硬い声で話をしている。

よろしくお願いします、と重々しい声が聞こえた。

「村役場の人、山之内さんという方からでした。今からお会いしてきます。ああ、佐竹さん、ありがとうございました。お手間いただきましたね。ひとりでお伺いしますので」

「たいしたこともできずにすみません」

では、と礼をして、車へと歩きだした立岡に、耀が声をかけた。

「待って。連絡先、交換してください」

「え？」

「オレちょっと、気になります。お兄さんも気になってたから、オレの話を聞きたがったんでしょう？」

立岡は逡巡《しゅんじゅん》していたが、結局、耀とスマホを見せ合っていた。そして背を向け、車に乗って今度こそ行ってしまう。

希子さん、と耀が話しかけてきた。

「あのおっさん、妹が死んだにしては、さばさばしてない？　血がつながってないって聞いてはいるけど」

ぎょっとした。

「なんでそんな話まで知ってるの？」

「だからオフクロ経由で話を聞いたんだって。来宝ファームの事務やってるおばさんから。

茂山っていう」

やはり茂山だったか。それにしても、そこまであけすけに話すとは。

「立岡さん、泣いてたんだよ。さばさばして見えるだけ」

「ヤツが殺したって可能性はないかな」

「……耀くん、なにがなんでもおおごとにしたいみたいだね。受験のストレスに巻きこまないでくれる？」

耀がバカにしたように鼻で嗤う。

「事実、おおごとだろ。あの死体を見たら、みんなびびるよ」

「耀くんは、伯父さんを殺してないよね。お父さんを殺してほしいっていうのもはったりだよね」

「はったりじゃない。あいつがいる限り、オレは自由になれない。さっさと殺してくれない？」

「もう嘘つきの相手はしません」

「嘘ねえ。ま、そういうことでもいいけどさ」

耀は、不満そうに足元の小石を蹴った。

「そういうことでもなにもないでしょ。嘘なの？　本当なの？　本当だったら、警察に通報するからね」

　呆れたようにも驚いたようにも見えるまん丸な目を、耀が向けてくる。

「ごめんごめん。なにもそんな、きゃんきゃんと生真面目な反応しなくても」

　ここで負けてはいけないと、希子は耀を睨んだ。もう変な話に巻きこまないでほしい。

「わかったよ。……オレは伯父さんを殺していない。オレの父親を殺すって話もペンディングでいい」

　耀は、降参だとばかりに、おおげさなしぐさで両手を上げていた。

「ペンディングってなに？」

「オレの目的はこの村から出ていくことだ。そのために、オヤジがいなくなればと思った。それさえ果たせればいい。そういうこと」

「うちの村、そんなに嫌いなの？」

「村がどうこうじゃなくて、……ま、好きじゃないけどさ。ともかく今回、茗の事件が起きた。事故なのか殺人なのか、はたしてその真相は？　ってぱーっと盛り上がる要素、あるじゃん。マスコミに押し寄せてきてほしいわけ」

　希子はいぶかしんだ。

「耀くん、テレビに出たいの？」

「まさか！　それはごめんだ。騒ぎになれば親を村の外に出せるってだけ」

耀の言いたいことがさっぱりわからない。

村から出ていきたい、そのために父親を殺したい、騒ぎになれば親を村の外に出せる、いったいどういう理屈なんだろう。

「それ、他人の死を利用するってこと？　伯父さんのことも利用しようとしたよね。そういうの、よくないよ。耀くんだって、自分が亡くなったときに同じことされたら嫌でしょう？」

はん、と耀が笑った。

「ほんと真面目だな。同じことされたら論理、やめない？　それ、平気だよのひとことで詰む論理な。死んだらもう終わり。ジ・エンド。来世なんてないし、誰かに取り憑《つ》くとか守護霊になるとかもないんだって」

パン、と耀の頬を鳴らしてしまった。

思わず手が動いたのだ。希子は自分の行動に動揺する。

「じ、実際には終わりでも、残された人間はそうは思わない。他人の気持ちを考えなさい。なにより……、この村では人が大勢、いっぺんに亡くなっているんだよ」

口に出すと泣きそうになった。十六年も経っているのに、思いだすと一瞬で気持ちが過去に戻る。

「……じゃあ、ひとまえでは言わないようにするか」

耀はバツが悪そうに顔をそむけた。悪かったとつぶやいたものの、すぐにまた顔を上げる。

「だけどオレは、今回のことを利用させてもらう。こっちだって人生がかかってるんだ」

「人生って」

「人生だよ。おおげさかもしれないが、オレの人生だ。別に受験のストレスでもなんでもない。わかったつもりでジャッジするなよな」

4

翌日の夕刻、駐在所の警察官が来宝ファームにやってきた。

日曜日だが麗美も田垣も事務所に詰めていたし、希子も気になって顔を出していた。もしも茗の件が殺人事件となったら、宝幢さくらプロジェクトは正式に打ち切りだ。自分の仕事がなくなってしまう。

茗は事故死。その扱いで決まったという。

そのひとことで、事務所の空気があきらかに変わった。

麗美はほっと息をつき、田垣は祈るように手を合わせた。希子も肩が軽くなるのを感じた。警察官でさえ、わずかに笑顔を見せる。

茗の車は、幹線道路を途中で脇に逸《そ》れる旧道から、谷に向かって落ちていった。その際、開いていた窓から枝が車内へと入り、茗の首を刺して出血に至らしめた、というのが結論だ。谷に向かって少し入ったところに、折れた枝を持つ木が見つかったという。その後、さらに太い枝に、車のフロントガラスごと串刺しにされた。耀が説明していたとおりだ。

ガードレールのない道路だった。旧道は、地震で先がふさがれて行き止まりのまま放置されていたが、Uターンをするスペースもあり、また、山の管理には必要なので封鎖されてはいなかった。そこに迷いこんだものと思われる。利用する人は限られ、調べると滑落の際のわだちや傷ついた樹木もあったが、猪が通過した跡にも見えていた。茗の車が発見されるまでに雨の日が何度もあり、わだちははっきりとしない。

茗の死因は失血死またはショック死と推測する、とのことだ。身体には動物や鳥類の噛み痕があり、欠損もしている。動物の糞《ふん》や毛も車内から発見され、窓から入りこんだと思われる。残りは虫の餌食になっていた。

そういうことになりましたので、と警察官が帰っていった。麗美と田垣が、それぞれ電話をかけはじめる。麗美の相手は慶太郎で、田垣の相手はわからない。竜哉だろうか。麗美が声高く話しているためか、田垣は話しながら作業場へと行ってしまう。宝助っ人も、今日はいない。

「わたしも帰ります」

麗美の電話が終わったタイミングで、希子は話しかけた。

「お疲れさま。昨日今日とありがとう。申し訳なかったわね。明日は休んでいいから」

それは、明日だけなんだろうか。この先も自分は必要ないのだろうか。問いただす勇気がない。

言葉を見つけられないまま、希子は帰りかけた。と、出入り口まで近づいたとき、その向こうに立つ人影に気づいた。立岡だ。

「立岡さん、実は今さっき、警察の方から連絡が」

「はい。私のところにも、事故ということで決まったと」

「改めて、お悔やみ申し上げます」

希子の後ろから、立岡さん、と呼びかけながら麗美がやってくる。

「茗さんにはお世話になりました」

「いいえこちらこそ。……どうやら茗はいろいろご迷惑もおかけしていたようで、すみませんでした」

「迷惑、ですか？」

不思議そうな表情で、麗美が立岡に訊ねる。

「予定のない相手に会いに行ったり、入ってはいけない場所に入ったりしていたと。会う約束もしていないのにやってきてあれこれ訊ねられたとか、無人の寺の近くで長く車が停まっていたとか。そんな苦情が住民から上がっていたと知らされました」

「そうですか」

といったん応じてから、麗美は問う。

「それはどなたからのお話ですか」

「役場の方、昨日ご連絡を取っていただいた山之内さんです。茗に注意をしたところ、まるでアリバイ作りのように寺を紹介するブログ記事が書かれたそうですが、無人の寺の話などされては、村が寂れているように受けとられるので困ったと」

「……寂れたお寺の話は、たしかにそんなこともありましたけど、表現は変えていただいたし、それほど迷惑ということも。本当に、茗さんにはご活躍いただいたんですよ」

麗美がフォローをしている。

「そんなこんなも重なっていて、帰るきっかけになったときも強めに注意してしまったのだそうです」

立岡が申し訳なさそうにしていた。

希子は恥ずかしかった。役場に苦情が入ったのが本当だったとしても、そんなことを遺族に言うなんて。竜哉は、茗を下げることで、彼女への対応に間違いはなかったと思わせたいんじゃないだろうか。

「蛇を投げたという老人にも会わせてもらいました。投げたのではなく、ふざけて見せただけだと。ちょっとからかっただけなのに、年長者に対する敬意のない反応が返ってきたので、思わず喧嘩になったと」

それは、と麗美が色をなした。

「茗さんが怒るのは当然です。敬意がないなどと、わたくしが申し上げるのも変ですが、古い意識を持った人間の思い上がりです。大変失礼しました」

麗美が深く頭を下げる。

「いえ。私も客商売ですからわかりますよ。茗は忍耐が足りず、カッとしたのでしょう。山之内さんが身内側、スタッフにあたる茗を叱るのも当然です。それに、そのことと事故には直接の関係はないのですから」

それを受けて、麗美が再びお悔やみを口にした。希子も続けた。

「どうぞお気遣いなく。私は妹の死を受け入れています。山之内さんやそのご老人を責めるつもりはないのです。縁も薄くなっていた妹ですが、最後の状況ぐらいは知りたかっただけです」

「立岡さん。やはり、我々……申し訳ありませんでした」

麗美が何度目かの頭を下げる。

「こちらこそです。妹の荷物も処分することになるでしょうし、葬式が終わればみなさまとのご縁も終了と思っています」

5

「まーでも、おおごとにならんでよかったわー」

帰宅した希子は、待ち構えていた倫代に警察からの話を伝えた。倫代から絹江や矢部医院の待合室仲間に情報が伝わることを考え、刺激の少ない表現を心掛ける。

「なんもかんも放りなげて帰ってまう無責任な子やったってことやなー。ブログやなんやいうんも、本当に村のええとこを取材してたん？　あれこれ首を突っこんでただけや言うとったわ」

「伯母さん、それ、誰から？」

「みんな言うとるわ」

「今まで茗さんのこと、そんな人がいるって程度にしか、知られていなかったのに？」

いぶかしむように倫代が眉をひそめた。

「死んでまったから、みんな少しずつ思いだしたんちがう？　あんなこともしてた、こんなこともしてたって言うて。仕事もサボりがちやったって。人のおらん寺を覗いとるとこを見てた人もおるらしいで」

「誰かが役場に訴えたの？」

無人の寺に車が停められていたことは、立岡にも聞いた。しかし希子に引き継ぐまでの記録からは、サボる時間などないペースで、人と会っていることが見てとれた。

ずいぶんアンバランスだ。

「って、竜哉くんがぼやいとったって、勝子さんが言うとった」

竜哉？　もしや、噂を流しているのは竜哉なのか？

倫代は楽しそうに笑っている。

「誰かとあいびきでもしとったのと違うん。まー、ほんな人がおったら、はよ嫁さんにしたほうが人口も増えるのになー」

「伯母さんったら、もう。そんな人がいるなら帰ったりしないでしょ」

そうでもないか。相手との仲がこじれて、仕事でも嫌な目に遭って、もういいやと投げだしてしまった可能性はある。

「どしたん、希子。考えこんでまって。なー、あんたがやっとる仕事、このまま続けるんか？」

「わからない。今、停止中なの。わたしは茗さんの代役でしょ。このままわたしが宝幢さくらを続けるのか、茗さんが亡くなったことを受けてやめてしまうのか」

「クビになってまうかもしれんの？」

「……プロジェクト自体がなくなったら、そうなるかも。でも怖くて訊けない」

「ほうか」

と倫代がつぶやき、不安そうに続けた。

「お金、のうなるなー」

希子は黙ってうなずく。このまま来宝ファームに雇ってください、とお願いして、許してもらえるだろうか。ダメだったら、どうしよう。

「結婚、やっぱり早めてもらわな、あかんわなー」

「そうはいっても、竜哉さんは喪中だっていうし」

「ほんなん妊娠してまえばええだけやないの」

「え？」

「なに驚いとんの。それが一番スムーズにいく方法やわ。ほうや、そうしい。来宝家につながるゆうても、村長自身が、ほうやって結婚しとるんよ。どの口が言うん」

ばん、と倫代に背中を叩かれた。

そのとき玄関から、「ごめんください」と声がした。

「竜哉くんの声やない。ええタイミングやわー」

倫代が希子の肩を支えにして立ちあがる。お茶を淹れてやるというので、玄関へは希子が向かった。

「いやあ、大変な目に遭ったよ。警察には妙に疑われて、森宮くんが帰った夜のアリバイまで聞かれて」

上がっていいかとも訊ねずに、竜哉が靴を脱ぐ。

「ファームにも駐在さんがいらしてた」

「もちろん聞いてる。結局事故なんだろ。まったく最後まで人騒がせな。すっかり掻《か》きまわされちゃったな。……ああ、伯母さんお邪魔してます」

倫代が顔を覗かせていた。

「座敷でええか？　希子。ほれか、二階のあんたの部屋に行くか？」

「座敷で」

「部屋で」

竜哉と声が重なった。部屋でと言ったのは竜哉のほうだ。倫代がにやりと笑う。

「やっぱり座敷にしてください。いきなり失礼ですよね」

「遠慮せんでええやないのー。結婚するんやし、竜哉くんの家も同じやわ」

「ありがとうございます」

軽く礼をして、竜哉は仏間に向かった。佐竹家にとっての応接室だ。仏壇の脇に置かれた伸一の写真に手を合わせている。ほどなくして振り向くと、言った。

「今日はその結婚の話で来たんだ。なんとか本家を説得することができた。喜んでよ」

「本家？」

竜哉の家は、山之内の本家のはずだ。

「来宝家のことだよ、前村長の城太郎さんに会ってきた。式を延期する必要はないってさ」

おやまあ、と倫代が右手で盆を持ち、左手を襖に這《は》わせながら、ゆっくりとやってくる。

「わざわざ病院まで出かけて聞いてきてくれたん？」

「はい。ふたりの将来のことですから。納得してもらえました」

「城太郎さんは元気なん？」

「おかげさまで」

「よかったなあ、希子。これで安心や」

竜哉と倫代が笑顔で目線を交わす。

その瞬間、希子は思った。

――茗のあいびきの相手とは、竜哉ではないのか。

そういえば隣の市のファミリーレストランでばったり会ったとき、竜哉のようすがおかしかった。茗とわたしとの話を打ち切りたがり、店を出ようと促してきた。

結婚を延ばそうとしたのは、茗がいたから？

けれどなにかがあって仲違《なかたが》いをした。茗は帰ってしまい、亡くなった。天秤《てんびん》にしていた一方が消えたから、自然、わたしを選んだ。……選ばざるをえなかった？

「待ってください。あの、でもわたし……」

「なに？　待っている間に、誰か好きな人でもできた？」

冗談めかして竜哉が訊ねてくる。

それはあなたのほうでは、という問いが、希子の喉に引っかかった。……ただの想像にすぎない。むしろ妄想だ。これでは嫉妬に狂った女のようだ。

「ほんなわけあるかいな。ほんの二、三週間前のことやないの。だいたいこの村のどこに竜哉くん以上の男がおるん」

どう問えばいいか迷っている間に、倫代が大声で切り捨てた。

「わかりませんよ。宝助っ人がそのころから来てますし。今年は男の人が多いようです」

「やめといて。うちの希子はそんな尻軽やない」

「もちろんです。よくわかってますよ。希子ちゃんは仕事のことを心配してるのかな。引きうけた以上は続けてもらってかまわないよ。どちらにしても残り四ヵ月のプロジェクトだし。もっともあれ、どうなるかわからないけどね」

「……どうなるかって？」

希子はやっと口を挟んだ。

「森宮さんが亡くなっただろ。この先も続けるのは不謹慎だという声があってね」

「ほれならいっそ、結婚を早めたらええやないの。どうやろ、竜哉くん」

倫代がちゃっかりと頼みこみ、喜んでとばかりに竜哉もうなずく。

ためらっているうちに、希子の発言は封じこめられてしまった。

竜哉が帰ったあと、希子は意を決して倫代に訊ねた。もしかしたら、竜哉と茗の間になにかあったのでは、と。

「それがどしたん」

倫代が鼻で嗤う。

「どうしたもなにも、もしもそうだったら、竜哉さんはわたしのことを――」

「袖にしようとしたて？　最終的にはあんたが勝ったんや。誇っとき」

「伯母さん、まさか気づいてたの」

「最初からか？　ちゃうわ。ほやけど今、竜哉くんの話を聞いて、はは－ん、そういうことかと思うたわ。けどまだ尻が青いね。見え見えやない」

「見え見えって。いくらなんでもあんまりじゃない。伯母さんは平気なの？」

「都会からかわいい子が来たもんで、ふらりと気ぃ惹かれただけや。よくある話やら－。ほやけど相手は死んでまったし、もう面倒は起こらんよ」

「……だけど、竜哉さんがそんな人だったなんて」

「希子。あんた結婚するんよ。子供みたいなこと言わんの。男の人の浮気はしょうがないの」

「しょうがなくないでしょ」

「ほんなこと言わんの。本当はわかっとるけどわからんふりしてるのよー、許したげてるのよー、って見せておいたらええの。たぶん竜哉くん、伯母さんがわかってまったって気づいたわ。でもお互い黙っとく。言うたら喧嘩するしかないやろ。貸しをつくるんよ。そしたら向こうも応えてくれる。それがええ女やわ」

希子は素直にうなずくことができない。

6

その夜、耀からも電話があった。

「結論、事故。そう聞いたけど、まじ？」

情報の早さに希子は驚く。

「その話はどこから？　また茂山さんから？」

「も、だし、学校のＬＩＮＥのグループからも。みんなほかに娯楽がないのかよって、オレも思うけどな。で、オレとしては正確なところを知りたい。警察も最小限、関係者には伝えるだろうから。人づての話より一次情報が重要だ」

希子には耀に説明する義理などない。けれど、事件だ事件だと騒ぐ耀の口をふさぎたかった。駐在所の警察官から聞いた話を、簡単に伝える。

「それ結論だけじゃん。誰かが茗を殺して、事故に見せかけて道から落とした可能性だってあるはずだ。この村には防犯カメラがない。ひとりで車に乗ってたかどうかさえわからない」

あくまで事件にしたいのか、と希子は呆れた。

「駐在さんは、指紋も調べたって言ってたよ。そのうえでの結論でしょ」

「誰かを殺すのに、指紋をべたべたつけるヤツがいるかよ。基本中の基本。警察が楽なほうに流れたんじゃねえの？」

「誰が茗さんを殺すっていうの」

「喧嘩して出ていきました、連絡がつかなくなりました、はい亡くなってました、ってどんだけ都合がいいんだよ。絶対裏がある」

耀が居直る。

「裏もなにも、そっちこそ、無理にこじつけてるだけじゃない」

「結論が早すぎるって言ってんの。今回も解剖してないんだよな？　オレ、ネットで調べたんだ。岐阜県で司法解剖ができるのは岐阜大学だけだ。遺体をすべて調べることはできない。状況から交通事故と判断されたなら、その遺体を解剖することはまずない。骨に残る痕ぐらいは視《み》たかもしれないけど、人だか虫だかわかんなくなった身体だぜ。もっと時間をかけて調べないと」

「骨に残る痕って？」

「首を絞めれば喉仏のあたりが折れる。頭を殴れば頭蓋骨がへこむ。そんな程度ならすぐわかる、って話。逆に言えば、それ以上のところまで視てない。視られない」

「……わからないよ、聞いてないし」

ちっ、と舌打ちの音がした。

「だから田舎の連中はダメなんだ。誰か疑問を持てよ。なにをもって事故死と判断したかぐらい、質問しろよ。まあ、あんたたち来宝ファームや村役場だって、面倒を増やしたくないだろうけどな」

「そんなこと」

「いいや。これが殺人ってなったら、村を挙げての大騒ぎになるじゃないか。東京から来た、もともと知り合いでもない女ひとり、死んだって誰も困らない。自損事故という結論でよかった。みんなそう思ってるんだろ？」

違う、と言おうとして、希子は言葉に詰まった。

麗美も田垣も、事故という結論を聞いてほっとした顔をしていた。自分もまた、肩が軽くなったと感じた。今も、耀にここまで説明するのは、騒ぎに持ちこみたい彼の口をふさぎたかったからだ。

「おーい、聞こえてる？」

黙ってしまった希子に、耀が呼びかけてくる。

うん、と答えた希子の声は、消えそうだ。

「茗の兄貴、立岡にも電話したんだ。詳しい話を聞いてないかって思って。けど出なかった。立岡の情報はない？」

「帰った。警察に行って遺体や荷物を引き取って東京に戻るって言ってたから、運転中かもしれないね。あとで連絡するって」

「連絡？　なんの？」

「お葬式の。麗美さんが立岡さんに、参列させてほしいって頼んでた。……あの、麗美さん、立岡さんに何度も申し訳ないって言ってたし、ちょっとこたえてるっていうか、うん……、みんな、耀くんが言うほど他人事《ひとごと》でもないよ」

希子はついフォローを入れてしまう。

他人事なんかじゃない。茗とは楽しく話もした。事故という結論にほっとしたのは、ざわつく気持ちが多少は収まるから、これ以上怖いことはおきないと思うからだ。

ふうん、とバカにしたような声が受話口から聞こえた。

「もろ手を挙げてばんざいするわけにはいかないもんな。で、その葬式に行くのは来宝ファームの社長なんだ。村としては行かないの？　村のプロジェクトだろ？　行くべきは村長じゃねえの？」

「麗美さんは村長夫人だから、その代理も兼ねてるんじゃないかな」

「なるほど。担当者より格上ってわけか」

それに竜哉は行きたがらないかも。

そう思ったとき、ふいに希子の頭に恐ろしい想像が浮かんだ。

もしも、茗と竜哉の間に関係があったなら。仲違いをするような大きな事件があったのなら。

竜哉が茗を殺した、その可能性はゼロじゃないのでは。

「……あ。アリバイ」

警察官から訊ねられたというアリバイ。茗がいなくなった夜に竜哉がどうしていたのかという話を、その後、聞いていない。

「アリバイ？」

耀が訊ねてくる。気持ちの揺れを悟られたくない。

「な、なんでもない。別の話」

「別？」

「まったく別のことを考えてた。じゃあ、わたしから伝えられるのはこれだけだから」

「怪しいな。誰のアリバイだよ」

「関係ない。切るよ」

「待てよ。オレは諦めないからな。絶対に茗の死には、なにか秘密がある――」

耀はまだ話していたが、怖くてそれ以上聞けなかった。希子は終話のマークをタップする。

液晶画面が消えて黒くなるまで、スマホを見つめていた。

第四章　村の一員だから、余計なことは言うな

1

せっかくもらった休みも疑念が頭から離れず、竜哉にどうやってアリバイを訊ねればいいかも思いつけず、倫代の病院の送り迎えで過ごした一日が終わった。

希子は翌日、来なくていいと言われない以上はと、来宝ファームに出勤した。宝幢さくらとしての活動はできないので、茂山に雑用をもらう。宝助っ人の第二回募集や、夏休み期間の農業体験ツアーに関する諸作業だ。いよいよ夏の収穫作業が本格化する。第一回募集でやってきた宝助っ人の書類整理も、途中で放りだされたままだった。毎年やっている割には、いや毎年の作業だからか、適当だ。

「宝助っ人は女性を多く採用すると聞いてましたが、思ったより男性がいますね」

希子は茂山に訊ねる。竜哉も、今年は男の人が多いと言っていた。

「去年、あからさまに女性が多かったんだよね。そしたらネットで悪評が立ったみたい。

村の男性に都合のいい街コンみたいだとか、そんなに相手がいないなら海外から嫁をもらえとか。今はいろいろ怖いねえ」

街コンとは、出会いを求める規模を大きくして街単位にした合コンなので、男女比の偏りはほぼない。

「年齢の高い方もいますよね」

以前仕事をもらいに来たとき、中年男性が出荷作業場で段ボールをまとめていたのを見た。四十少しぐらいだろう。

「宝助っ人同士でカップルにならないよう、せめてもの抵抗なんじゃない？　選出したのは事務長や麗美さん」

「麗美さんも宝助っ人を選んでるんですか？」

「大奥様のころから社長が選んでたよ。大奥様は写真を見て、素直そうな女の子を積極的に選んでた。麗美さんは経歴や動機重視。おかげで大奥様はぶちぶち文句をたれてくる。あたしたちに言われても困るんだけど、言いやすいのか、こっちに持ちこむんだよねえ」

「おふたりの仲は、今もよくないんですか」

「まあ、最初がアレだし、麗美さんははっきりモノを言う人だしね」

希子はふと、噂好きの茂山なら、竜哉と茗の関係も知っているのではないかと思った。

「茗さんも、お嫁さん候補だったんですか？」

「どうかなあ。かわいいはかわいいけど、嫁取りにあぶれた子たちの手に負えるとは思えないね。高嶺《たかね》の花じゃないの？」

「誰かから、茗さんを狙ってるといった話は出ませんでした？」

茂山がにっこりと笑って、希子を見てくる。

「神さまが狙ってたのかもしれないね。早死にしたのはそのせいかも。かわいそうに」

うまくごまかされた気がした。

本当は、茂山は気づいていたんじゃないだろうか。

夕方、麗美が喪服姿でファームの事務所にやってきた。茗の葬式から戻ったところだという。

疲れたと言いながらも麗美は、手ずから紅茶を淹れてくれる。麗美の紅茶はとてもおいしい。東京土産の詰め合わせ菓子も、みなが嬉しそうに選んでいた。

茂山は葬式のようすを聞きたいようだ。あれこれと問いかけている。

「列席者があまりいなくてね。同年代の女性も少なかった。お友達にちゃんと伝わっていなかったのかも。立岡さんと茗さんとのつきあいはすっかり途絶えてたようね。同級生の連絡先もわからないって」

「茗さんはご両親がいないから、実家というものがないのね。うちに来るまで借りてたアパートも、家賃がもったいなかったのか引き払って、荷物をレンタル倉庫に預けてたそうよ。断捨離？　ミニマリスト？　そんなタイプだったみたい」

「旅行のブログを書いてたでしょ。でもそういうときのお土産は人に差し上げるものしか買わなくて、ご自分はデジタルのデータだけ残していたんですって。しみじみ考えちゃったわ。自分が死んだらそういうデータってどうなるのかしらって。あ、そうだ——」

と、麗美は思いだしたような顔になり、銀色のスマホを机に置く。

「これ、来宝ファームの備品だったって、立岡さんから返されたの」

「どういうことですか」

岩間が問う。

「警察から、茗さんの車にあったものだって言われて、ほかの荷物と一緒に返されたんですって。猫の耳がついた黄色のブック型カバーをかけられていたから、立岡さんも、茗さんの私物だと思って受け取ったそうなの。そのカバーには見覚えがあるって言って」

「わたしも見たことがあります。黄色の、小さな耳がついたもの」

希子が小さく手を挙げる。縁側で、伸一と一緒にいたときにブログを見せられたのだ。

「わたくしも、茗さんがそんなカバーを使ってたことは覚えてるわ。でね、立岡さん、携帯ショップに行って死亡解約の手続きをしようとしたそうなの。そこで、茗さんの私物じゃなく、うちのものだとわかったんですって。うちのはみんな、会社のものだとわかるよう本体に社名と番号のシールを貼ってあるんだけど、はがされてたのよ」

「ダサかったから取ったのかも。あの子ならやりますね」

茂山が言う。

「じゃあ、茗さん自身のスマホはどこにあるんです？」

希子は訊ねた。麗美が首を横に振る。

「わからないの。立岡さんは警察にも取り違えを伝えたそうよ。でも、ないものは返しようがないでしょ。本人のものは、車の窓が開いていたから崖に落ちたときの衝撃で飛びでたか、鳥かなにかが咥《くわ》えて持っていったんじゃないかと言われたそうよ」

「……そんなこと、ありえるんですか？」

「カラスって、光るものが好きだよね」

希子の質問に答えたのは茂山だ。

「それ、聞いたことあるわね。いずれにせよ立岡さんは、茗さん本人のスマホは解約したそうよ。本体に個人情報が入ったままなのは不安だけど、カード類は止めたし、山の中で錆《さ》びていくのを期待するって。そういうわけで、茗さんのデジタルデータは山の中でひっそりと消えていくんだなって、わたくし、思ったの」

麗美が目を伏せる。抒情《じょじょう》に浸っているように見えた。

「麗美さん、そういうロマンティックはさておいてですよ、このスマホは彼女の車の中にあったものなんですよね？」

岩間が確認する。

「ええ。助手席の座席の下に入りこんでいたんですって。だからカラスも気づかなかったんじゃない？　立岡さんから、警察にどう説明されたって言われたかしら。えーっと、茗さんは手提げ鞄を助手席に置いていたみたいで、中身が散乱していたそうなの。化粧ポーチ、財布、ハンカチ、それらが車内のバラバラの位置にあったそうよ。それでたしか、鞄から飛びでた一方のスマホは窓から出て、もう一方は後部座席のほうに飛んでいき、車が下を向いた際に助手席の下へと滑りこんだ。そう判断できるのではないか、って」

「そうじゃなくて、これもう一回備品に戻すんですか、って話です。死んだ人の車の中にあったスマホですよ？　しかも二週間近くずっとそばに……」

気味悪そうに、岩間が肩を震わせる。

「まあ……ええ。でも経費で買っているんだから、簡単には捨てられないわよ。壊れたってことで簿外にする？　チャージしたら電源が入ったそうなんだけど」

麗美たちは額を突き合わせ、どうしたものかと眉をひそめている。

希子は別のことを考えていた。

あの日、茗から、来宝ファームの貸与物の黒いノートパソコンで、宝幢さくらのSNSを見せてもらった。そして黄色のカバーのスマホからは、茗が以前書いていたブログを見せてもらった。わざわざ分けて見せてくるぐらいだから、あのスマホは茗の私物だ。

誰かが茗の私物のスマホを持っていき、来宝ファームのスマホを私物のように装ったんじゃないだろうか。

誰が――？

どうして――？

「希子さん？　どうしたの、だいじょうぶ？」

麗美が、顔を覗きこんでくる。

「だ、だいじょうぶです」

「そう？　顔色が悪いわよ。怖がらせちゃったかしら。ごめんね」

怖くなったのは、目の前のスマホが死体とともにあったからじゃない。

――この村のこと、もっと知りたいな。希子さんは村のことに詳しい？　なにか噂とか、面白い話はない？

茗はそう言っていた。そして多くの人と会い、人のいない寺を覗いてもいたという。茗は村のなにかを調べていたんだ。そのなにかを知られたくない人が、その情報が入っているかもしれない茗のスマホを持っていったのかもしれない。

そういえば立岡も、茗の私物のパソコンが見つからないと言っていた。耀が言ったように、本当は誰かが茗を殺したんじゃないだろうか。

2

翌日、希子は茗の住んでいた家の片づけを頼まれた。第二弾でやってくる宝助っ人の住まいにするためだ。空き家はいくつか借りているが、電気や水道などライフラインを復活させる必要があるので直前まで使っていた家のほうが手間がいらない。――希子にとっては渡りに舟の依頼だった。

「家具の移動はないから佐竹さんひとりでいいと思うけど、男手があったほうがいい？

宝助っ人で空いてる人いたっけ」

茂山が作業表を確認しながら、奥の出荷作業場に歩いていく。

「いえ、ひとりでできますから――」

希子はその背中に声をかけた。

掃除道具と、ドライバーなどを入れた工具を自分の軽自動車に積みこむ。ほかのスタッフも自分の車を来宝ファームの仕事で使っている。ファームとて経費が潤沢ではない。節約に励む毎日だ。茗に貸与していたスマホも廃棄せず使うことになった。岩間は、お祓《はら》いがわりにどこかで神社のシールを買い求め、それを貼りたいと主張していた。

「待ってください。手伝いますよ」

車を発進しようとすると、細身の中年男性が小走りでやってきた。宝助っ人のひとりだ。何度か見かけて顔は覚えているが名前はわからない。ひとりでできると茂山に言ったのに、声が届いていなかったようだ。

「必要ないとお伝えしたんですが」

「そうですか？　力仕事は任せてください。車も私が出しますよ。自分の車を持ってきてます」

男性が、力こぶを作るポーズを見せてくる。長袖のシャツなので筋肉のようすはわからないが、さっきの走り方にはキレがあった。

「こまごまとした掃除が中心なので、ひとりでじゅうぶんなんです」

「掃除も得意ですよ」

「沖野《おきの》さーん。岩間さんが呼んでる。配達に行ってきてほしいって」

男性の背後から、またひとり、宝助っ人がやってきた。夏目《なつめ》という女性だ。沖野というのが男性の名前らしい。

「掃除を手伝ってきてくださいって話をもらったんですが」

「そう？　じゃああたし、そっちを手伝いに行きましょうか？」

夏目がニコニコしながら希子に話しかけてくる。かわいい子だと事務所でも評判で、すぐに名前も覚えられていた。

「ありがとう。でも、ひとりで平気ですよ」

希子は夏目の手伝いも断る。茗の住んでいた家の中を探りたかったのだ。なにかを探したいというより、なにもないことを確かめたいだけなのだが、それでもひとりのほうが都合がいい。全部を自分の目で確認しておきたい。

希子は改めて車を発進させた。横腹につけていた宝幢さくらプロジェクトのステッカーは外してある。この先、自分の扱いがどうなるのかはまだわからない。

茗が住んでいた家の前に、宝幢村役場という文字の入った車が停まっていた。人は乗っていない。

不審に思ったが、時間もないことだしと希子は扉に手をかける。かかっていた鍵を開けた。——が、中で物音が聞こえる。さっき、たしかに閉まっていたのにと首をひねる。

「……誰か、いるんですか？」

声をかけながら入った。返事はない。

「誰かいますか？　来宝ファームのものですが」

再度声をかけると、また、ものの動く音がして、玄関と台所を仕切る開き戸が開いた。

「やあ、希子ちゃん。どうしたの？」

現れたのは竜哉だった。どうしたのかと問いたいのはこっちだ。この家の鍵をはじめ、宝助っ人に貸す住宅の鍵は、来宝ファームが預かっている。

「掃除をしに。第二回募集の宝助っ人さんが使うので。……竜哉さんこそ、なぜ？　この家、来宝ファームが借りてます。鍵はどうしたんですか」

「どうして希子ちゃんが掃除を？」

竜哉は希子の問いに答えず、逆に問うてくる。

「宝幢さくらプロジェクトが止まってるので、いろんな仕事を受けています。それで竜哉さんは、ここへはなぜ」

「このまま来宝ファームで働くつもり？　うーん、森宮さんの代役は、突然だったし仕方ないと思ったけど、正直どうかなあ」

「どうって、なにがですか？」

「希子ちゃんはずっと家にいた人でしょ。働くのは向いてないんじゃない？　来宝ファームはゆるい職場だけど、働くって本当に大変なことなんだよ」

「でも伯母とふたり、食べていかなきゃいけないし」

「なに言ってるの。結婚するじゃない」

にっこりと、竜哉は笑った。ぐあっと鼻が鳴る。

その瞬間、嫌な笑い方だと、希子は感じた。

今までは気にならなかった。なのにどうしてだろう。背中を撫《な》でてあげられるような気持ち悪さを感じる。肌触りの悪さを。

茗と自分を天秤にかけようとしたから？

「結婚までの生活もあるし、そのあとだって……」

「僕は、奥さんには家にいてほしい派なんだよね」

「だけどお義母《かあ》さんも伯母さんも、多少の通院はあるけど元気で、わたしがずっと家にいても仕方ないし」

「僕、もう三十六だよ。早く子供を作ろうよ。できるよね？　希子ちゃん、健康だよね」

竜哉が畳みかける。

「……健康ですよ。でもそういう言い方、まるで」

「まるでなんなの？　子供嫌いなの？　ダメだよ。信じられないな。僕は村の職員だよ。人口減の対策に取り組んでいるんだ。あと、僕に対して、そういう言い方って言葉もどうかと思うよ」

ふ、と竜哉が鼻で嗤った。

「なんか、希子ちゃん変わったね。おっとりしたところが希子ちゃんの魅力なのに、最近つんけんしてるよね。あの女狐《めぎつね》に影響された？」

「女狐？」

「社長だよ。麗美さん。顔、似てるじゃない、狐に。まあ、社長ったって、中身はただの村長の傀儡《かいらい》で、張りぼてだけどね」

「張りぼてじゃありません。麗美さんは、きちんとお仕事をされてます」

「ああまたキツい言い方。直して。あの人は、村長の妻で、来宝家の嫁で、もっと以前は宝満家の娘だからね。モノをはっきり言っても許されるのはそのせい。本当は誰も許してないけど、逆らえないってだけ。希子ちゃんとはスタート地点が違う。あの人は、周囲から下駄をはかせてもらっているんだ。わかる？　真似しちゃダメだよ」

竜哉が肩をすくめる。

「真似だなんて」

「希子ちゃんもすぐ身に染みるよ。働くことがどれだけ大変か。僕みたいに実力で上に行く人間が、どれだけ努力していてどれだけすごいのか」

どう反論すればいいのかわからなかった。竜哉が優秀なのかそうでもないのか、まさに社会に出たことがない自分にはわからない。でも竜哉の論理で言えば、来宝家とつながりのある竜哉もまた、下駄をはかせてもらっているのでは。

「そんなにすごい人が、どうしてわたしと結婚したいって思ったんですか？」

嫌みのつもりだったが、竜哉は今度こそ、にっこりと笑った。

「希子ちゃんはかわいげがあるからだよ。伯父さん伯母さんを大事にしていて、性格も素直だ。人間は、自分のいいところを大事にするべきだ。僕はそんな希子ちゃんの良さを守ってあげたいんだよ」

それじゃあ用があるから、と竜哉が希子のそばをすり抜け、玄関から出ていった。今のはどういう意味だろうとつい考え、はたと希子は気がついた。質問の答えをまたもらい損ねている。

外まで追いかけると、竜哉は村役場の車に乗りこむところだった。

「待って。この家になにをしにいらしたんですか？」

げんなりした顔を、竜哉が見せてくる。

「空き家の見回りだよ。よくいるんだよね、古い家の扉とか窓の鍵とか壊して勝手に入りこんでるのが。若い子の悪ふざけがほとんどだけど」

そのまま、竜哉を乗せた車が行ってしまった。竜哉がこの家の鍵をどう入手したのかという質問の答えは、戻ってこないままだ。内側から鍵を閉めて、なにをしていたのだろう。

竜哉が出てきた台所を眺めみる。

違和感があった。

食器棚の器の位置が変わっているような気がした。先日、立岡を案内したときに食器の話をしていたから覚えている。竜哉は、なにか捜していたんじゃないだろうか。

――まさか茗の私物のスマホ？　パソコン？

胸苦しさを覚えつつ、隣の部屋に入る。茗が普段使っていたのはこの和室だ。宝幢さくらとして記していた村のブログに、部屋の写真が載っていたのだ。田舎暮らしはのんびりして最高だとか、おばあちゃんのお家に来たみたいだとか、自分が宝幢さくらを演じてみてから読むと、いかにもな提灯《ちょうちん》記事に感じた。

希子は足元の畳に目を落とした。畳の縁が浮いている。これも、立岡と一緒に来たときは平らだったような気がする。どうしてと考えると、息まで苦しくなってきた。

茗は、ここになにかを隠していた。竜哉はそれを見つけるためにきた。そういうことなんだろうか。

工具入れの中に千枚通しが入っていたと思いだす。捜す手が震えた。畳干しの経験があるので要領はわかっている。畳の縁に突き刺して、引っぱりあげる。それだけだ。

畳を持ち上げてみると、床板との間に敷かれた吸湿用の新聞紙が撚《よ》れていた。まるで急いで元に戻したかのように。

最初に聞こえた物音は……

希子は床板を上げ、懐中電灯でその下をぐるりと照らした。どこにもなにも置かれていない。跡もない。

竜哉は手荷物を持っていなかった。隠されたなにかを見つけられなかったのだろうか。それとも自分が来るまえに、もう手に入れ、後片づけをしていただけなんだろうか。

希子は頭を振って、想像を止めた。とりあえず掃除をしなくては。茗がなにか残していないかも捜す。

安心するためだ。それだけ。

希子は深呼吸をする。


ネジ締まり錠を回して窓を開け、外の空気を入れる。ガタついている錠をドライバーで締め、桟までしっかりと拭く。床に掃除機をかけて、風呂も磨く。手を動かしているうちにだんだんと落ちついてきた。あとはトイレだけだ。

トイレの床を拭き、汚物入れを移動させようとしたとき、重さを感じた。始末せずに出ていったのか、とげんなりした。

茗が帰ってから三週間近くが経っている。においも強いだろう、と覚悟を決めて小さな蓋を開けたが、においはまったくなかった。乾燥したんだろうか。疑問を感じながらも、汚物入れの内側にセットされた袋ごとゴミ袋に入れる。

カランと、音がした。

容器をひっくり返すと、頭の部分に赤いプラスティックを乗せ、黄色の楕円《だえん》形のタグをつけた鍵が出てきた。タグには320という数字だけが印字されている。なんの鍵か、すぐにはピンとこない。

汚物入れは、通常、内側に袋をセットして使用する。生理用ナプキンは汚れが漏れないよう、巻きこんでトイレットペーパーなどにくるむが、袋ごとでも捨てられるようにするのだ。

その袋と、容器の間に、鍵が入れてあるなんて……

希子は覚悟を決めてビニール袋の中身を開けた。指先だけで慎重にナプキンをほどく。トイレットペーパーにくるまれているが、三つあったそれはすべて未使用だった。使ってあるように見せかけただけ。

「誰も汚物入れを触らないように……？」

家捜しされても、ここならまず気づかれない。未使用なら自身も抵抗がない。これは汚物入れではなく隠し場所なんだ。

ようやく、希子は鍵の正体に気づいた。コインロッカーの鍵だ。

なにか、茗は秘密を持っている。それを誰かから隠していた。

茗は殺されたのかもしれない。その材料がまた増えてしまった。

希子は手のひらの鍵をしばらく見つめていた。――どうすればいいんだろう。

来宝ファームに戻った希子は、事務長の田垣に鍵のことを確認した。

コインロッカーの鍵ではなく、茗が借りていた家の鍵を竜哉が持っていたことについてだ。

「空き家の見回りだって言ってました。村役場にも合い鍵があるんですか？　家の管理ってどうなってるんですか？」

希子が矢継ぎ早に質問したせいか、田垣は困ったように頭を揺らした。

「家はまず、役場が持ち主から借りて、役場がうちに貸す。その段階で、うちが鍵を全部預かるんだ。あっちにもこっちにも合い鍵があったんじゃ、住む人も気分が悪いからね」

「だったら山之内さんが持っていた鍵は……」

「うーん。……ああ、そうだ。家の持ち主は当然、鍵を持っているよ。今回あんなことがあっただろ。ようすを見てきてほしいって頼んだんじゃないかな。きっとそれだよ」

最初は不審そうにしていた田垣だが、答えを見つけたせいかほっとした声になった。

「どうしたの、希子ちゃん。怖い顔をして」

「山之内さんって、どういう風に茗さんと関わっていたんでしょう」

ちょっとちょっと、と田垣が声をひそめる。

「それどういう意味？」

「茗さんに言い寄っていたという噂を聞いたんですが」

希子はカマをかけた。田垣の目が泳ぐ。

「や、やだな、それ誰から聞いたの。誤解じゃないかな」

「やっぱりそうだったんですね」

「そうって、その、どう、そうってことなの。……ええっと、その、希子ちゃんの気持ちもわかるけど、さ。婚約者だろ？　信じてあげなよ。きっとなにもなかったよ」

「なにか」はなかっただろうけれど、「近い」ことはあったと田垣は思っているようだ。田垣の態度からわかった。

ため息が出た。

たぶんそうだろうと疑っていたが、知らされてみれば落ちこむ。茂山の態度も怪しげだった。みんな知っていたんじゃないだろうか。

「だいじょうぶだよ、希子ちゃん。もう森宮さんはいないんだし」

「でも、……いなくなり方が妙じゃないですか」

田垣がぶるぶると頭を横に振った。

「めったなこと言わないでよ。変な噂になったらみんなが困るよ」

「みんなって、どなたのことですか？」

「なに言ってるの。村もうちも、関わった人がみんなだよ。せっかく事故だとわかって落ちついたんだよ。宝助っ人も農業体験者も移住者も観光客も、人が来なくなっちゃうじゃないの。希子ちゃん、きみも困るんだよ？」

「わたしもですか？」

「そりゃそうだよ。村の一員じゃないの。……もう、胃が痛いことはよしてくれよ」

村の一員だから、余計なことは言うなと。

「……はい」

「本当にだよ。わかってるね？　村を守るんだよ」

ああやれやれ、と田垣が水筒のお茶を飲んだ。飲み口から薬くさいにおいが漏れる。妻に先立たれた田垣はひとり暮らしだ。息子夫婦がいるが、別居していると聞いた。ひとり暮らしも気楽で悪くない、その分、自分で健康に気を遣っているとよく言い、カフェインの含まれないどくだみ茶やハブ茶をブレンドした野草茶を愛飲している。その割には、よく胃が痛いという。

田垣の健康を損ねているのは食事ではなく、いらぬ心配をしがちなことだと、茂山たちも噂していた。

希子も、そうなりそうだった。ここのところ、ずっとこころが鎮まらない。

コインロッカーの鍵のことは言えなかった。こんなのが見つかりましたよ、と軽い調子で渡してしまったほうが楽になる。それはわかっているのに。

だったら自分でどこにあるコインロッカーなのか捜してみる？　そんなことできそうにもないくせに、どうしてまだ持っているのだろう。

3

不安な気持ちをぬぐえないまま、希子は帰途についた。運転中に、倫代から電話がかかってきた。

「大変や、希子。火事になってまった」

車を道の脇に停めて電話に出ると、慌てた声がする。

「か、火事？　だいじょうぶなの？　怪我はない？　消防車は？」

希子もまた、慌てて声が裏返ってしまう。

「ほれやのに、呼ぶな言うんよ」

「……どういうこと？　呼ぶなって、誰が」

「長谷川さんや。わけわからな――」

だからすぐ消したって言ってますよね！　と、受話口から佑美の声が漏れ聞こえた。いつも愛想のいい佑美が、強い口調で興奮している。

「伯母さん、火事になったって、……えーっと、うちが？」

「長谷川さんとこや」

ですからおたくとは関係ないんですよ！　と、また佑美の声がする。

「すぐ帰るから。待ってて」

なにが起こっているのかわからない。けれどこのまま電話で話しているより、直接見にいったほうが早そうだ。

少なくとも火は消えている、ということなのだろう。

長谷川家まで来ると、酸っぱく焦げくさいにおいが漂っていた。

火事のにおいは独特だ。十六年前、地震のあと小学校に残っていた希子は、近くの家が焼けたため、その強烈なにおいを体験したことがある。においだけではない。煙は目を刺激するし、痛みまで感じるほどだ。

今漂っている煙くささは、あのときほどではない。村ではたまに野焼きをする。法律で禁止されているが、農業や林業を営むための廃棄物を燃やすのはやむを得ないとして例外になっている。その程度のけむさだ。

道端で、倫代と佑美がまだ言い争っていた。

希子が声をかけると、倫代は喜色を示し、佑美はげんなりした表情を見せた。

「なにがあったんですか。燃えたのはどこです？」

「いきなり騒ぐ声がしてな、ほいですぐ、ガラスが割れる音や。びっくりして飛んできてまったんよ。ほしたら裏口のとこで、ばーって火が、ばーって」

倫代が騒がしく説明する。

「裏口？」

「宅配便を入れてもらう箱が、ちょっと燃えただけですよ。もう消えてます」

佑美が嫌そうなようすで口にする。

「あん犬小屋みたいなやつや。けどそれだけやない。ガラスが割れとった。家ん中も燃えてまったんやろ」

「床の表面が焦げただけで、小火《ぼや》にもなってませんよ」

「ほんなことあるか。うちが駆けつけたら、外から炎が見えたで」

倫代が吼《ほ》えたてる。

「駆けつけたって……。ともかく。もうだいじょうぶです」

佑美が言葉を呑みこんで、倫代と希子を追い払おうとしていた。

言えなかったセリフが、希子には想像がつく。

騒ぐ声にせよ、ガラスの音にせよ、おたくまで聞こえますか？　近くからうちのようすを窺ってたんじゃないですか、と。

倫代は、近所に自分の把握できない家があることが気に入らないのだ。暇にあかして探りに行っていたのだろう。子供たちは学校、佑美は畑、夫の悟も家の中に籠っている。誰にも気づかれないと思っていたのではないか。そんな倫代のことを、希子も薄々察していながら放置してしまった。恥ずかしい。

「おおごとにならなくてよかったです。ただ……、火は本当に危ないですよ。火種がくすぶっていて、あとから出火することもあります。地震のときもそういうお家がありました。消防署の方に見ていただいたほうがいいんじゃないですか？」

余計なことは言わずにそう促してみたが、佑美は聞く耳を持とうとしない。

「だいじょうぶです。宅配便の箱も、壊して水をかけておきますから」

「そうですか。それにしてもどうして、そんなところから火が」

「ほれや！」

倫代が勝ち誇ったように言う。

「うちが来たときに、ここんちの子が、ものすごい勢いで駆けてってまったんや」

「耀くんのこと？」

希子が訊ねると、佑美が唇を嚙んだ。

「いろいろある年頃ですので。ただ、それはうちの家族のことなので放っておいていただけませんか」

「放火魔がそばに住んどるて、ほんなん怖いやないの」

倫代が、居丈高に言い放つ。

「伯母さん。言いすぎ」

「おたくには迷惑をかけません。それは誓って。ですので今日はこれで」

佑美が頭を下げてくる。耀のこともあって佑美はかたくなになっているようだ。消防から警察に連絡が行っては困るのだろう。自宅とはいえ、放火をしたとなれば耀もただでは済まない。

一方の倫代は、一歩も引く気がないとばかりに、シルバーカーにつかまりながら踏ん張っている。どうすればことを収められるだろう。

「じゃあ……、えと、念のため、宅配便の箱を見せてください。壊すのも手伝います。佑美さんおひとりでは大変でしょう」

「それは主人と、……あ、夜になってから、やりますので」

希子は、安全のため箱だけでも見せてほしいと頼んだ。どうやって燃やしたのかはわからないが、内側から燃え焦げているようだ。

「あの割れた窓のお部屋も、燃えたんですか？」

裏口側の門扉が開け放たれていた。

家の表側は広い庭だが、裏側は、塀と家屋の間が二メートルほどしかない。その目の前にある窓の、面格子の奥のガラスが割れていた。破片が外側に落ちていないところを見ると、外から内に向けてなにか投げ入れたようだ。

「だから床がちょっと焦げた程度ですって。……そこから見ます？」

ためらいながらも佑美が促してきたので、希子は家屋に近寄った。

模様が入ったデザインガラスが、中のようすを見せない。それでも割れたガラスの隙間から、わずかに覗ける部分があった。たしかに床に焦げた跡がある。濡れてもいる。水か消火剤でも撒いたのだろう。

夕刻の光が、フェンスの間からやってきた。

室内へと差しこむその先に、人影が見えた。

耀の父親の悟だった。サングラスはかけていない。希子に気づいたのか、すっと物陰に隠れる。

「もういいですか？　だいじょうぶだとわかっていただけました？」

「は、はい」

軽く混乱を覚えながら、希子はうなずいた。佑美は、希子が悟の姿を見たことに気づかなかったのか、安堵《あんど》の表情を浮かべている。

太陽の光が、家の軒下やフェンスに、いくつかの反射を作っていた。カメラかなにかが仕掛けてあるようだ。希子は気味が悪かった。ここの家、ずっと外を見張っているんだろうか。

希子と倫代は、警察にも消防にも通報しないまま、その場を辞することにした。

「貸しや。今度なにかあったら、絶対に許さんわ」

倫代が息巻いている。

「……伯母さん、向こうにも借りてるんじゃないかな。長谷川さん家《ち》のようす、見にいってるんじゃない？　もうやめて。ストーカーって言われてしまうよ」

「なに言う。うちは散歩してるだけや。道から見えるもんを見て、なにが悪いん」

倫代がシルバーカーにぐいと体重をかけた。押してどんどんと歩いていく。希子は、倫代に車に乗るかと訊ねたが、倫代は自分で歩くと言いはった。

4

その夜のことだ。

竜哉のこと、茗のこと、長谷川家で見てしまったもののこと、考えていると眠れなくなった。

倫代を起こさないように、希子はそっと家の外に出る。

伸一が生きていたときもときどき、息抜きで自分の車に籠っていた。頭を冷やしにいこう。

納屋の扉の鍵はいつも開いている。引き戸をスライドさせると、暗闇の中、隅のほうで灯りが動いた。

「泥棒？」

驚いて扉を閉めた。鍵をかけて閉じこめてしまわないと。でも鍵が手元にない。希子はあたふたしてしまう。

「希子さん。オレ」

中から声がした。耀だ。

「ど、どうしてここに。いつから?」

「夕方。手をかけたら開いてたんで、隠れるにはちょうどいいかなと」

「開いたもなにも」

　こわごわ、希子は扉を開ける。

　耀が扉の向こうにいた。ノートパソコンを開けたまま手に持っている。その灯りで照らされた耀の顔は、いつもとは違っていた。

「なに、その顔」

　まぶたと頰が腫れ、唇の端が切れていた。痛々しさに目を離せないでいると、耀はふいっと横を向く。

「ここ、超古いね。しかもすげー、埃《ほこり》っぽい」

「小火騒ぎのこと知ってるよ。家に火をつけたのって、耀くん? どうしてあんなことしたの」

　希子は中に入って、納屋の電灯をつけた。裸電球のオレンジ色に、あたりがぼんやりと染まる。

「あの家を破壊したかっただけ」

「本気?」

「言ったろ。オレの目的はこの村から出ていくことだって。家が燃えればもう住めない。ほかの家を借りる手もなくはないけど、噂の的だ。居座るとは思えない」

「耀くんが犯罪者になるんだよ？」

「うちの親は絶対ごまかすからだいじょうぶ。未成年のオレが捕まったら、自分にも注目が集まる。それは避けるはず」

耀は真剣な顔をしている。

「避けるってなぜ？　なにかあるの？」

「見るからに、親による虐待があるじゃん。これ、オヤジに殴られたんだぜ。オヤジはオレより背が高くてガタイがいい。平手打ちに拳骨、倒れこんだところを踏みつけられた。この顔じゃ、さすがに学校に行きづらくてサボった。それがばれてまた喧嘩だ。自分でやっておいて、ふざけるなってんだ」

「殴られたのは本当なんだね。……けど家を破壊だなんて、はったりだよね？　本気で全部燃やすつもりなら、耀くんのことだから、計画立てて念入りにやるでしょ」

諦めたような表情で、耀が笑った。

「なんか希子さん、どんどん鋭くなってきたね。アタリだよ。売り言葉に買い言葉。そんなに出ていきたいなら全部破壊してみろって言われて、カッとなった。段ボールに火ぃっけて、宅配便のボックスに突っこんだ。窓を割って、家にも火、放りなげてやった」

「……今日、割れた窓から、お父さんを見たよ」

「ふうん」

「サングラスをしていなかったね。家の中だったら平気なの？　でも、夕方だけど日の光は差しこんできてたよ」

耀の笑いが、どこか満足げになった。

「どう思う？」

「外に……監視カメラがあった。光線過敏症って理由で、雨戸をつけるのはわかる。サングラスも。だけど監視カメラや高い塀までは必要ないよね。それに、宝幢さくらとして取材に行ったとき、けんもほろろに断られた。……お父さん、誰かから隠れてるの？」

耀が希子を見据えてくる。

「オヤジの顔、記憶にない？」

希子は首を横に振る。

「あー、残念。やっぱ鈍感」

「いいよ、好きに言いなよ。実際、わからないんだから。ただ、耀くんがあれこれ尖《とんが》ってるの、受験のストレスじゃないんだね。それはわかってきた」

「十年ぐらい前かな。いっときテレビでガンガン流れたんだけど、それでも知らない？」

「覚えてない。……けど、光線過敏症って話は嘘なんだね」

耐えきれないように、耀が叫ぶ。

「正解！」

オレンジの光の中、笑っているような、泣いているような顔をしている。

「オヤジはさ、いや家族中がさ、あいつを隠すために嘘をついてるんだよ」

――「宙《そら》の家族」って覚えてるか？　十年前に事件を起こした宗教団体だ。徳を積まないと来世がないとか、悪い守護霊がどうの良い守護霊がどうのって教義。積むのは徳じゃなくて札束だろ？　来世？　守護霊？　ないない。人は死んだら終わり。意識は脳の電気信号。脳も含めて肉体は腐る。それだけ。

オレの父親――オヤジはその宙の家族のナンバースリーの地位にいた幹部で、税理士でもあった。ブラックな手口で、騙し取った金をどんどん増やした。あいつは教義なんて信じちゃいないはずだ。来世で幸せになるためには現世で汚れた金を持っていてはいけないだなんて、どの口が言う。

そんな嘘くさい宗教団体だから当然、矛盾や軋《きし》みが出て、遂に傷害事件が起きた。それをきっかけに警察が介入して、トップツーの教祖Aと幹部Bは詐欺罪で逮捕。オヤジも逮捕された。だけど帳簿に工作をほどこし、捜査に協力する姿勢を示して、信仰心に目を眩《くら》まされて手を貸した善意の税理士のふりをしたんだ。罪は全部AとBが背負い、オヤジは情状が酌量された。税理士の資格も事件の発覚前に返上。不正に関わると懲戒処分が下るんだけど、返上してるから処分はできないってわけ。しれっと再合格すれば、たぶんまっさらになるんじゃないかな。諸事情あってやらなかったけど、その予定だったはずだ。

その諸事情ってのが最大の問題だ。宙の家族に起きた傷害事件は、さらにでかい事件を生んだ。知ってるだろ？　元信者が、幹部Bを刺殺したんだ。

幹部Bの遺族が恨むのは、幹部Bを殺した人間、だと思うよな。だが遺族は恨みをオヤジに向けた。犯人の元信者も被害者、トップツーのAとBが矢面に立ったのはオヤジの画策、そう考えるのはわからなくもない。けど、爆弾を送りつけてくるのはどうかと思うよ。

もちろん、幹部Bの遺族のしわざだという証拠はない。ほかの元信者の可能性だってある。オヤジに関しては、オヤジも騙されたと考える人と、AとBに罪を被《かぶ》せたと思う人の、両方がいたようだ。

だがオヤジ本人は、自分がなにをしたのか知っている。ついでにオレも知っている。オレが知ったのはもう少しあとで、オヤジのパソコンからデータを探って得た結論だ。

オヤジは、このままでは殺されると逃げることにした。バカだよな。最初の選択を間違えたんだ。素直に罪を認めていれば、多少服役するだけ、残りの人生を逃げ続ける必要なんてなかったはずだ。逃げるといっても刑法上は終わっちゃった話だから、あとは復讐《ふくしゅう》とか社会的抹殺とかの問題だけど。

そっちのほうが厄介で、終わりがない。オレたち家族も巻きこまれることになった。

うちの親は、オヤジが宙の家族に入信したせいで一度離婚している。団体内で家族をつくるべしという考え方、外の世界と断絶させる作戦で、オヤジはオレたちから離れて、信者の女と結婚したんだ。

オレの母親は宙の家族には拒否を示したけど、オヤジのことは好きなままだった。すべてを失ったオヤジを救えるのは自分だけだと燃え、新たな再生の場所を探しまわった。オヤジもヤバいがオフクロもヤバい。エデンを追われたアダムとイブの気分だったんじゃねえの。妄想が見せた光景が違うだけで、根っこは同じだ。オヤジはすべて失ってなんていないし、オヤジもそう信じたいオフクロを利用したかったんだろう。互いに依存しあった似たもの同士だ。オレたちは再び家族になった。オレたち子供はついていくしかない。妹の紗《さえ》はすぐに手なずけられた。オレは捨てられたことを恨んでいたけど、やっぱり手なずけられた。なんてったって父親だし。

そうやってオレたちはいくつかの場所を巡ったあと、農業体験からここぞと決めたオフクロが強く主張してこの村に来た。最初はオレも、オヤジが外に出ないために演技をする理由に納得していた。悪い人に追われているから、という。

けれど騙されつづけるほどオレはバカじゃない。オレはここにきて間もなくオヤジの欺《ぎ》瞞《まん》を暴き、オヤジに真実をつきつけた。だが、そこまで。ジ・エンド。

だってなにができる？　オレは子供で、オヤジとオフクロの庇《ひ》護《ご》がないと暮らしていけない。紗はさらに幼い。オレたちが両親のもとから去るにはどういう方法があるか、その後はどうなるのか調べたけれど、今より困難な道が待っている。縁を切られてるから親戚づきあいもない。

オレはオヤジの共犯者になるしかなかった。家族の暮らしを守るガーディアンに。

ネットでは行方をくらましたオヤジを捜していた。幹部Bの遺族、元信者、面白がっているヤツ、マスコミ。オヤジが社会の底辺で苦しんでいるならそいつらの溜飲も下がるだろうが、あいにくオヤジは株で大儲けだ。ばれたら袋叩きだ。

オヤジはオフクロと再婚するときに、オフクロの姓を選択した。

オレは、オヤジが入信したあとに結婚した女の姓になっていると、偽の情報をネットに流した。もちろんとっくの昔に離婚してるんだけど、その女の行方も辿《たど》れなくなっていたからな。オヤジが公園の炊き出しに並んでいたとか、どこかの工事現場で見たとか、河原でボロをまとっていたとか、信じたいヤツが喜びそうな嘘も書きこんだ。

いつかその嘘はばれるだろう。出所した教祖Aの写真を載せたネットメディアもあった。最近のことだ。暴かれる日に怯《おび》えながら、オレたち家族はこの村に籠っている。オヤジが最初の選択を間違えたせいで。

オヤジは口をつぐんで、臭いものに蓋をした。全部隠して、見ないふりをし続ける。蓋の下でそいつが腐って発酵して渦を巻いて、今にも膨れ上がりそうだ。

こんな田舎の村で、噂や人を探ることが好きな連中のそばで、隠れたまま暮らすなんて無理だろ。オヤジもオフクロもわかってないんだよ。蓋の上にいるオレたちは、やがて腐った渦の中に真っ逆さまだ。だったら全部を破壊して、世間にばらしてオヤジと心中するか？　そんなのはごめんだ。オレは黙って渦に落ちる気なんてない。オレはここから脱出しなきゃいけない。オレの人生のために。

オレは、オヤジの犠牲になるつもりなんかない。絶対に。

耀は一気に喋った。溜めこんでいたのだろう、ふう、と深く息をつく。

「オレはこの村から出ていきたいんだ。まともな大学にも行きたい。オレが目指しているのは、都市工学を学べる大学だ。少なくとも名古屋、いややっぱり東京に出たい。自分で言うのもなんだけど、オレ、成績いいんだ。トップクラスの大学だって狙える」

「大学に行かせてもらえないの？」

希子は、十年前のことを思いだす。自分も名古屋の美容専門学校に進学するはずだったが、伸一が倒れて行けなくなった。介護の手が、ほかになかったから。

だけど耀の事情は、それとは違う。

「東京には出さない。名古屋でも、どれだけ時間がかかろうとも行きたいならここから通え、なにがあるかわからない、って。ずっと喧嘩だ」

「耀くんがいなくなったからって、お父さんのことは変わらないんじゃないの？」

「オレがネットで家族のガーディアンをやっている。情報を監視したり、操作したり、うちの家族にアクセスさせないようにしてるわけ。外からでもコントロールは可能なのに、オヤジは、家族が団結していないと危険に晒《さら》されるって妄信してるんだ」

「……家出、する？　アルバイトで生活して」

生活や進学に必要となる具体的な金額はわからないし、高校生に家出を勧めるのもどうかと思ったが、希子の口から、つい出てしまった。

同情だろうか。十年前の自分にももしかしたら、そういう方法があったかもしれない。

……絶対に、できなかったけれど。

耀は淋しそうに首を横に振った。

「紗がいる。置いていけない。希子さんもうちの学校だったろ？　オレ、距離的な理由であそこしか行かせてもらえなかった。正直あそこ、バカ高校じゃん。周りになんにもないから男女交際が最大の娯楽でさ。オレが三年生になるまでに、何人の女子が妊娠で学校をやめたか知ってる？　希子さんのころはどうだった？」

「まあ似たような」

「希子さんはどういう人とつきあってたの？」

「……うちは、その。伯母さんたちがうるさかったから。なにかあったらわたしの両親に申し訳ないって。そう言われると、育ててもらったんだし、逆らうわけにも」

ぷ、と耀が噴きだした。

「希子さん自身、クソ真面目だしな」

「わたしのことはいいでしょ」

「残念ながら紗は、そう真面目じゃない。勉強も好きじゃない。今、中学三年生でさ。このままだとうちの高校にやってくる。親はオレたちの将来のことなんて考えていない。とにかく隠れてろってだけだ。紗は親の言うがまま。いずれバカな男に孕《はら》まされそうだ。そうなったら紗の人生が終わる。出るなら家族全員だ。いや、オヤジだけ死んでくれたらそれでいい」

耀の目が、暗く光る。

「……だから、お父さんを殺してほしいって言ったの？」

「オヤジが株取引で儲けてるおかげで、あいつが今死んでも、七、八年分ぐらいの生活費と、オレと紗の大学の学費ぐらいの蓄えはあるわけ。そっから先のオフクロの面倒はオレがみる。最高の計画だろ？」

ははは、と耀が笑った。その声に、涙が交じって聞こえた。

5

今晩、ここに泊めてくれない？　と耀が頼んできた。希子は納屋の二階へと案内した。コンクリート敷きの土間ではかわいそうだ。

「明日はどうするの？　ちゃんと家に帰る？」

希子が訊ねると、耀が低い天井を仰ぐ。ここの灯りも裸電球だ。光の拡散が少ないため、部屋の隅は暗い。

「帰るしかねえんだろうな。実は立岡に電話して、茗の件が騒ぎになるまで匿《かくま》ってもらおうかと思ったんだけど、無理だって言われた」

「そんなに騒ぎにしたいの？」

「オレ、変な人のふりもしてみた。あの一家は村に置いておけない、村から追いだそうって流れになるのを期待してさ」

「夜中に奇声を上げて走り回ったり？」

「そうそう」

「黄色い変なテープを巻いてみたり？」

「いいだろ、あれ。立ち入り禁止。まさにうちに相応《ふさわ》しい言葉じゃん」

希子は、あのときの疑問を思いだした。

「昼間、テープが巻かれてたことがあったじゃない。あれはいつやったの？　耀くんたちが学校に出かけてからお母さんは畑に行ったんだよね？」

「家族が出かけるのはほぼ同時刻。オフクロをまいてから家に戻ってきた」

「それじゃあ学校に遅れるじゃない」

「オレたまに、峠から山道を通ってショートカットするって言ったよな。そうすりゃ間に合うの」

耀が得意げになる。

「それでマウンテンバイクを入院させてたんじゃ世話ないでしょ」

「違いないな」

「どっちにしても悪趣味。すごく気味が悪かった」

「まさにそれを狙ってたんだってば。それにあれ、外だけじゃなく中も脅してたんだぜ。いつ気づくんだ、バーカ。おまえらのやってることには意味がない、ってな」

「でも監視カメラがあるよね？」

それそれ、と耀がにやりと笑う。

「監視カメラって、内側から外を映すのがほとんどなんだよ。外側から見た家の中はわからない。門扉のところは映像をすり替えた。なあ、想像してみろよ。塀や門扉が開放感のあるフェンスだったら、巻かれたテープにすぐ気づくだろ？　ところがあのコンクリートの塀だ。外から中を見せない代わりに、中からも外が見えない。なにが警戒だよ。ごつい塀の、ほんの一ミリのところに脅威があってもわからないくせして。ウケると思わない？」

くくく、と耀は声まで出した。

「いくら塀を高くしても無駄だ。壁をつくって内側に籠って、バカじゃないかって話だよ。

……とまあ、オレなりに努力をしてたわけ。けど決定打には欠けたな。猫を殺すなんてタイプのサイコは気乗りしない。オレの知性が邪魔をしたってとこだ」

希子は耀を見つめる。

たしかに借り物のような奇行ではあった。

「だから、茗だ。殺人事件ってことになればマスコミがやってくるだろ？　オヤジもキャッチされるのを恐れて、村から出ていこうって気持ちになる。オフクロがひとりで人づきあいをがんばってるけど、ほとんど家の外に出ないオヤジってのは、やっぱ変で目立つからさ。オレ、茗のことを煽るために別名でいくつかSNSのアカウント作って、掲示板やアングラサイトでも事件だってついてみたんだけど、いまひとつ盛り上がらないんだよな。やりすぎると、創作乙、って切り捨てられかねないし……あ、ネット知らないんだっけ。意味、わかる？」

「なんとなくわかるよ。そういえば、茗さんが村からいなくなったあと、東京に帰ったって話をしたとたん、耀くんも佑美さんもようすが変になった。あれ、なんだったの？」

「結論としては、なにもなかった。けど、宙の家族の関係者じゃないかって、ふたりとも思ったわけ。調べたら違うってすぐわかったけどな。オレたち、そんなちょっとのことにビクビクしながら生きてるんだ。くっそバカオヤジのせいで」

　あーあ、と耀が自分の頭をぐちゃぐちゃと掻く。そして、痛っ、とつぶやいた。そこも殴られたのだという。

「……茗さんは殺されたって、信じてるんだね」

「だって怪しいじゃん。なのに立岡の兄さん、反応鈍すぎ」

「…………耀くん、あのね」

「なに？」

「今日、茗さんの部屋の掃除をしたんだ。……鍵が見つかった」

「鍵？」

「たぶん、コインロッカーの鍵。赤い頭で、黄色のタグのついた。それが部屋に隠してあった。……それと、見つからないものがある」

「どういうこと？　なにが見つからないって？」

「……パソコン。茗さんの私物のノートパソコンがあるはずって、立岡さんが言ってた」

　耀の手が、がっと希子の腕をつかむ。

「パソコン？　それがないわけ？　それをコインロッカーに隠してたってこと？」

「なにを預けたかはわからないよ。ただの着替えかもしれないし」

「だったら鍵、隠すか？　パソコンじゃないにせよ、秘密のものに決まってるだろ。で、その鍵は？」

「持ってる」

見せてと乞われ、希子は納屋を出た。

外は夜の風が吹いていた。ぬるくてのめっとして、肌にまとわりつく。ここのところ雨は少ないが、やたらと湿気る毎日だ。

――喋ってしまった。

重い空気がいっそう、希子の不安をかきたててくる。喋ってよかったのだろうか。

黙ったままやりすごせば、やがて耀も茗のことを騒がなくなるだろう。竜哉と茗の間になにがあったとしても、もう茗はいない。終わったこと。村の一員として、騒ぐことはいけないこと。だから黙っていれば。黙ってさえ……

どうすればいいかわからないなら、なにもしない。それが平和に生きていく方法だと知っている。今までも、誰かから意に沿わないことを要求されても、笑ってやり過ごしてきた。

でも、本当にそれでいいんだろうか。

――オヤジは口をつぐんで、臭いものに蓋をした。全部隠して、見ないふりをし続ける。

蓋の下でそいつが腐って発酵して渦を巻いて、今にも膨れ上がりそうだ。

耀はそう言った。

見たくない。だから見ないふりをする。そのほうが楽だ。

でも目を背けているうちに、自分も、蓋の下にある渦に巻きこまれるかもしれない。

蓋をした人間が巻きこまれるのはその人の責任だろう。だけど自分は、蓋をするという選択をした人じゃない。巻きこまれたくなんてない。

誰かから右へ行けと言われ、左に行けと言われ、それに従っているだけで、いいのだろうか。

その判断をするために、本当のことが知りたい。

なにが起こっていたのか、真相を。

暗い家の中に戻った希子は、赤い頭の鍵を手に取った。

「コインロッカーの鍵で間違いないな。どこのだろう」

耀が、楕円のタグをためつすがめつして見ている。表裏とも320という番号しか印字されていない。

「村にはコインロッカーはないよ。隣の市の駅にあったから、今度見にいこうと思ってた」

「番号だけって不親切だな。駅名とか記号とかつけとけよ」

「コインロッカーって、何日ぐらい預かってもらえるんだっけ」

「三日ほどのはずだ。そのあとは管理会社が預かって、一定期間置いておいて預けた人からの連絡を待って、料金を徴収して返却。来なかったら捨てるか、遺失物扱いで警察じゃない？ でも警察だって、違法なモノじゃなきゃ持ち主を調べない。預けた人からの連絡待ちだろ」

「落とし物と同じように、いずれ拾い主のものになるのかな」

希子は確認した。

「警察で預かるのは三ヵ月な。拾い主は誰になるんだろ。管理会社かな。もしパソコンだったら、個人情報が入っているから初期化して売るか、メーカーに送って処分か」

耀が鍵の写真をスマホで撮っている。そのまま液晶画面に素早く指を動かした。

「なにをしてるの？」

「画像検索。どこのコインロッカーのものかわかれば、管理会社に連絡できるかなって。……ヒットしないな。まあ、こんな鍵の写真をネットにあげるやつはいないか」

「どこのコインロッカーかわかったら、わたしが代わりに受け取れる？」

「中身がまだコインロッカーにあればそれもできるけど、もうモノは管理会社か警察だ。預けた本人かどうか内容を訊かれる。ノートパソコンっていうヤマをかけたとして、メーカーはわかる？」

「ううん。銀色で薄いとしか、立岡さんもわかってない」

「だったらオレたちじゃ受け取れない」

耀はいつの間にか、オレたち、と言っている。調べる気、まんまんのようだ。

「警察に鍵を渡して、どこの鍵か調べてもらえばいいんじゃないかって、そうも思ったんだけど」

「すでに交通事故で終わってる話だから、放っておかれるか、鍵のまま立岡に返すかどっちかじゃないかな。立岡にしても、どこのコインロッカーかわからなきゃ受け取れない。自分で捜すより遺失物として警察の管理下で処分されるほうが楽、そう考えるんじゃないか？」

耀がてのひらの鍵をもてあそんでいる。

耀は頭が切れる。知識もあるし、得る方法も知っている。奇行や言動は怖かったけれど、村から出たいという思いがあってのことなら、理解もできる。

賭けてみようか。

「耀くん。話があるんだ。ちょっと長い話なんだけど、聞いてくれる?」

第五章　真実を知らないと、力のある人にいいようにされてしまう

1

希子は、茗との会話や竜哉のこと、茗のスマホも見つからないことなど、持っている情報をすべて話した。耀は何度も口をパクパクと開け、叫びそうになっていた。

「そ、それ、やっぱ、茗は殺されたってことじゃないか」

「落ちついてよ。全部、状況証拠とかいうものにすぎないんだし。ただ、なにかが起こってる、なにかがおかしい、それがはっきりしない。だから気持ち悪くて」

「じゃあ、ひとつずつ疑問点を整理しよう」

耀がいったん閉じていたノートパソコンを起ちあげた。

「1、茗はなにかを捜していた。——村について、なにか噂や面白い話はないか、隠れ里みたいな雰囲気じゃないか、誰かが隠れ住んでいるって噂はないか、なんて言ってたんだよな？　で、それらを知りたい理由は、ブログを読む人の興味を惹くネタにしたいからだ

と」

「わたしが教えたのは、鬼蜘蛛と鬼百足の伝説。村の人なら誰でも知ってる話だけど」

「両者を戦わせて退治したってやつだよな。僧が白蛇になり、その後、温泉になったとかいう。オレも知ってる」

「裏伝説も知ってる？」

「裏伝説？」

「茗さんから、裏伝説はないかと訊ねられたことがある」

希子は、鬼蜘蛛は来宝家を、鬼百足は麗美の実家である宝満家を指しているという説を紹介した。茗には伝えていないが、ほかの人から教えてもらっているかもしれない。

「オレも、伝説とか民話って、表立って話せないことを伝えるために形を変えて作られたものって説を聞いたことがある。じゃあ昔から、東側の山、東峰は来宝家の、西峰は宝満家のものだったんだ。ってことは、ふもとにあった温泉は、もともとはどっちのもの？」

希子は首をひねる。宝幢温泉は村のもの、それ以上の疑問は持ったことがなかった。

「もともとは……お殿様？　領主？　なんだろう。知ってる限りずっと村営だよ。旅館なんかは、うわものだけは個人のものだったけど」

周辺の土地も村のもの。希子の実家を含め、旅館の経営者たちは借地契約をしていたのだと、地震のあとでそう聞かされた。

「温泉をひとりじめにしようってやつはいなかったわけ？」

「それやったら、血で血を洗う戦いになるじゃない。そこはみんなのもの、諍いのもとになるから村のものにしたんじゃない？」

ふうん、と耀は考えこむ。

「鬼蜘蛛と鬼百足の争いってのが、その血で血を洗う戦いを指してるのかもしれないぜ。で、停戦して温泉はみんなのもの。オレならそういう解釈をする。そっちのほうが面白いし。とはいえ、さっきの裏伝説はめったに口にしないものの、村の人みんなが知ってる話なんだよな？　来宝家や宝満家の人間も知ってるだろ。それが元で誰かの逆鱗《げきりん》に触れて殺された、なんてことはないんじゃね？」

「そうだね。ただ、茗さんの訊ね方は物騒だったよ。蜘蛛と百足とは、実は山賊集団とか殺し屋とか、そういうものを意図していなかったか、って。たとえばの話とは言ってたけど」

山賊集団、殺し屋、と耀がパソコンに打ちこんでいく。

「隠れ里か。……オレんちも隠れ住んでいる家族だな。都会の人間は、単純に、こんな田舎なら隠れられそうって思うけど、住んでみると、周囲から浮いて逆に目立つ」

「茗さんも、目立ってたのかもしれないね。本当かどうかわからないけど、彼女の行動に関して、役場に文句が来たというし」

「茗はそのなにかを捜すなかで、虎の尾を踏んでしまったのかもしれない」

じゃあ次だ、と耀が、2という文字を打ちこむ。

「2、茗と山之内竜哉との関係。——関係があったとわかったらどうする？　別れる？」

「……それだけではたぶん、別れない、かな」

希子は言葉を濁す。

「そんなに好き？　あいつは嫌なやつだよ」

「どういうこと？」

「オレらが住んでる家の話をしてやろうか。あそこ、最初は借りてたけど、買ったほうが都合がよかったから、持ち主と交渉して購入したんだ」

窓の雨戸や面格子、高い塀などをつけたかったためだと、希子にもわかる。

「ところがあいつが、地域振興課っていう移住者関係の新担当になったとたん、クレームつけてきやがった。安く貸してたのは、村がその分を負担していたからだ、値引き分を村に払えってさ」

「払ったの？」

「仕方ないじゃん。オヤジは出るとこ出られないんだから」

「まえに、いろいろあるって意味深なことを言ってたのは、それのこと？」

「ああ。だからおすすめ物件には遠いね」

「だけど結納も交わしたし、浮気とかじゃ別れさせてもらえなそう。……別れないって言ったのは、別れたくないじゃなくて、このまま進むしかないってことだよ」

耀が、信じられないものを見るような目で凝視してきた。

「意味不明。嫌なら嫌、はいサヨナラでいいじゃん」

「そういうわけにはいかないんだよ、結婚は。家のこととか、いろいろあるから。耀くんの年齢だとわからないかもしれないけど――」

「ストップ。この議論、時間の無駄。話を戻そう。問題は二点だ。2の1、ふたりに関係があったかどうか。2の2、茗を殺したかどうか。2の1は、疑惑度高し。最初に会ったときに希子さんと茗の話を遮った態度、結婚をいったん保留にしたのち再起動させたこと、来宝ファームのおじさんおばさんの微妙な反応。そのあたりが理由だ」

再起動とは、耀らしい表現だ。

「茗さんは、無人の寺で長く車を停めていたことがあったみたい。誰かとあいびきをしていたんじゃないかって。もしかしたらそれ、竜哉さんかもしれない」

「それは1の、茗が調べていたなにかに関することかも。そのなにかを寺で探っていたんじゃないか？」

言われてみれば、あいびきというのは倫代の勘ぐりにすぎない。

「だからって山之内が、2の1についてシロとは言えないけどな。オレの勘では、クロに近い」

希子はつい、耀にカノジョはいるのかと訊ねてしまった。答えはNOだ。男女関係についてのその勘は、信用できるんだろうか。

「最大の問題、2の2。茗を殺したかどうか。――動機、証拠、アリバイ、それぞれを詰めていこう。まず動機。一番ありがちなのが『愛情のもつれ』。または、1に関係して『茗が調べていたなにかが山之内にとってやばいことだった』。希子さん、なにか覚えてない？　希子さんがふたりの関係に気づいて責めた、とか」

「茗さんがいなくなるまでまったく疑問を感じなかったし、それに竜哉さんは――」

自分のほうを切り捨てるつもりだったのかもしれない。と、十も年下の男の子に、それは言えなかった。切り捨てないにしても、竜哉は自分なら言い繕えると思っていたのだろう。茗の家の鍵のことを責めても、まともな応対をしてくれなかった。

「……なんでもない。気づかなかった」

「了解」

希子の逡巡に気づいたのか気づかないのか、耀はあっさり言う。

「動機は保留にしておこう。次、証拠。山之内は茗の家に侵入し、なにかを探っていた。空き家の見回りという言い訳が嘘なら、真の目的はなにか」

「目的……。それがコインロッカーの鍵？」

「というか、預けた中身じゃね？」

ふたりは、ノートパソコンのそばに置いたコインロッカーの鍵を見つめる。

「鍵といえば、茗の家の鍵はどんなタイプ？　簡単に開けられそうなもの？」

耀の質問に、鍵山がギザギザになっているものだと希子は説明した。それはディスクシリンダーというもので、防犯性が低く、ピッキングをしやすいと教えられる。

「オレんちの家の鍵も、借りたときについてたのがその単純なタイプだったから替えたんだ。茗の家の持ち主に、誰に鍵を渡しているかを訊ねてくれ。持ち主は把握しているはずだ」

「わかった」

「次、アリバイ。茗は山之内に注意されてキレ、荷物をまとめて、車に乗り、峠から転落した、すなわち事故である。っていうのが今の公式見解。交通事故でないなら、山之内が茗を車に乗せてなにか細工をして、峠から突き落とした、ってことになる。山之内はその夜のアリバイを警察官から訊ねられた。だが希子さんは答えを聞いていない。だよな？」

「うん。ただ、アリバイまで訊かれたって笑いながら話してたから、アリバイはあるんだと思う」

「嘘のアリバイを警察が信じた、ってことかもしれないじゃん。そこ疑わないと。これは本人から聞きだすこと。そして事実かどうか検証する」

訊かなきゃいけないのか、と希子は気が重くなった。ため息が出てしまう。

だけど、それはやり遂げなくては。そうでないとはじまらない。

「茗と山之内竜哉との関係についてはこのくらいかな。次」

「えーっと、次はパソコン？」

そう、と耀がうなずく。

「3、茗のスマホとパソコンの行方。3の1、スマホ。――来宝ファームからの貸与物が本人のものに偽装されてたんだよな？　はっきり言ってそれだけで、他殺を疑っていいはずだ。警察がバカだとしか思えない」

「現場検証っていうか、茗さんの車を調べたときはわからなかったんだよ」

「交通事故って結論で書類を作って終了させた、とそこまでは、その材料しかなかったんだから仕方がない。解剖って材料を加えないのは問題だけど。でも、さらなる材料が出てきたのに、理屈をつけて無視するなんて怠慢だ。賭けてもいいけど、立岡からの『スマホの所有者が違います』って報告、上に伝わっていないね」

「でもカバーをかけ替えたのは茗さん自身かもしれないし、車の窓からスマホが出ていったって話だって、絶対にありえないとは言えないんじゃない？」

「問題はそこじゃない」

耀が人差し指を立て、左右に振る。得意そうだ。

「来宝ファームからの貸与物は、スマホとパソコンの両方だよな。茗は、仕事を辞めて帰る際に、パソコンを部屋に置いていった。じゃあどうしてスマホだけ持っていったんだ？　変じゃないか」

あ、と希子は息を呑んだ。たしかにそうだ。

「えー、スマホはたまたま鞄に入っていた。パソコンは、……もう辞めますというメッセージを残すため、とか」

理由を考えてみたが不自然で、自分さえ騙せない。

「メッセージなんて紙に書けばいい」

「そうだね、うん」

「3の1を解決するために、来宝ファームに戻されたスマホの検証が必要だ。オレが中身をチェックするから持ってきて」

「初期化とかいうの、されてるんだけど」

耀が目を剝く。

「まじか。てか、それわざと？　誰がやったの？」

「あの、岩間さんって人がいるんだ。死んだ人が持っていたスマホだから気味が悪いって言って、お祓いで神社のシールを貼りたいとか、せめて初期化したいとかって」

「除霊のために初期化？　超ファンキー」

頭わいてるね、と耀はパソコンのキーボードをこつこつ叩く。

「次、3の2、パソコン。——有力な手がかりが、コインロッカーの鍵だ。ネットでコインロッカーの置かれている場所を調べてみる。茗が手元に持ってたってことは、東京じゃないだろう。茗が行ける範囲の場所で、緊急避難的に預けたわけだ。誰かから隠すために預けた」

その誰か、の候補としてもっとも怪しいのが、竜哉なのだ。

「これで終わり？」

「4、山之内以外の容疑者。——ただ、1の『茗はなにかを捜していた』がわからないと焦点が絞れない。候補としては、立岡、社長の麗美、事務長の田垣、茂山、岩間」

「立岡さんは東京だし、ほかの人も全然ありえないよ」

「最初から除外するなよ。さっきの岩間だっけ？　お祓いがしたいっていうのも初期化させるための言い訳かもしれない。それから蛇を投げたじいさん、取材相手、宝助っ人、出会う可能性のある人は全員だ」

「全員？　それはわたしも、耀くんのお母さんもってことになるよ」

「一応は候補。疑いの目を向ける必要はないけど、疑いもしないのはダメ。そうだ、３の２に戻るけど、来宝ファームの貸与物のパソコンも検証したい。これも初期化した？」

「わたしが今持ってる」

「今？　ってここに？」

「宝幢さくらとして代役を務めるために、茗さんが残していったものをそのまま借りたの。まだ返していない。スマホは茗さんが持っていったから、別のものだけど」

やった、と耀がガッツポーズを作る。

「貸して。それがあればスマホが、……あ、いや、貸与物とは連携させないか。本人のアカウントじゃないとスマホは捜せないし。だけどそのパソコンにも、なにかヒントが隠れてるかも」

「スマホを捜す？　茗さんの？」

「ああ」

「山の中に消えたかもしれないスマホなんて、どうしようもないじゃない」

「なんだ希子さん、知らないの？　教えてやるよ」

2

耀と話しこんでいるうちに、夜の三時を過ぎていた。

ふたりで外に出る。風は収まってきたが、水っぽい空気はさらに増していた。雲が重いのか、月も星も見えない。耀がスマホを懐中電灯の代わりにしている。

「基本、クラウドで連携させているパソコンがあれば、なくしたスマホの位置はGPSが教えてくれる。機種によって多少違うし、アプリを設定してるかとかそのほか、条件もあるんだけどね」

耀は小声だったが、それでも夜の中に響いていく。

「カーナビのGPSなら知ってるけど、どういうこと？」

「スマホとパソコンをネット上で連携させるってこと。パソコンだけじゃなく、別のスマホやタブレットからでも、連携させたスマホが捜せる。茗が持っていたのが希子さんが今持ってるスマホと同じものなら、バッテリーが切れる直前までの位置もわかる」

「耀くんが持ってるそのパソコンでも、わたしのスマホが捜せる?」

耀は、ノートパソコンを小脇にかかえていた。

「アカウントとパスがわかればログインして捜せる。でもそれは、その人のスマホの中身も見れちゃうってことだ。だからオレがオレのものを捜して見せてやるよ。待ってて」

耀が走っていった。姿が闇にまぎれる。

しばらく待っていると、耀は走って戻ってきた。ノートパソコンを開いて地図画面を表示させる。宝幢村の地図だ。拡大させて、佐竹家や長谷川家のある林を表示する。

「このマーク」

耀が緑の丸印を指さす。

「スマホはここにある。夜中だからやらないけど、見つけるための音も出せる。さ、取りに行こう」

希子はうなずいた。ふたりで地図のマークの場所へと向かう。

「今はすぐ近くに置いたけど、もっと遠距離でもわかるよ。別の国であってもね」

耀がスマホを回収してポケットに入れた。希子の家へと歩いて戻る。

ありがとう、と希子は頭を下げた。

「耀くんと話して、ずいぶん頭の中がすっきりした」

「終わったみたいに言うなよ。交通整理をしただけで、調べるのはこれからなんだから。さっきの1から4を、手のつけられるところから証拠を捜していくんだ」

「わたしはまず、茗さんの家を貸してくれてる人に、鍵の話を訊く。それから竜哉さんに、アリバイのことを訊く。だね」

「オレはコインロッカーの鍵を調べる。来宝ファームの貸与物のノートパソコンの中身も調べる」

希子はうなずいた。

あのパソコンで茗がレポートする桜まつりのようすを見せられたのが、ほんの一ヵ月前だ。桜の森に魅せられて宝幢村にやってきた茗は、まさか自分が死んでしまうなんて思いもしなかっただろう。

希子は立ちどまり、山の方向に目をやる。

「なに見てんの？　希子さん」

「桜の森」

「……季節違うだろ。なにより真っ暗で、どこが山でどこが空かわからないんだけど」

呆れたような声が戻ってくる。

「方角でわかるよ。お母さんや、村のいろんな人が眠っている山だから」

「人魂が出るんだよな。まだ見つかってない遺体もあるって聞いたけど、結局そのままなんだろ？」

「うん。人魂は、ただの願望だろうけどね」

そういえば、人魂の話も茗に伝えていた。

「オレ見たことあるよ。そこの山で、人魂を」

「また適当なことを言って」

「まじだって。来てしばらくのガキのころだけど。ほら、無駄に転校生を脅すやつがいるじゃん。出るぞ、だから近寄るなって。近寄る気なんてないし、道だって封鎖されてたけど、家から眺めれば山は見えるだろ。何日か見ていたけど出なくて、ふん、って思ってたら忘れたころ、ふいにぽわんと光が見えて、すっと消えた」

暗くて表情はわからなかったけれど、耀の声にからかうようすはなかった。

「そのあとどうしたの？」

「別になにも。オレたちの周辺で起こってたことのほうが怖かったから、幽霊もバケモノも怖かねえよ。へえ、いたんだー、って程度。今では、なにかを見間違えただけだろうってわかってるけどな」

別れ際、希子は耀に貸与物のパソコンを預けた。耀がいつ自宅に戻ったのかはわからない。朝食はどうするつもりかと納屋を覗いたときには、もういなくなっていた。

3

「佐竹さんってさ、なにか資格持ってる？」

来宝ファームに出勤した希子が指示された伝票の入力をしていると、茂山が突然訊ねてきた。

「運転免許くらいですけど、どうしてですか」

「麗美さんから聞かれて。ほら、今、宝幢さくらプロジェクトが中断してるじゃない。昨日、村のほうから、仕切り直しにすべきって話があったみたい。茗さんが死んじゃったから、そのままやってると、クレームに発展するんじゃないかって」

「クレームが来ているんですか？」

「来ちゃ困るから、その前に中止にしたいんじゃないの。村としては」

村もなにも、担当者は竜哉だ。

昨日も、希子は家にいろと言われたばかりだ。

「それは突っぱねたみたいだけど、実際、活動ができない状態だから、なにか佐竹さんに任せられる仕事はないか探したいって。頼めそうな仕事を見つけてって言われた」

「麗美さん、わたしを庇ってくれたんですね」

「そりゃあ、こっちの都合で仕事をさせて、必要がなくなったらもう来なくていいってのは、あたしたちだってどうかと思うよ」

「……茂山さん、ありがとうございます」

希子は頭を深く下げた。

「やだ、そんな真正面から言わないでよ。照れるじゃない。せっかく若い子が来て仕事してくれてるんだもん。あたしたちも、多少は楽になったし」

茂山にしても岩間にしても、さほど一生懸命に仕事をしている風ではない。希子がいなくなったところで突然忙しくなるとも思えないが、その気持ちがありがたかった。

「麗美さん、そのへん聡《さと》いんだよね。村からの要求に応じるか、あたしたち職員からの評価を取るか、瞬時に判断したんじゃないかな」

「どういうことですか？」

「宝幢さくらプロジェクトはすでに中断してるよね。停止でも中止でも、そう大差はないわけよ。だけど雇った子をすぐクビにしたら、いつ自分が同じ目に遭うかわからないとか、上の人たちは信用ならないとか、あたしたちに悪評を立てられる。そう計算したってこと。噂の怖さはよくわかってるはずだし」

あはは、と茂山が笑う。

「噂の怖さ？」

「もしかして知らない？　最近の麗美さんの噂」

反応の鈍い希子に、茂山が得意そうに口元をゆがめた。希子との距離を詰めてくる。

「麗美さん、男と会ってたって」

声をひそめていたが、ほかの人たちも聞かされている話に違いない。

「男、ですか？　でも、業者さんとかいろんな方が会いにきますし」

「なにカマトトぶってるのよ。そういう人とはドライブなんてしないでしょ？　ふたりで車の中にいるのを目撃されたの。それも、この辺では見かけないタイプのしゅっとした中年のいい男。昔の慶太郎さん、村長に似てたって」

「弟の興次郎さんじゃないんですか？」

「来てないって。来てたらみんな知ってるし」

みんな？　と思わずつっこみたくなったが、たしかにそうかもしれない。来宝家のことは、いつも村の噂の的だ。

「似てるっていうのは顔じゃなく雰囲気ね。都会的でかっこいいってこと。ほら、慶太郎さん、太ってきたでしょう？」

たしかに伸一の葬儀でも、慶太郎は喪服の腹回りがきつそうに見えた。

「そのほうが貫禄があっていいという人もいるけど、いつも着飾ってる麗美さんとしてはどうかなあ。来宝家の人は、忙しいと太る体質なのよね。前村長、お父さんの城太郎さんもそうだった。ストレス解消で食べ過ぎて糖尿病。それで腎臓も悪くなって。入院してどれぐらいだっけ？　慶太郎さんも将来の健康が不安よね。まあともかく、忙しいってことよ。忙しくて相手をしてもらえないから、いろいろ持て余してるんじゃない？　子供もできないしね」

「子供？　菜緒ちゃんがいるじゃないですか」

六歳の娘よりスマホの覚えが悪いと希子が呆れられた、その娘だ。

菜緒は村の子たちと同じ保育園に通っている。来年は小学生だ。車で送り迎えをすれば名古屋の私立小学校にも行けるだろう。麗美もそれを口実に外に出たいのではと、噂されていた。

「菜緒ちゃんは女の子じゃない。やっぱり跡取りが必要だって言われているみたいよ」

「女の子じゃ、ダメなんですか？」

希子がそう言うと、茂山が目を見開いた。

自分でも自分の発言に驚いた。口から自然に出たのだ。

以前からそんなふうに思っていたっけ。女の子じゃダメ？　ううん、ダメなんかじゃない。なのにどうして、そう思いこんでいたんだろう。

茂山は複雑そうに笑った。

「いまどきはそう考えるよね。でも村を仕切ってるのはおじさんたちだから、言うことを聞いてくれないだろうね。あの子が村長になったって苦労するだけ、かわいそうだよ。それに一番欲しがってるのが身内、大奥様に城太郎さん、慶太郎さんなんだよね。興次郎さんのとこが男の子ふたりだから、余計にね」

「……そうなんですね。プレッシャーがかかって大変ですね、麗美さん」

おもねる言葉、ことを丸く収める言葉もまた、希子の口から出てしまう。矛盾しているじゃないかともやもやする。

「だから遊びたくなるんじゃない？　で、うっかり目撃されて噂されると」

麗美が不倫をしている。……本当に？　尊敬していた相手だけに残念だけど、仕事を続けさせてくれるなら、その味方になってくれるなら、騒ぎ立てたくはない。

「茂山さん、わたし、高校のときに簿記をちょっとかじってました。資格はないけど、お手伝いできることもあるかと思います」

「ほんと？　嬉しいなあ」

「はい。お仕事がんばりますので、よろしくお願いします」

もやもやした気持ちの正体を考えないようにしながら、希子はまた頭を下げた。


昼休み、希子は周囲に聞こえないよう出荷作業場の片隅で、茗に貸していた家の持ち主に電話をかけた。現在、家主は岐阜市に住んでいる。宝幢村に戻るのは墓参りくらいで、それも日帰り、家の管理はすべて来宝ファームに任せている人だ。

鍵は、来宝ファームしか持っていないはず、家の確認を村役場に頼んではいない、とのことだった。

竜哉は嘘をついていたのだ。空き家の見回りというのが本当だとしても、正しい手段で中にはいったわけじゃない。

どうしよう。このまま竜哉と結婚していいのだろうか。

4

「十七回忌のまえとあと、どっちがええ思う？」

　夕食の最中に、倫代が訊ねてきた。

「なんの話？」

「ほやから今年、十七回忌やないの。美樹や、あんたの両親と兄さんの。もちろんあの地震で亡《の》うなった人みんな、村を挙げての十七回忌をやるんやろ？」

　地震があったのは二〇〇三年九月、十六年前だ。回忌は数え年で計算するので、今年、二〇一九年が十七回忌となる。

「うん、九月の、いつ行うって聞いたかな」

「あんたらの結婚式はそのまえがええか、あとがええかって話をしとるんや」

「結婚式？」

「今日も勝子さんと話してきたんよ。竜哉くん、夏の盆踊り大会の準備をせなあかんそうや。ほれやと、まえよりあとのがええけど、十七回忌を越えんほうが、あんたのお母さんたちも安心する思てな。うん、ほうしよ。やっぱり十七回忌のまえに式をせんと。なんやったら先に籍だけでも入れるか？」

「籍……」

「式に呼ぶんは、勝子さんとこの親戚のが多いけどええやろか。まあ、ええも悪いもそうなるわな」

倫代が、茶碗を持ちながら視線を宙に向ける。式のようすを夢想しているようだ。

「あの、伯母さん」

「なんや？」

「もし、もしね、……結婚をやめることになったら、どうする？」

「はあ？　勝子さん、ほんな話しとらんかったで？　喪中いうのは考えんでええってことになったやない。竜哉くん、なんか言うてきたん？」

「そうじゃなくて」

希子は口籠る。

「わたしが、ちょっと……、不安っていうか、その」

「不安？」

「茗さんのこととか、ほかにもその、あるかもしれないし」

なにを言うかと、倫代が色をなす。

「終わった話やないの。その子はもう死んでまった。また誰かに気ぃ惹かれても、結婚しとるほうが強いの。あんたがええ奥さんになって、渡さんかったらええだけやわ」

「でも」

竜哉が茗の住んでいた家に侵入したこと、長谷川家の家の購入に言いがかりをつけたことは、口にしてもいいだろうか。

自分の誤解なのかもしれない。理由があるのかもしれない。でも、今の気持ちのまま結婚したくはない。それは自分のわがままなのか。

「ごめんなさい、あの」

「わかったんならええ。もう変なことは言わんとき」

「違うの。結婚は、日取りを決めるのは、ちょっと待ってほしい。どうしても、もやもやした気持ちが晴れないの」

呆れ顔を、倫代が向けてくる。

「ほなら、いつ晴れるん?」

「……もう少し、待って。茗さんのこと、直接訊いてみるから」

「伯母さん、訊こか。そうや、伯母さんが訊いたるわ。そのうえではっきりさせよ。二度と浮気はせんいうて誓わせたらええよね」

「やめて。自分で確認するから。タイミングを見て、訊きますから」

はああ、と倫代のため息が聞こえた。

希子は後悔した。結婚をしたくないと言ったことではなく、勢いで口にしてしまったことにだ。まさにタイミングを見て、切りだすべきだった。

もっとはっきり、竜哉がなにをしたのかがわかってからのほうが説得できただろう。倫代にとっては青天の霹靂《へきれき》なのだろうから。

だけどこのまま話が進めば、後戻りができなくなる。倫代も許してはくれない。


食器を片づけていると、耀から電話がかかってきた。

「見せたいものがある。今すぐそっち行っていい？　昨夜の車庫」

声が興奮していた。耀の言う車庫とは納屋のことだ。

「今は……伯母さんが、納屋にいて」

「じゃあ神社。いつだったか会った神社で待ってるから」

電話が切れた。

神社で会うにしても、車を出さなくてはいけない。希子は、ファームに忘れ物をしたと嘘をついて、家をあとにした。

耀のほうが先に神社に着いていた。希子の車に乗りこんですぐに室内灯をつけ、これを見ろよ、と、数枚の紙を突きだしてくる。

「……受注書？　来宝ファームの？」

「そう。一番上のが八年前のもの。希子さんが借りてたパソコンの中にあった」

「そんなものがあったの？」

「エクスプローラーってわかる？　それ見て、フォルダを探ったわけ」

なんのことだったっけと、希子はピンとこない。

「スマホの初期化の話、してたよな。このパソコンだけど、初期化、つまり中身をまっさらにしてから希子さんや茗に渡したわけじゃなかった。ぱっと見、デスクトップからは宝幢さくらの活動に不必要なものは消されてる。だけどもともと来宝ファームで使われていたものだから昔のデータが残ってたんだ。パスワードも設定されていない。ＯＳからして古い」

「ええっと、つまり」

「来宝ファームのセキュリティ意識が低いってこと。それについては、オレも以前からフクロ経由で、おたくの事務員のようすを聞いて知ってたわけ」

「茂山さん。それは、うん、わかる」

茂山は口も軽いが、仕事のやり方もアバウトだ。セキュリティ意識も低そうだ。

「ってわけで、なにかあるんじゃないかと睨んでた。案の定、アプリケーションソフトやファイルが、奥からざくざく出てきた。そのひとつがこれ。紙を画像データにするときにスキャナーにかけてパソコンに取りこむんだけど、希子さんが持ってたパソコンでそれをやったんだろうね、残ってた」

「なぜその画像データというのにするの？」

「ここからは推理。税法上、この手の書類は紙の状態で七年間保存だ。一方で、会社法や商法では帳簿に関する重要書類は十年間保存とされていて、受注書はそれの元データになる。たぶん捨てるか残すかを考えて、決算のタイミングで電子化しておいたんじゃないかな。九年前のものも、それのちょうど一年前にデータ化されて残ってたから」

一気にまくしたてられた。よくわからない、と顔に書いてあったのだろう。耀が言った。

「結論、古いものが残ってた。それだけ理解してくれればいいよ」

「どうして耀くんは、そういうことまで知ってるの？」

「オヤジの不正を調べる関係で、税とか経理とか、ざくっとネットで勉強した」

「すごい……。あ、七年保存と十年保存の話は理解できる。簿記がちょっとわかるから。でも、わたしが借りたパソコン、そんなのが入ったままでよかったの？　来宝ファームに必要な書類だよね？」

「CDかなにかに焼いて保管されてるんだろ。データが残ったままだったのは、一時保存かなにかしたあと、移すときに消し忘れた不手際だ。これもセキュリティ意識の欠如だな。あ、真面目ぶって報告するなよ。こっちのやったことがばれるから。そして、オレは一日かけて全部の取引先を調べてみた。ほらこの顔だろ、今日も学校、サボった。で」

耀は人差し指の先で、受注書に印字された会社の名を叩いた。

「この会社との取引がおかしい」

「唐聖社《とうせいしゃ》？」

「住所はマンションの一室。東京の台東区にある。っていうか、もうなくなっているのかも。電話が通じない」

「八年前なんでしょ？　潰れたんじゃない」

「かもな。けど問題は取引の不自然さだ。二年間で合わせて七件。毎回約三百万円分。キャベツやキノコといった農作物を、出荷内容バラバラ、時期は飛び飛び、ほぼ同じ額になるよう調整して取引がされている」

「予算が決まっているのかも」

「だとしても、思いだしたように突然大量のキャベツを買うのか？　そんな不思議な取引をする会社なんてあるわけ？」

「そう……だね。問屋が相手なら額は大きいけど、継続的なやり取りになるし」

「マンションの一室に山盛りのキャベツ。腐るだろ。山盛りのキノコも想像しただけで気味が悪い。バケモノが生まれそうだ。ここから考えられるのは、業務上横領だ。受注したふりして品物抜いて、別ルートで売りさばいたかなにか。やるよなあ、あの美人社長」

ひゅう、と耀が口笛を吹いた。

「八年前と九年前だったら、社長は麗美さんじゃないよ。前村長の城太郎さんの妻で、大奥様って呼ばれてる亘子さん」

「なあそれ、本当にその亘子が社長業をやってたの？　来宝ファームの社長はお飾りで、実権を握ってるのは村長だって話、オレでも聞いてるぜ」

「今の麗美さんはお飾りじゃないよ。ただ、亘子さんのことはわからない。事務所にいる茂山さんはお飾りだって言ってたけど」

「いいねえ。とすると、ただの金の着服じゃなく、選挙の裏金作りとかかな」

慶太郎が村長になったのは四年前だ。十六年前の地震の年からずっと、城太郎が務めていた。最後の選挙は十二年前で、地震後の復興策を問う宝満隆之介との一騎打ちだ。宝満建設に産廃誘致の噂が立っていたため、隆之介は惨敗した。以降、隆之介は出馬の意思を見せない。ほかの候補の話も聞かず、八年前は選挙なしの再任だ。選挙の裏金は必要ないだろう。希子はそう説明する。

「なるほどね。ま、別に選挙の裏金じゃなくてもいいさ。とにかくこれ、すごいネタだよ。茗の件が交通事故で終わったとしても、騒ぎになる。担当者レベルの話か、事務長クラスまでなのか、村長や社長までグルなのか。当時の担当者が誰だったか知ってる？」

「わからない」

「ハンコは田垣って押されてる。事務長だよな。どんな感じの人？」

「心配性。すぐ胃が痛くなる人。立岡さんの対応を、わたしに任せて逃げた人」

ぷ、と耀が噴きだした。

「心配だからきっちりやるわけじゃなく、面倒に巻きこまれたくないから逃げ腰、ってタイプか。そいつに主犯ができるかなあ。でも上から言われればやるかもな。一方で、下がやったことに気づいても、保身のためにごまかしそうだよな」

「担当者だけでできる？」

「できるかも。セキュリティ、ガバガバだし、まともなチェックもできてなさそうだし。でも正直、そのレベルだと話がしょぼくなるから、来宝ファームぐるみ、村ぐるみってのが理想」

「そんな無責任なこと言わないでよ。耀くんはそれでいいかもしれないけど、村としてはおおごとになっちゃ困るんだから」

「なに言ってんの」

「だって、公になったら大変なことになる」

「なってもならなくても大変なことだろ。来宝ファームぐるみや村ぐるみの不正なら、村の財政が厳しいって言いながら一方で、一部の人間が私腹を肥やしてるってことなんだから。住民ならもっと怒れよ。どっちが無責任だ」

「そうなんだけど……、この先、どうなっちゃうんだろうと思って」

もし、来宝ファームが窮地に陥るようなことがあったら仕事がなくなる。そうなれば、結婚以外に生活の道がなくなってしまう。

茗の件を相談していただけなのに、なんで余計なものを見つけちゃうかな。希子はそう思った。

「呆れたね」

耀が不満げな声を出す。

「おかしいことはおかしい。声を上げなくてどうするんだ」

「だけど、茗さんのこととは関係ないでしょ」

「同じことだよ。茗の件でも、スマホとかパソコンとか怪しいことがいっぱいあったのに、みんな、事故ってことで処理されてほっとしてたんだろ？　目を瞑って表面だけ取り繕ってさ。今の希子さん、そうしようって言ってるようなもんだぞ。そういうのを繰り返してると、いつかあんたも目を瞑らされる。声も封じられる。実際、そうなりかけてるじゃないか。唯々諾々と結婚させられそうなんだろ？」

「……あ」

「あ、じゃねえよ。オレは村の人間じゃない。結婚だの家だのもよくわからない。けどそういうの、全部つながってんじゃないか？」

たしかにそのとおりだ。

真実を知らないと、力のある人にいいようにされてしまう。

「ってわけで、疑問点が増えた」

耀が、持ってきたバックパックからノートパソコンを出した。昨夜整理した項目に追加している。

「5、受注書の謎。——唐聖社との取引は、なにを示しているのか。このパソコンに残ってるのは、八年前と九年前のものだ。七年前からの受注書は紙の状態で来宝ファームにあるはず。ほかの年はどうなってるか知りたい。探ってきてくれ」

第六章　父がいなくなった日と同じだ

1

――唐聖社からの受注書は、七年前のものが最後だった。三件あって、最後の日付は九月三十日。それ以降は全然なし。

翌日、希子は販促活動のためのデータを作るという理由で、茂山に過去の受注書を見せてもらった。確認して、学校に行っている耀に、メッセージを送ったところだ。

――十年前以前のデータは？　正規の取引なら、受注があれば発送があるはず。その発送伝票は？　全体の帳簿は？

耀はすぐさま返信をよこしてきた。いま授業中じゃないんだろうか。

――無茶言わないで。古い書類は全部鍵付きの金庫や倉庫。さっきも、そんな古いものをどうするんだって怪しまれたんだから。

――で、当時の担当者は誰だった？

――茂山さん。だけど、受注はそのとき事務所にいる人間が受けるという程度のゆるさ。誰でも受けられるし、事務長の印鑑は鍵のかかっていない机の中。だからハンコの名前はあてにならない。

――やりたい放題かよ。茂山に、唐聖社って会社、知ってるかどうか訊いてみて
――訊けないよ。すぐ右から左に話を流す人だから、訊いたとたん全員に知れわたる。わたしが怪しまれる。

――強烈キャラだな
――茂山さんと横領や横流しって言葉は結びつかない。ベテランだけどミスが多いから、すぐに誰かに気づかれそう。

――七年前の三件はいくら？

――ざっくりだけど、三百万、三百万、一件だけ、六百万近く。

――その三件、写真撮って送って

どうやって写真を？　と希子は頭をひねる。スマホで写真をとるにせよ、コピーをするにせよ、怪しまれるだろう。

そういえば出荷作業場にファックスがあった、と思いだす。あれはコピーもできたはずだ。

希子はファイルを持ったまま事務所の奥へと移動した。今はこれどうなってるかなー、と小芝居を交えながら。

出荷作業場には、荷詰めの準備や仕分けをしている宝助っ人が数人いた。新たな指示を出されると思ったのか、視線を向けてくる。

希子は首を横に振り、なんでもないふりをしてファックスに向かった。

ファックス機は事務所にあるコピー機より天板を流れていく光の動きが遅い。気持ちが焦ってしまう。

「やーだ、そうなんですかあ」

明るい声が聞こえた。宝助っ人の夏目だ。明るくはじけたようすなので年下だと思っていたが、希子よりひとつ年上だった。あの子が村の誰かとくっついてくれたらいいのにと、茂山たちはよく噂している。

彼女と一緒に段ボールを組み立てているのは、若い男性と中年の男性のひとりずつだ。若いほうがたしか小寺《こでら》といい、二十代後半。中年のほうは沖野だ。

三人は幼少期に見たテレビの話をしていた。四十過ぎの沖野はほかのふたりと流行が違うらしく、それをからかわれていた。本人も笑いながら、いじめられっ子だったから悪人を始末するドラマを見て溜飲を下げていたと語る。

「沖野さんがいじめられっ子？　見えなーい」

「父親が早くに死んで、母方の親戚を頼って引っ越したことがあったんですよ。周囲になじめなくて、辛い思いをしました。なんというか、のけものにされまして」

沖野は年下に対しても、丁寧な口調だ。

「子供ってそういう残酷なところありますよね。僕もぽっちゃり体型だったから、さんざんからかわれたなあ」

「へえ、小寺さん、今は細マッチョじゃないですか。鍛えたんですね」

「さっき言ってたＳＡＳＵＫＥって体育会系の番組の影響なんですよ」

「きゃー、触りたい」

夏目の言葉に、小寺が照れている。

「あ、すみませーん。口は動いてますけど、手も動いてますからー」

夏目が希子を見て、首をひょいと下げてくる。

「ううん、コピー取りがてら見ていただけです。お疲れ様です」

「はーい、お疲れ様です。お姉さんも今度、飲み行きましょうー」

軽い調子で夏目が応じてくる。そちらのほうがお姉さんなんだけど、と希子は苦笑した。

「やだ、社交辞令じゃないですよ。LINE交換しましょう。スマホ出してください」

社交辞令を疑って笑ったわけではないので、逆に申し訳ないような気になる。

「スマホは、いま鞄の中で。えーっと電話番号は、090‐31××‐××××」

「え？　暗記？　お姉さんすごい」

「……あ、数字を記憶するのは得意なんです」

夏目の気軽さがうらやましくて、希子はつい真似をして気軽に応じてみた。

「まじですかー」

「でも夏目さん、自分の電話番号なら覚えてるでしょ」

と小寺が口を挟む。

「あたし無理ー。小寺さん、覚えてる？」

「僕は、080‐54××、……えっと……、71××」

暗唱してから、小寺がそそくさとスマホを取り出し、満足げにうなずいた。夏目が希子に、いたずらっぽい目を向ける。

「お姉さん、今の番号覚えました？　得意なんですよね？」

「今の？……080-54××-71××、合ってます？」

わー、と夏目が声を上げた。小寺が目を丸くしている。沖野も興味深そうだ。

「面白ーい、はい次ー、沖野さん」

「自分はスマホ任せにしてるので、……少し待ってくださいね」

「電話番号じゃなくてもいいって。なんか数字言って！」

「あのー、みなさん、お仕事のほうを」

希子の言葉に、すみませんと夏目は舌を出したが、そこから三人は記憶クイズをはじめていた。

コピーした受注書をトイレに持っていき、写真を撮って耀に送った。

耀は、茗の過去のブログや、自費出版されたブログ本も取り寄せて探るつもりだと教えてくれた。宝幢さくらプロジェクトに関わってから更新されていないが、森宮茗としてやっていたTwitterにFacebook、InstagramなどのSNSも調べるという。

コインロッカーは、ネットでの検索に限界があるらしく、まだ見つかっていない。

2

仕事を終えたその足で、希子は倫代を迎えに隣の市へと向かった。

今日はいつもの病院ではなく歯科医院だ。行きは別の用がある絹江の車に乗せてもらったが、帰りは遅くなるため、迎えにくるよう言われていた。

峠越えの一本道は、途中から家も畑もなくなり、雑木林が広がる。

後ろからクラクションを鳴らされた。希子の軽自動車はほかの車から軽んじられやすく、よくあることだ。抜いていってもらおうと、路肩に寄せて減速して走る。

再びクラクションを鳴らされた。バックミラー越しに背後をよく見ると、後ろにいるのは竜哉だった。運転しながら左方向を、つまり路肩を指している。じゅうぶん減速してるのにと思いながらさらに寄ると、竜哉の車は希子の車を追い越したあと、道を防ぐように停車した。希子は驚いてブレーキを踏む。

「どうしたの、いったい」

運転席から外に出た希子の腕を、竜哉がつかんだ。

「ちょっと来て。話をしたい」

「わたし、伯母さんを迎えにいく途中なんだけど」

いいからいいからと助手席に乗せられた。振り向くリアウィンドウの先、希子の車がどんどん遠ざかる。

「なにするの。降ろして。ちょっと、停めて」

「飛び降りる？　怪我するよ。ねえ希子ちゃん、なにやってくれたの。なにが狙い？」

竜哉はスピードを緩めることなく、前を向いたまま話す。

「なんのこと？」

「鍵だよ。森宮さんが借りていた家の鍵のことだ。家主から役場に問い合わせが来たんだよ。僕の顔、つぶす気？」

「つぶす気なんて……」

竜哉が横目で睨んでくる。怖い。だけど訊ねるならここだ、と希子は意を決した。

「じゃあ竜哉さんは、どうやって家の中に入ったの？　鍵は来宝ファームにしか預けていないと、家主さんは言ってましたよ」

「希子ちゃんには関係ない。なにを咎《とが》めだててんだよ」

「で、でも来宝ファームが預かっている家でしょ。鍵があっちにもこっちにもあったら、次に住む人だって怖いじゃない。……鍵、どうしたんですか？」

「以前預けたことを忘れたんじゃない？　家主はもう老人だからな」

「それって、茗さんが住んでいたときから持ってたってこと？」

「僕は役場にあった鍵を使っただけだ。いいがかりをつけないでくれ」

本当だろうか。家主はしっかりした声で、ボケたようすもなかった。いくら老人でも、鍵のように大事なものを簡単に忘れるとは思えない。

「茗さんに合鍵をもらったんじゃないんですか？」

「合鍵？」

と不思議そうにおうむ返しにしたあと、ああ、と竜哉が笑った。

「なるほどね。そういうことか。で、合鍵を持ってたとしたらどうなんだ」

「どうって、……それは、わたしへの裏切りだと思いませんか？」

「希子ちゃんのほうが僕を裏切ってるよ。僕の行動にケチをつけて、僕の顔に泥を塗って」

「泥なんて塗ってません。鍵のことは家主さんに訊ねたけど、竜哉さんの名前は出してません」

「その話じゃない！」

上り坂の中腹部分で、竜哉は左にハンドルを切って車を停めた。車の半分以上を雑木林の中に突っこむ。

「母さんから連絡が来た。結婚式の日取りを決めようと思って倫代さんと相談してたのに、待ってくれって言われたって。おまえ、なにかしたんじゃないかって」

「それは……」

「僕がなにをした？　面目丸つぶれだよ。え？　なにしたっていうんだ」

責められて、希子の喉がごくりと鳴る。

「茗さんと……、なにかあったんじゃないの？　だから家を探ってたんじゃないんですか？」

「なにもない。勝手に勘ぐるなよ」

「だったらなぜ、喪中を理由に結婚を延期して、またすぐ撤回するんです？　撤回したの、茗さんが亡くなったとわかってすぐですよね」

「喪中は喪中だろ。それでもいいって言ってやってんだ。譲歩してるのはこっちだろ」

「……譲歩、なさらなくてもけっこうです。茗さんが亡くなった日、竜哉さんはどこにいたんですか？」

「なんだと」

「警察にアリバイを訊かれたって言ってたじゃない。なんて答えたんですか」

「仕事だよ、仕事！　役場で残業してたんだよ」

「誰か一緒でしたか？」

「なに疑ってんだよ。僕の車が役場の駐車場に停まってたのを、近所の人間が見てんだよ」

「それは誰で――」

竜哉の左手が、希子の右肩をつかんだ。シートに押しつけられる。右手で頬を打たれた。

「いいかげんにしろ。なにさまのつもりだ」

希子は、両手でセンターコンソールを乗り越えてくる竜哉を防いだが、さらに二度三度と頬を平手打ちにされた。竜哉はその右手を、希子の座るシートと扉の間に潜り込ませる。とたん、背中が後ろに倒れた。

首を絞められたらどうしよう、そんな恐怖が希子の頭に浮かんだ。だが竜哉の手が伸びたのは膝だった。足を割られる。

「やめて！」

竜哉が、ぐあ、と鼻を鳴らして笑った。

「うるさいな。だいたいおまえがやらせないのが悪いんだろ。いつまでも焦《じ》らしやがって。

生意気を言うまえにやるべきことがあるだろ――」

ドン、となにかを窓に叩きつけた音がした。リアウィンドウだ。のしかかっていた竜哉が顔を上げた。と、表情が固まっていく。

ドンドンドン、ドンドンドンドン、とリアウィンドウがリズミカルに叩かれる。鳥や動物がぶつかった音じゃない、人だ。と、希子は竜哉を押しのけた。助手席側のグリップハンドルに手を伸ばし、押す。ドアは開いた。身を乗りだす。

「助けてくだ――」

叫んだ口を、竜哉の手でふさがれた。

「ハイヒールだから藪の中に行きたくないのよね。降りてらっしゃいな」

麗美の声だった。

見れば、腕組みをした麗美が、自身の赤い車を停めて立っていた。

婚約者じゃないですか、ちょっとふざけてただけですよ。だよな？ ごっこですよ、実際はなにもしていない。だよな？ 竜哉は希子にそう同意を求めてきた。希子が返事をできずにいると、ポケットでスマホの音を鳴らし、役場から電話が入っている、急ぎの用がある、と言う。

「彼女の頬が赤いんだけど、それはどうしたの？」

麗美が希子のほうへ、顎をしゃくった。

「だからごっこですって。だよな？」

「婚約者だろうと夫婦だろうと、暴力を持って性行為を強要することは犯罪よ」

「なにをおおげさなこと言ってるんですか。いやだなあ」

竜哉が頬をゆがめて笑う。

「警察に行く？　証言するけど」

麗美の言葉は、竜哉に対する脅しと希子に対する確認の、両方の意図があるようだった。

「……だいじょうぶです」

希子は、断った。

「本当に？」

「はい……」

ぱん、と竜哉が大きく手を打ち鳴らした。

「じゃあ僕は、本当に急ぐから。なにもなかったよね。わかってますね、麗美さん」

竜哉は前半を希子に、後半を麗美に言って、車で去っていった。

麗美はそれを睨んでいる。その表情のまま、希子に視線を移す。

「本当にいいの？　ああいう男は、性行為が相手を支配するための手段だと思ってるのよ。放っておいていいものじゃない」

「だけど、噂になるし」

「ほかの人にもやるって話。そのときに傷つくのは、あなただけじゃないのよ」

希子はうつむく。

「あなたね、嫌なものは嫌って、もっとはっきり主張しなきゃダメよ。ちゃんと主張しないと、他人にいいように利用されてしまうわよ」

わかっている。他人からいいように扱われないためにはどうすればいいのか、悩んでもいる。

だけどなかなか言えない。

麗美はいつも自分の考えをきっちり主張する。だけど来宝家でもそれができているんだろうか。城太郎や亘子、慶太郎にプレッシャーをかけられて、不倫に逃げているという話もあるじゃないか。

「……ありがとうございました。わたし、そろそろ行かないと。伯母が迎えを待ってるんです」

自分の車まで送ってくれるというので、希子は麗美の車に乗った。

「わたしが竜哉さんの車に乗せられていると、どうしてわかったんですか？」

　希子は問いかける。

「すれ違ったことに気づかなかったの？　山之内さんの車はかなりのスピードで、あなたはシートベルトをしていないように見えた」

「ああ、……してませんでした」

　車の中で話をするだけで、発進するとは思わなかったのだ。混乱していて、麗美の車には気づかなかった。

「最初は、やだわ法令違反して、って思っただけだったんだけど、すぐ先の路肩にあなたの車が停まってるじゃない。しかもハザードつけたまま。これはおかしいと思ってUターン。でもよかったわ、あの男がバカで」

「バカ、ですか」

「単細胞のほうが当たってる？　感情と行動が直結していて、思考が抜け落ちてるってこと。あんな藪に停めてどうするの、目立つじゃない」

　ふん、と麗美が笑いとばす。希子もぎこちない笑顔を浮かべた。麗美は目立つと言ったが、もうすぐ日も暮れる。外灯はない。藪に入った車は見えなくなるだろう。

　頬を殴られ、押し倒されたとき、殺されるかと思った。茗を殺したんじゃないかと思って責めていたから、そんな想像が浮かんだ。もしも茗と同じように、自分の車に戻されて藪や脇道へと放置されたら。そう思うと、今も背中がうすら寒い。

自分の車に辿りついて、バッテリーが上がっていないことを確認した。じゃあ気をつけてね、と言って、麗美が自身の車に再び乗りこむ。

「あ、あの、もうひとつ。偶然ですか？」

希子の質問が聞こえたのか、麗美がドアウィンドウを下げた。

「なにが偶然？」

「この道を走っていたのが、です。本当に、助かりました」

「隣の市に行くのはこの道しかないもの。義父の病院に行ってたの。ここのところ何度かね」

麗美はよく村の外に出ていく、いつも遊び回っている。その噂は誤解だったのだ。

「……ああ、でも内緒にしておいてね」

「どうしてですか？　みなさん麗美さんのことを、その、悪いほうに噂してて」

「知ってる。このあいだは男の人と一緒の車に乗っていただけなのに、不倫の噂が立った。保育園のママ友が教えてくれたわ。あれ、車のディーラーよ」

「え？」

「あらあなたも聞いたことがあるって顔ね」

「はい。……ごめんなさい」

少しでも信じてしまった自分が恥ずかしくて、希子はうつむく。

「謝るほどじゃない。いつだってそうだから。ほんの些細《ささい》なことで噂の的になるの。この件に関しては、わたくしもママ友にはっきり言ったし、そのうち噂をしてる人にまで届くでしょう。だけど立ってほしくない噂もある。わたくしが頻繁に病院に行っていることが知られると、義父の体調がどうこうって話になるから」

麗美が真面目な顔になった。城太郎の状態は、芳しくないのかもしれない。

「ご心配ですね」

「そうね。でもお医者さんに任せるしかないから」

じゃあねと、今度こそ麗美の車は行ってしまった。

自分の車の中に入り、ドアをすべてロックして、希子は息をつく。ハンドルに手を乗せ、何度か深呼吸しているうちに、やっと落ち着いてきた。

どうして自分は、竜哉と結婚しようと思ったんだろう。

生活の安定が欲しかったから？　伯父の介護の日々を忘れられるような、ときめくものが欲しかったから？　なにも持たない自分でも求めてもらえたから？　来宝家につながる人間だと伯母も伯父も喜んでいたから?
竜哉がどんな人間かなんて、知らなかったし、知ろうともしなかった。
わたしは道を間違えかけた。でもまだUターンできる。

3

土曜日曜と、希子は倫代の機嫌を取り続けた。結婚は正式に断るつもりだ。けれどただやめたいと言うだけでは、倫代が首を縦に振らない。持っていき方を考えないといけない。倫代にとっては婚約破棄など恥も恥。村で生きていけなくなると嘆くのは目に見えている。どう話せばわかってくれるだろう。

考えあぐねた日曜の夜、倫代が眠るまで結局なにも言いだせず、アイディアも浮かばなかった。どうしよう、と何度目かのため息をついたとき、電話が鳴った。耀だ。いくつか収穫があったというので納屋で落ちあう。

耀は本を二冊見せてきた。茗の名前が表紙に載っている。

「食べ歩きの本と、旅行の本。どっちも自分のブログをまとめた自費出版。ネットのフリマに出てた。これを名刺代わりにして、茗は宝幢さくらプロジェクトに関わることになったんだよな？」

「そう聞いてるよ」

希子は本のページをぱらぱらとめくる。写真が多用されているきれいなつくりだ。どちらの本も柔らかな印象の文字を用い、パステルカラーのイラストが添えられていた。

「茗はジャンルの違う別のブログをやっていた。こっちの食べ歩きの本が先。この奥付のところに、元になったブログのＵＲＬがある。でもそのブログの前に、もうひとつ別のブログもやっていたんだ。それがこれ」

耀はノートパソコンの画面を示してきた。

〈この人を捜しています〉

というタイトルで、二冊の本とはまったく異なる硬い雰囲気だった。ワイシャツにネクタイ姿の中年男性の写真が、目に飛びこんできた。

「この男、茗の父親だ」

「お父さん？」

希子は驚く。

満足そうな表情で、耀がうなずいた。

「茗は父親を捜してたんだよ。その人、七年半前に行方不明になったんだ」

「行方不明？　両親は死んだって話だったけど」

「その件はあとで説明する。オレはこの父親捜しのブログを最後まで読んで、だいたいの状況を理解した。茗は七年半前、父親の情報を集めるためにブログをはじめた。ＳＮＳも、それ専用のアカウントを取った。風貌はこうで、いなくなったときの服装はこう、最後に目撃されたのはいつ、なんて情報を発信していた。でもブログもＳＮＳも、ただ書いただけじゃネットの海に埋もれていく。更新をかけないと読んでもらえないんだ」

「わかるよ。宝幢さくらのブログも同じだよね」

「そう。だけど更新するにはネタが要る。そこで茗は、調査の状況とともに父親との思い出をつづった。父親も食べ歩きが好きだったようで、同じ店に行って記事を書いた。ところがここで本末転倒が起こる。食べ物に関する記事のほうが読まれるようになったんだ。ブログアクセスのランキングでも上位にきた。読みやすい文章だし、読んだ人間も料理の味が感じ取れるような紹介の仕方だったからだろう。でもこのブログの目的は父親捜しだろ？　お父さんの話は同情を引いて人気を得るためのものですか、なんて意地悪なコメントを書きこむやつもいて、こっちのブログは停止。まったく別の、食べ歩きのブログを新たに作って内容を分けた。茗自身も、そういった記事を書くことや、読んだ人からの反応が面白くなってきたんだろうな。文才、それなりにあったんじゃない？」

耀が、話しながら画面を下に下にとスクロールしていった。

「それが、この本の元になったブログなんだね」

希子はもう一度、食べ歩きの本を手に取った。同じ何軒かの店が、父親捜しのブログにも載っていた。

「次に、こっちの旅行ブログをまとめた本を見てくれ。この本は去年の夏に出したものだけど、宝幢村の桜は載っていない。ほかの地域の桜の写真はあるのに」

耀が、本のページを繰っていく。大阪造幣局の桜、富士山と桜、弘前《ひろさき》の桜など、ため息が出るほど美しい写真が並んでいた。

「これとうちを比べるのは酷だよ。完成された美しさ、そのものじゃない。うちの桜の森はまだ六年だよ」

「でもブログのほうには宝幢村の桜が載っている。去年のものだ」

耀が、茗の旅行ブログをパソコンの画面に表示させた。以前、茗にスマホから見せられたものと同じだろう、希子の記憶にも残っている写真があった。耀は、宝幢村の桜の記事まで画面を飛ばす。こちらも写真が大きく載っているが、まだ成長しきっていない木をごまかすためか手前に桜の花を配置させる構図で、正直、どこでも撮れそうなものだ。宝幢桜まつりと書かれた幟《のぼり》が、背景に見える。

「なんか悔しいな。本に載っている桜より、見るからに劣ってる」

「さてここで気になることがある。この記事の二日後を見て。茗は秋田に桜を見にいってるんだ。東北だぜ？　どんだけアクティブなんだよ。ブログを読んだところ、茗は、アルバイトや派遣で生計を立てていたようだ。軍資金は？」

残雪の山を背後にたたえる秋田の桜の写真は、時期が早かったのか三分咲きといったようすだった。そのためか、その写真も本には載っていない。

「ブログを書くために、無理をしてでもあちこち行くんじゃないの？　茗さんは、それが趣味なんだから」

耀が、人差し指を立てて左右に振った。

「このブログ、過去の日付で投稿ができるんだ。つまり行っていない場所でも行ったふりができるわけ。写真は借り物かもしれないし、合成かもしれない。あとからしれっと記事を交ぜた可能性がある」

「……あとからって、なんのために？」

「宝幢村に来るために、だ」

希子は耳を疑った。どういうことなんだろう。

「疑問点の1を思いだしてくれ。茗はなにかを捜していた、だよな？　そのなにかの答えとは、父親だ。実は、茗の父親が行方不明になった理由は、不倫なんだ。ブログではぼかしてたけど」

「不倫？」

「父親は会社員で、同僚の女性と不倫をして、ふたりして出奔《しゅっぽん》した。ちなみにその女性にも夫がいるから、ダブル不倫だ。女性の夫も同じ会社で、父親の上司でもある」

希子は信じられない思いだ。茗の父親だとブログに載る中年男性は、真面目そうな顔をしている。

「茗さん、ショックだったよね」

「だろうね。けど、オレは立岡のほうに同情するね。立岡は母親のほうの連れ子なんだ。当時、母親は病気だった。父親はそんな母親を置いて出ていった。しばらくして母親は他界。父親が生きてようが死んでようが、立岡にとってはもうどうでもいいだろうな」

立岡と茗に交流が少ないのも、そういう事情のせいかもしれない。

「オレの考えはこうだ。茗はなにかのきっかけで、宝幢村に父親がいるのではと思った。一度や二度は捜しにきただろう、だが見つからない。そんななか、宝幢村を盛り上げようという企画が募集されていると知る。自分の経歴を武器にして応募し、じっくり捜そうと考えた」

「そういえば茗さんは、移住者を集中的に取材してた。お父さんがいるかもしれないって思ったのかな。不審な移住者がいないかって質問もされたし。でも、なにかのきっかけって、なに？」

「それは現段階ではわからない。だけど行方不明になった七年半前からずっと見つからないってことは、父親は積極的に隠れているわけだ。オレんちみたいにな。だから茗も、父親捜しの話はおおっぴらにしなかった。下手に言うと噂になって逃げられてしまうから」

村のことに詳しい？　なにか噂とか、面白い話はない？　隠れ里みたいな雰囲気じゃない、誰かが隠れ住んでいるって噂はない？　茗はそんなことを言っていた。あれは、父親が隠れているかもしれないと思って、ヒントを求めていたのか。

それなのに自分ときたら、人魂だの鬼蜘蛛と鬼百足の伝説だのと、まったく関係のない話しかしなかった。

……あれ？　だけど茗は、裏伝説はないかと訊ねてきた。じゅうぶん興味を惹かれていたじゃないか。父親とどう関係があるんだろう。

「希子さん？　聞こえてる？」

耀に声をかけられて、ごめん、と希子は答える。

「茗さんが、隠れてるお父さんに気取られないように捜したいという気持ちはわかった」

「ああ。だから両親とともに他界していると説明したんだろう」

「だけど捜されるほうのお父さんは、茗さんが来たことに気づくんじゃない？　村のキャンペーンガールみたいな活動をしてるんだから」

たしかにな、と耀がうなずく。

「警戒しながら隠れているとか。もう父親はいなくて不倫相手だけが住んでいるとか。あとは、……記憶喪失になっている、なんてことも考えられるよな」

「記憶喪失？　また派手な話にしようと思って」

「たとえばの話だよ」

耀が肩をすくめる。

「茗さんの家族の事情を、耀くんはどこで調べたの？」

「ネット。父親捜しが目的のブログに、お父さんの話は同情を引いて人気を得るためのものですか、ってコメントされたように、ネットの世界には意地悪な人間がいるわけ。ブログが評判になって本を出したことに嫉妬して、ネガティブな情報を流すような連中がな。そういうのを辿っていったら匿名掲示板で見つけた。煽ってくさすような内容だから、差し引いて読んではいるけど、立岡がやっていた店も影響を受けたようだ」

「影響って？」

「立岡は東京の三鷹《みたか》で創作イタリアンの店をやってる。妻の実家のレストランを継いだみたいだな。七年半前には、すでに結婚して別の暮らしを営んでたんだけど、父親は自分の勤める会社の接待に使ったり周囲に紹介したりして、店を応援していたようだ。一時期、その会社の関係者で予約が全部埋まるぐらいにな。ところがそんな形で父親がいなくなっただろ。予約、全部キャンセルで大赤字だってさ。教訓、ひとつのところに頼りすぎるな、だよね」

耀がおどけた言い方をした。

「ってわけで立岡に会いに東京に行こう。詳しい話を訊きに」

「はあ?」

「だって今の話、ネットで拾ってきたものだ。嘘と本当がまぜこぜだ。正確なところが知りたい」

「電話でいいじゃない」

「立岡の反応コミで知りたいんだ。コインロッカーの鍵も渡しておきたい」

「どこのものかわかったの?」

「まだだ。主要駅のコインロッカーの設置場所はネットでもわかるんだけど、暗証番号やQRコード、ICカードタイプも多くて。鍵式タイプはどこにある、なんてことまで書かれてないし。もちろんネットに情報がないところもある。だから実際に行かないとわからない。これ、めちゃくちゃ時間かかるよ」

昨日、今日の休みに高山市《たかやま》と岐阜市を捜したという。だが見つからなかったそうだ。

「鍵の写真は撮ってある。身内の立岡なら残った荷物を返してもらえるだろうから、現物を渡しておいたほうがその後の対応が早いだろ。それにオレひとりじゃ、行きたいとこ全部に行けない。学校に行ってるふりをして、夜までに帰ってきたいんだ」

「行きたいとこ全部？　立岡さんのお店だけじゃなく？」

「そこは当然。立岡に聞いて、茗が東京で住んでいたところや学校、それに例の受注書の会社、唐聖社があったところにも。せっかくだから疑問点の5も一緒に確かめる」

4

明日にでも行きたいと耀にねだられたが、月曜は倫代の通院日だ。希子も、突然仕事を休んではこの先に差し障る。そこでその翌日の火曜日となった。立岡への連絡は耀が済ませてくれた。

行きの新幹線の中、耀はしきりとスマホをいじっていた。持ってきたバックパックにはノートパソコンも入っているという。

希子は隣の座席で考えこむ。

竜哉は、茗の死に関わっているんだろうか。

茗がいなくなった夜は、役場で残業をしていたという。竜哉の車が駐車場にあったことを近所の人が証言したそうなので、警察はそれを信用したんだろう。だけど茗の家で鉢合わせたとき、竜哉は公用車に乗っていた。自分の車を置いたまま公用車で動けば、どこに行っていてもわからない。

でも警察がそれを見逃すだろうか。茗の父親の行方と竜哉は、関係ないんじゃないだろうか。

全部、考えすぎなのかも。

茗は事故死。本人のスマホは窓から飛んでいった。カバーも新しいものを買って、古いものを貸与物のほうに回した。パソコンは壊れて買い替えるタイミングがないまま村にやってきた。村に来たのも、本当に桜の森に惹かれたから。宝幢村から秋田まで一日もあれば行ける。竜哉と茗の間に関係があったかもしれないけれど、もうわたしには関係ない。

だけど、コインロッカーの鍵を隠したのは……？

合理的な答えが見つからない。

「着いたよ。さ、サクサク行動しよう」

東京駅から立岡の店のある三鷹まで、在来線に乗り換えて三十分ほどだという。

ラッシュの時間は過ぎていたが、新幹線の改札を降りてから一番ホームに向かうまでの間に、何度も人にぶつかりそうになった。大きな荷物を引いている人でさえ早足で歩いていて、希子は人波に持っていかれそうになる。

「ぼやぼやしない。きょろきょろもしない。大人だろ」

「そんなこと言われたって。耀くん、村に籠っている割には慣れてるね」

「たまに学校サボって来てるからね。無難な授業のときに。大学選びもしてる。データだけに頼らず、足で研究しないとね。さあこっち。時間ないよ。のろのろしない」

はぐれては大変だと、希子は足を速めた。


立岡の店は、駅から少し南に下ったところにあった。小さなビルの一階にある白い設えの店だ。カウンターには青色がくっきりと映えて、爽やかな印象を与えていた。東京は電車の本数も多い。これなら立岡から話を聞いたあと、次の行動に移れるだろう。そう思っていた希子たちに、壁が立ちはだかった。

「ご予約のお客さまがいらっしゃるので、お席が空くのは十三時半過ぎになります」

後ろから白いエプロンをつけた立岡が困り顔でやってきて、そう告げた女性に「やめろよ久美子」とささやく。久美子と呼ばれた女性は不満そうに、立岡を睨んだ。ふたりのようすから見て、立岡の妻だろう。

立岡が希子たちを見て軽く頭を下げる。

「来るの、今日でしたね。申し訳ないけど、もうすぐランチの営業時間なんですよ」

「オレたち話を伺えればそれでいいんですが――」

と言いかけた耀の頭を、希子が無理やり下げさせる。

「失礼しましたっ。十三時半に改めてお伺いします。よろしくお願いします」

希子は深く礼をした。飲食店のシェフが、ランチ前に話などできるわけがない。気づかなかった自分も自分だが。

「ではその時間で、二名様、お席、ご用意しますね」

久美子が事務的に返し、小さく礼をした。

「あ、ひとつだけ。茗さんが出た学校と住んでたとこ、教えて。先にそっちに行きます」

耀が問う。

ひとつではなくふたつじゃないかと、希子はつっこみを入れそうになった。立岡も苦笑している。

「練馬区だからそう遠くないけど、平日の昼間に家にいる人は少ないですよ。私たちの実家は、母が死んだ六年前に畳みました。近所づきあいもあまりなかったし、マンションだから建物内に入ることもできない。大学も生徒数が多く、あいにく私は担当の先生を知らないので、妹を覚えている人に会える確率は低いでしょう。失礼だけど、きみたちが住む村とは違うと思って動いたほうがいい」

それでも一応、立岡は教えてくれた。

「ドラマや小説みたいには進まないな。近所に話好きのおばさんがやってる店があって、そういえば茗ちゃんはあのときねー、なんて教えてくれるヤツ」

畳んだ実家に行っても得るものはないかもしれないが、行くだけは行ってみようと、希子たちは電車に乗った。電車で新宿方向に戻りバスに乗るのがいいようだ。

「わたしみたいなおのぼりさんや高校生に教えてくれるおばさんなんて、田舎でもそういないんじゃない？」

希子が言うと、耀が噴きだした。

「違いない。オレたちも刑事や探偵じゃないしな。となると頼るは立岡か。めいっぱいいいもの食ってやろ」

「大人はその程度じゃ懐柔されません」

乗り換えを経て、教えられた住所についた。白いタイル張りの大きなマンションだ。あたりも背の高いマンションが多く、どれだけの人数がこの近辺で暮らしているんだろうと、希子は気が遠くなりそうだ。宝幢村の人口——千五百人余りよりも多いかもしれない。

入り口はオートロックだった。立岡が言うとおり、そこから先に入れない。耀が適当な部屋番号を押したので慌てて止めたが、返事はなかった。しばらく待つも、扉に入る人はいない。

一番近い私鉄の駅に向かう。駅前から小規模な商店街があるようだ。ふたてに分かれて、森宮茗という名前とブログに残っていた茗の写真を見せて訊ねてみた。だが、わからない、知らない、という返事しか得られなかった。

茗が宝幢村に来る直前まで住んでいたアパートも練馬区にあった。そのまま電車で移動する。東京はいくつもの路線があり、耀の助けがなければどれに乗っていいのかわからない。茗がいたアパートの部屋に次の住人がいることは、麗美から聞いていた。改めて訪ねてみると、外廊下の玄関脇に男性物の傘がぽつりとあった。窓にもカーテンらしきものが透けて見え、たしかに別の人が住んでいるようだ。インターフォンへの応答はない。ほかの住人も在室していないようだ。

ここでも駅周辺の店で茗の写真を見せて訊ねたが、知らないという返事しか戻ってこなかった。

大学は諦めた。時間も押していたし、いきなり行ってもなにもできないだろう。立岡の店に戻ってきたのが、時間ちょうどの十三時半だ。

耀が堂々と、一番高いコースを注文する。耀は、父親の情報をネットで誤誘導する見返りとして、多額の小遣いをアルバイト代としてもらっているそうだ。軍資金はあるという。

「無理しなくていいよ。わざわざ東京まで来たんだし、私が提供するから」

立岡はそう言ったが、耀は久美子のほうを見ながら、だいじょうぶです、と宣言する。久美子が呆れ顔で笑っていた。

食事が済むと、レストランにはほかの客がいなくなっていた。

久美子が扉の外に出て open の札を close に替え、奥で片づけものをすると言って消えた。夜の仕込みがあるのであまり長くは話せないけれど、と立岡がやってくる。

「すみません、お忙しいのに」

希子は頭を下げた。

「期待はしないでください。終わった話です。ああ、それから妻は、久美子は妹の話に関わりたくないので放っておいてください」

「読みました。お父さんを捜すブログのこと」

耀が、持ってきたノートパソコンにブログを表示させた。立岡が驚く。

「よく見つけたね。そうなんだ。父は七年半前に家を出た。実はその……」

「同僚の女性との不倫で、ですね。その話を伺いたくて来ました。茗さんのブログや本を揶揄《やゆ》したい人がいるようで、匿名掲示板に出てました。実際はどこまで本当なのかと」

耀の質問に、立岡はため息をつく。

「同じものを読んだかどうかはわからないけど、誇張はあるもののおおむね本当なんじゃないかな。妹は最初に就職した会社の人から、ブログが評判になったことで妙な妬みを受けてね。父の失踪をオープンにしていたことが裏目に出て、いろんなことをネットにばらされた。それで喧嘩して会社を辞め、そのあとは事務系の派遣社員として職場を転々としていた。ただ、妹にはかわいそうだが、悪いことをしたのは父だ。父は、病身の妻、つまり私の母だけど、それを重く感じて、ほかの女性に気持ちを移したんだから。そして相手と逃げた。母はそのせいで、宣告された余命より早く亡くなってしまった。私は、もし父と会えたとしても、許す気はない」

「茗さんに対しても、同じ理由でわだかまりがあるんですか？」

希子が問う。

茗の本に、立岡の店は載っていなかった。紹介しないでくれと拒否されたのかもしれない。

「わだかまりというか、距離をおくのがいいと思っただけですよ。かわいがってはいたけどその分、断れなくて、わがままを許してしまう。私が妹を律することができなかったせいで、久美子に悪いことをした。母が病気で大変だというのに、妹の頭の中は父のことばかり。母の看病もだけど、店のことでも久美子に負担をかけてしまって」

「店って、ここのお店ですよね。お父さんが勤めていた会社の関係者で予約が全部埋まってたから、お父さんがいなくなってそれが一気に消えたって書きこみを見たんだけど」

耀が問う。立岡が苦笑した。

「そんなこともあったね。でももう少し、話が派手かな。妹は父が大好きで、不倫なんて絶対にありえないと言っていた。それで、父の勤めていた会社で騒いだんだ。父は不倫などしない、なにか事情がある、相手の女性や夫のほうが悪い、ってね。その夫っていうのがけっこう偉い人、取締役も目前という部長だった。そういう人の周りには太鼓持ちが集まるものでね、うちの店の悪口を吹聴されたんだ。うちを下げれば妹の言っていることの信憑《しんぴょう》性も自然と下がる、そういう考えでね」

「元凶は父だから、妹のせいばかりじゃない。けれど久美子には、妹がことを大きくしたように思えるんだろう。久美子は妹に冷たいかもしれないけど、私は久美子を責める気にはなれない」

「それはひどいや」

「お父さんがいなくなったときのこと、具体的に教えてもらえますか？」

訊ねた希子に、うーん、と立岡が困り顔になる。

「具体的もなにも、私は一緒に暮らしてなかったので、妹からの話なんですけどね。父が帰ってくるはずの時間に帰らなくて、電話もメールも通じなくなって、おかしいと思っていたら会社からも出社していないがどうしたのかと問われて、そのうち部長さんから、妻がうちの父と駆落ちをしたと激怒する電話が入った。そんなだったかな」

「お金は？　銀行口座の動きはわかりますか？　どこで引き出されたとか」

耀が質問する。希子はなるほどと思った。たしかにお金の動きで本人の行動もわかる。

立岡も感心したように耀を見た。

「手つかずのままだ。生活費として、母や妹に必要だと思ったんだろうね。そこだけは評価してますよ。そのかわり相手の女性が、駆落ち前に自分のお金をごっそり引き出して、あとを辿れないようにしていたようだ。部長さんから聞いた話だけど」

「相手の家族とは、今も連絡を？」

「いや、それっきり。だからその後のようすもさっぱり。その部長さんのところにはお子さんもいなかったし、もう諦めてるかもしれないね。だってそりゃ……その」

「不倫で出奔した妻を許すとは思えない、ですか？　立岡さん、オレが高校生だからって遠慮する必要はないですよ」

耀の言葉に、立岡がまた苦笑する。

「どうもきみには調子が狂うね」

「だけど茗さんは、お父さん捜しを諦めてなかったんですよね」

口を挟んだ希子に、立岡は小首をかしげる。

「どうでしょう。父親捜しのブログは放置されたままだったし、妹は妹で幸せに暮らしてたと思いますよ。美味しいものを食べて旅行をして、本を出して。自由で楽しそうだ。そういうことをやりたい人からは、妬みを受けるほどでもあったんだし」

日々の生活のなかで、父親の存在が薄れていくことはあるだろう。だけど決してなくならない。希子は、そう思う。もしも自分の家族がどこかで生きているとわかったら、自分も同じことをする。

「もしかしたら茗さん、お父さんを捜すためにうちの村に来たのかもしれないんです」

「どういうことですか？」

希子は、それこそが茗が宝幢村に来た本当の理由ではないかと告げた。耀が、リストアップしていた疑問点をひとつひとつ紹介していく。

立岡は、茫然《ぼうぜん》とした表情をしていた。

「……それはつまり、妹が殺されたってこと？」

「かもしれないと思って、オレらは動いてます」

立岡が考えこむ。

「茗さんが亡くなったことと、お父さん捜しがつながっているかどうかは、まだわかりません。ただ、納得がいかないことがいくつもあって。大きな疑問のひとつが、このコインロッカーの鍵。隠されていたんです」

耀がコインロッカーの鍵をテーブルに置く。テーブルクロスの薄い水色に、頭の赤い色、タグの黄色が浮いていた。

「メールでも知らせてくれた鍵だね。妹から聞いたこともないし、これがどこのものかなんて、私には捜しだせそうにないんだけど」

立岡が、黄色い楕円のタグを、確かめるように触る。

「捜すのはオレらがやります。どこのものかわかったら引き取りに行ってもらえますか？

身内じゃないとできないから」

「……まあ、そのぐらいなら」

お願いします、と耀が頭を下げる。

「でも、ふたりとも妹をほとんど知らないんですよね？　もっとはっきり言ってしまうと、妹とは関係ない人でしょう。なぜそこまでするのかな」

「関係は、……なくもないです。気持ちが悪いんです」

希子はゆっくりと話しだす。

「わたしは、この先もあの村で暮らしていきます。でもなにかが村で起こっている。茗さんがいらっしゃったことでそれが見えてしまった。目を瞑ったままでは暮らせないんです」

「実はもうひとつ、不審なことがあるんです。うちの村にある来宝ファームが」

「耀くん、そっちは、茗さんとは関係ない話じゃない」

「だけど食べ物関係の話じゃん。ねえ立岡さん、立岡さんは唐聖社って会社、知ってますか？」

「唐聖社？」

「はい。来宝ファームが、そこに農作物を大量に売ったみたいなんです。けど、その会社、調べても全然ヒットしなくて。こちらのような飲食店は食材を卸す会社との取引がありますよね。それで伺いたくて。聞いたことありますか？　七年前より昔にあった会社、いや、あったかもしれない会社なんだけど」

「うーん。私は十四、五年、飲食関係の仕事をしているけれど、聞いたことはないなあ」

「住所はこちら。額が大きいし取引の時期もバラバラで、架空取引かもしれないんです」

立岡は不審そうな顔で、耀が示すパソコンの画面に目を向けた。耀が何枚かの受注書を、順に表示させていく。

「待って。ひとつ戻してくれ」

立岡が、鋭く声をかけた。

ウィンドウを切り替えてその一枚を見て、表情を曇らせる。

「……これ、この受注書の日付、父がいなくなった日と同じだ」

5

希子は耀と顔を見合わせる。

立岡はしばらく画面を見つめていた。ゆっくりと口を開く。

「この会社の名前は、本当に聞いたことがない。ただ、同じ日というのは、その、なんていうか……」

「もしかして茗さん、これを知って調べにきたんじゃない？　そうだよ、きっと。だからうちみたいな辺鄙《へんぴ》な村にやってきた！」

耀が両手を広げてアピールする。

「でも耀くん、茗さんはこれらの受注書を、村に来るまえに見ることはできないよ」

「あ、それはそうか。でもなんかこう、スパークする感じ、するじゃん。だってここで疑問点の1と5がつながるんだよ」

実は、と立岡が話しだした。

「父がいなくなったこの日は、母の誕生日の前日なんだ。妹はそれもあって、不倫で失踪するなんてありえないと主張していた。百歩譲っていなくなるにしても、別の日を選ぶはずだと。ただ、父が母の誕生日を覚えていたかどうかは怪しいんだけどね。記念日を忘れてることは多かったので」

妹の件は終わった話だと繰り返していた立岡も、さすがに気になるようだ。自分のほうでも唐聖社を調べてみると言ってくれた。

不倫相手の名前も教えてもらった。国見寿恵《くにみひさえ》、四十五歳。夫が大毅《ひろき》、四十八歳。ともに、七年半前の年齢だ。

立岡の店での話が長引いて、時間が押してしまった。

ふたりは三鷹市から東京の中心部を横切り、台東区へと向かう。唐聖社が入っていたマンションを調べるのだ。

駅から歩いて十分ほどの茶色いレンガ造りのマンションは、茗の実家だったマンションより古い。それでもオートロックがついていて、中に入れなかった。集合ポストを確認したが、どの家も名前が書かれていない。これで郵便が届くのだろうかと疑問を持つ希子に、都会では書かないのが当たり前、と耀が笑う。

「でもどうみてもここ、住居だよね。ポストの数からみて、戸数は少なそうだけど」

希子は道から建物を見上げる。部屋番号からあたりをつけたベランダに洗濯物が干されていた。低い位置に干し竿《ざお》が設置されていて外側のバスタオルしか見えず、住んでいるのが女性なのか男性なのかもわからない。

「マンションを事務所代わりに使ってるとこはけっこうあるよ。そういう場合は、ポストに名前を書いているかもな。ただどっちにしても、ここにキャベツ数百万円分は、変だよなあ」

耀も同じ窓を見ている。

駅前の商店街は、茗の実家やアパートの周辺よりはるかに充実していた。再びふたてに分かれて何軒かで訊ねてみる。唐聖社なる会社は聞いたこともない、という答えばかりだった。

新幹線に乗って名古屋駅へ戻った。ここで乗り換えだが、東京と違って電車の本数が少ない。待ち時間を利用して駅周辺のコインロッカーを捜すことにした。

「えっと、何番だったっけ」

耀がスマホの写真フォルダーを捜している。希子はすぐに答えた。

「３２０」

「あいかわらず、数字を覚えるの得意だね」

駅の構内にあるロッカーはＩＣカードや暗証番号式ばかりだった。そばにある地下街に鍵式を見つけたものの、ついているタグは、数字三ケタ、プラス、アルファベットが含まれた数列の二行という構成で、茗が残したものとは違っていた。名古屋には多くのコインロッカーがあるので、また捜しにくると耀が言う。

在来線に乗りこんだあと、耀が周囲の客に目を光らせた。スマホを見たり、イヤフォンで音楽を聴いていたりと、みな自分の世界に入っている。

あのさあ、と小声になって話しかけてくる。

「疑問点の5、来宝ファームと唐聖社はちょっと置いといての話なんだけど、オレ、一緒に逃げた寿恵が、茗の父親を殺してる可能性もあると思う」

「殺してるって、そんな」

またおおげさなことを、と思いながら希子は眉をひそめる。

「茗は村に来て一ヵ月以上は捜してたんだろ？　父親がどう隠れているかわからないし、隠れて暮らしているオレが言うのも説得力に欠けるけど、さすがに見つけられそうじゃない？　それが見つからないのは、そもそも父親がいなかったからだよ。ふたりともいないか、途中から父親だけいなくなったかはわからないけど」

「それはそうだろうけど」

と希子はうなずく。前提の部分には納得がいく。

「もともといなかったのなら、父親が宝幢村にいると思ったのは茗の勘違い。でも茗が、寿恵が父親を殺したことに気づき、そのせいで寿恵に殺された。そういうシナリオもあるんじゃないか？」

「それは、寿恵さんが村にいるっていう仮定の上で、だよね？」

「現在、五十二、三歳だ。そんな名前の人、知ってる？　実は宝幢村の出身者だったとか、ありえる？」

「出身者？」

「どうして茗が、父親が宝幢村にいると思ったのかって考えたとき、それなら不自然じゃないから」

希子は考えこむ。いくら人口の少ない村とはいえ、全員を知っているわけじゃない。

「住民基本台帳やそういう類いのもの、見られないかな」

耀が訊ねてくる。

「そんなの見られるわけないじゃない」

「オレの父親の住民税の記録は見たくせに」

「わたしは見てないって。取材先の資料にあったからそうだろうと思って言っただけ」

そういえば、茗はどうやって移住者の資料を集めたんだろう。全部村から提供されたんだろうか。

隣の市の駅に着いたときには、すっかり暗くなっていた。希子は耀を車に乗せ、峠へと向かう。耀の自転車は神社に隠している。

希子の鞄の中で、携帯電話の音が鳴った。もともと持っていた二つ折りのものは、出費を抑えるため今は使っていない。来宝ファームから借りているスマホで済ませている。

上り坂の途中で車を停めてしまうと、峠越えがむずかしい。下りになるまではと受電を放置したが、電話は何度も鳴る。

「なんかあったんじゃね？」

耀にも訊ねられる。

ようやく下り坂にさしかかり、路肩に車を停めてから、希子はスマホを確認した。来宝ファームからのようだ。折り返そうとしたところで、またかかってきた。

宝助っ人の夏目だった。連絡係を仰せつかったと、珍しく神妙な声をしている。

「前村長の、来宝城太郎さんが亡くなったそうです」

息を呑む希子の顔を、耀がじっと見ていた。

第七章　餌を投げたんだ。釣り針のついた餌をね

1

来宝城太郎の通夜も告別式も、幢可寺で行われることになった。

伸一のときと違い、寺は黒服の人々で溢《あふ》れかえっていた。来宝ファームからも手伝いに駆りだされる。

寺の敷地脇の道端に受付が設けられた。希子は茂山とともにそこに立つ。本殿は弔問客が入りきらず、庭からも溢れそうだ。老人が多いため、立ったままでは大変だろうと、小学校からパイプ椅子も借りてきた。

「来た来た。乗りこんできたよ、興次郎さん一家が」

隣に立つ茂山が、希子を肘でつついた。

沈痛な面持ちの細身の男性が、女性とふたりの子供を伴っていた。女性はおとなしそうな雰囲気だ。子供は男児で、ひとりが小学校の中学年くらい、もうひとりは小学校に入る

か入らないかくらいだろう。やんちゃそうな表情で、興味深そうに周囲を見回している。

「城太郎さんが亡くなって、勢力図がどう変化するかだよね。わくわくしない？」

茂山は葬儀でも平常運転だ。

「勢力、変わりそうですか？」

「言ったじゃないー。大奥様は次男びいきだって。来宝家の家長は慶太郎さんに移ったけど、大奥様も負けてないと見たねぇ」

麗美の実家、宝満家の人々もやってきた。茂山はまたもや興奮していたが、あとで聞いた話を総合すると、トラブルはなかったそうだ。村で住んでいた家はライフラインを止めてしまったため、通夜も告別式も名古屋から車で往復したらしい。麗美の兄はスマートな紳士といった雰囲気で、城太郎と首長の座を何度も争い産廃誘致の噂まであった隆之介も、脂ぎった外見が一転してすっかり穏やかだったという。白木の棺に入った城太郎に、会いに来られずに申し訳なかったと涙まで流していたとのことだ。希子も、孫の菜緒と手をつないでいるところを目撃した。これでもかというほど目尻を下げ、すっかり好々爺《こうこうや》だった。

その後も、通夜という言葉そのままに、定めた時間などないかのごとくひっきりなしに弔問客が訪れた。希子は夜中まで家に帰ることができなかった。

翌日の告別式も、朝早くから寺に出向くことになった。同じように受付に立つ。

黒塗りの車が何台もやってきた。近隣の市町村の行政関係者が、分厚い香典袋を置いていく。

「責任重大で怖いです。ちょっとでも目を離したら、誰かに奪われちゃいそうで」

希子は隣に立つ茂山に話しかけた。

今年の梅雨は雨が少なく、昨日の通夜も今日もなんとか天気はもっている。それはありがたいが、受付は道端なので足元を風が吹きぬけ、心許《もと》ない。

「男の人に来てほしいのに、田垣さん、泣いちゃって頼りになんないんだよね」

茂山が苦々しそうに言う。

「村長時代、ずいぶんお世話になったたっておっしゃってましたね」

「地震の対応とか苦労も多かったんだろうね。息子さんの結婚相手も紹介してもらったんだよ」

そういえば田垣によく似た息子が村役場にいた。城太郎は就職の世話もしたという話だ。

「役場の人たちは走り回ってて頼めないしねえ」

「宝助っ人の沖野さんか小寺さんはどうでしょう。来てもらってますよね」

寺の駐車場もいっぱいなので、そばの空き地を借りていた。ふたりには交通整理をしてもらっている。

「それだ。呼びにいってくれる？」

と、茂山が周囲を見回し、声を張りあげた。

「ちょっと、夏目さん、夏目さん。あたしと一緒にここに立っててくれる？」

「えー、この服でですか」

やってきた夏目は、恥ずかしそうに喪服の肩を押さえる。

宝助っ人にも手伝ってもらうことになったが、喪服など誰も持ってきていない。茂山たちが周囲に声をかけ、しまわれていたものを集めた。男性用は丈が短かったり、女性用は古いデザインで肩パッドが大きかったりと不具合もあったが、裏方だからと納得させたのだ。

「ほんの数分だから。みんなそんなに見てないよ」

「走っていってきますので」

希子は、宣言どおり走って空き地へと向かった。まず手前にいた小寺に声をかける。荷が重いと断られた。年上の沖野のほうが相応しいと、首を縦に振らない。

説得に時間をとられるのも面倒だと、遠くにいた沖野のほうへ走った。沖野は男性の老人と話をしていた。いや、近寄ってみて怒鳴られているとわかった。

「どういうつもりや、きみは。城太郎さんに対して失礼と思わんか」

怒鳴っているのは、村の顔役のひとりだった。以前は村会議員をしていて、九十近い。

沖野は無表情で、頭を下げている。

「なにかありましたか？　こちら、宝助っ人の方なんですが」

希子は口を挟んだ。顔役が希子にも睨みをきかせる。

「あんた誰」

「来宝ファームのものです。宝助っ人さんには、お手伝いをお願いしてるんです。あの、あまり村のことをご存じないのです。ご無礼は代わりに謝ります」

「知っとる知らんやないわ。寺のほうを見ながらにやにやしてた。無礼にもほどがある」

「すみません。雨が降らなくてよかったなと思って、頬が緩んでしまったんです」

沖野が再び頭を下げる。

「そんな笑い方には見えんかったわ。城太郎さんがどれだけ立派な人か知らんのか」

知ってるとでも思うわけ？　と耀なら煽りそうだ。宝助っ人の第一弾がやってきて一ヵ月にも満たない。現村長の慶太郎でさえ、来宝ファームには一、二度顔を出した程度だろう。

だが沖野は、すみませんと同じ言葉を繰り返して、みたび頭を下げる。

「ふん、そんなだからいい歳をして、まともな仕事に就けないんだ」

顔役は怒ったまま、寺のほうへと行ってしまった。

「ごめんなさい、沖野さん。失礼ですよね。お年寄りのなかには、移住者など、外から来た方を快く思わない人がいて。本当に申し訳ありません」

「気になさらないでください。私もうっかり笑ってしまったようです。さきほどの男性を存じ上げなかったのも、まずかったのでしょう」

希子は恥ずかしくなる。いっときの手伝いの宝助っ人に対して、自分を尊重しろ前村長を尊重しろと、プライドを振りかざしてなんになるというのだ。

「本当にごめんなさい。……その、この流れでお願いしづらいんだけど、受付に入っていただけないでしょうか。お金を扱うので男性もいたほうが安全だという話が出ていて」

「信頼いただいてありがとうございます。でもどなたがどなたか、お顔がわかりませんから、また失礼になりそうです。それに」

と、沖野は寺の入り口付近に視線を移した。遠いが、人の姿は見える。

「あちらが受付ですよね。もう男性がいらっしゃいますよ」

竜哉が、茂山、夏目とともに受付の内側にいた。

「役場の方でしたよね。適任じゃないですか」

「そうなんですけどね……」

一緒にいたくない、とは、さすがに言えない。諦めて戻った。

「ああ、佐竹さん。竜哉くんをつかまえたから」

茂山が笑顔でそう呼びかけてくる。

竜哉と会うのは、先日車で連れていかれて以来だ。どんな顔で見てくるかと思ったが、なにもなかったかのように平然としている。

「手伝います。昨夜はふたりとも遅かったんでしょう。茂山さん、お疲れではないですか。少し休んでてください」

竜哉が希子から茂山へと視線を向けた。

このままでは竜哉とふたりにされてしまう、と希子は表情を硬くした。茂山が口を開く。

「じゃあ、遠慮なく」

「はい、ごゆっくり。あたしも引き続きお手伝いしますので」

夏目も促した。

「え？　いいの？」

希子が訊ねると、夏目はにこにこしながらうなずく。

「いろんな人がやってくるのが面白くて。しかもみなさん、判で押したように同じセリフばかりです。あんた誰？　へえ宝助っ人？　息子の嫁に来ないか。どれだけ嫁不足なんですか、ここ」

大声で笑う夏目に、希子は面食らう。周囲の視線が集まったが、夏目は肩をすくめてごめんなさいの一言で済ませ、悪びれたようすもない。毒気を抜かれたようすの茂山が、早めに戻ってくると言い残した。

夏目が間に入ってくれて、希子はほっとした。沖野に対して怒っていたさきほどの顔役も、夏目には笑顔を向けてくる。なんて現金な。

「そういえば今日の社長、感じが違いますね。お着物だからかな」

受付への弔問客が途切れたとき、夏目が思いだしたようにつぶやいた。視線が希子のほうを向いていたので、返事をする。

「感じ？　どう違うの？」

「フツーって感じ。だっていつもハイブランドの服を着てるじゃないですか。ネイルもめっちゃきれいだし」

「お葬式でそれはしないでしょ」

「でも、いつものオーラがないんですよね」

「なにをやっても噂の的になるからおとなしくしてるんだろ。普段からそうすればいいのに。ほら、あれだよ、雉《きじ》も鳴かずば打たれまいって、知ってる？」

竜哉が口を挟んでくる。

「えー、そんなのつまんない。目の保養してるのに」

噂の的にしているのとどっちもどっちな言葉を、夏目が口にする。竜哉は返事が気に入らなかったのか、夏目を無視して希子に呼びかけた。

「来月、四十九日法要があるよね。伯父さんの」

「……え、ああ、はい」

たしかにそうだが、それがなんだというんだろう。

「えー？　佐竹さん、伯父さんお亡くなりになったんですか？　それはご愁傷さまです」

夏目が頭を下げてくる。希子は戸惑ったまま同じように頭を下げた。

「人が死ぬと、あれこれ噂が立つから上塗りされてしまうんだよね。だけどめくれば、また昔の噂が出てくるよ」

「はい？　山之内さん、それ、どういう意味なんですか？」

夏目がきょとんとしている。

「別に。ちょっと思っただけ」

竜哉はそれだけ言って、やってきた弔問客の相手をする。夏目は首をひねっている。

竜哉の言いたいことがわかった。茗が死に、今また城太郎が死に、村の噂はそればかりだ。けれど希子たちが伸一を殺したという噂はいつでも広めてやるぞ。——そういうことだ。

2

その夜、電話が鳴ったとき、竜哉がまたなにか言いがかりをつけてくるのではと身構えた。

液晶画面を流れていく番号は、耀のものだった。ほっと息をつき、希子はふと可笑しくなる。以前は、家の前を通るのも嫌だったのに、すっかり逆になってしまった。

「反応遅い。いろいろ伝えたいことがあるのに」

電話に出ると、不満そうな耀の声が聞こえてきた。

「ごめん。お葬式で疲れていて」

「オレだってこの二日間、学校サボって名古屋の街を捜し回ってくたくただよ。けど、ついに見つかった。コインロッカーが！」

耀がハイテンションになる。

「なにが入ってたの？」

「どこのコインロッカーかがわかっただけで、手続きはまだ。ちなみに地下鉄の栄《さかえ》駅にあった。名古屋駅からふたつ先。そこのコインロッカーに貼られた案内によると、管理会社が預かるのは一ヵ月なんだ。たぶんギリギリだよ。立岡に急いで取ってきてもらいたいって頼みこんだとこ」

「よかった。ありがとう」

「話はここからだから。オレ、Facebookを使って、国見大毅に、あ、茗の父親の元上司で不倫相手の夫な、そいつの家族に接触してみたんだ」

「家族って誰？」

子供はいないようなことを、立岡が言っていたはずだ。

「国見大毅の新妻、万季《まき》」

「新妻？」

希子はつい、声がひっくり返る。

「そう。再婚してたんだ、そいつ」

「寿恵さんが見つかって、離婚したっていうこと？」

「違う。失踪宣告を受けて、寿恵は戸籍上死んだことになったんだ。生死不明になって七年経てば、家庭裁判所に申し立てができるってやつ。戸籍から消されるから、残された人間は再婚できる」

その仕組みは、地震の起きた村に住むだけに希子も知っていた。災害に巻き込まれたことが明白な場合は、一年の経過で申し立てができる。

「もしも元妻の寿恵さんが帰ってきたら、その万季さんは妻じゃなくなるんだっけ？」

「死んだことになった人の失踪宣告は取り消される。寿恵の戸籍も復活する。だけど再婚した当事者の双方がその人が生きてることを知らなかった場合は、以前の婚姻関係は復活しない、ってルールがあるんだ。放っといたんだから離婚も当然だろ、ってことじゃない？　だから妻のまま」

「耀くん、よくその人を見つけたね」

「Facebookは、基本、本名での登録なんだ。嘘もつけるけど、年齢の高いヤツは真面目な人間が多いのかセキュリティ意識が低いのか、本名でやってるから見つけやすい。大毅のほうはSNSをやっていなかった。でも万季はそういうのが好きらしい。長い間待たされたけどもうすぐ婚姻届を出せる、これでほかの女に負けない、なんて話を嬉々《きき》としてネットに流してやんの。しかも、大毅とこんなところに遊びに行った、こんなものを買ってもらった、なんて自慢もしてる。やーだうらやましいー、わたしも結婚したいひとがいるんですうー、って書きこんで、万季と友達関係になってやったよ」

女性の声色を使い、耀が高らかに笑った。

「耀くんの名前じゃなく、女の子の名前でってこと？」

希子もつられて笑う。耀はなかなかの名演だった。

「ああ。オレ、オヤジの行方を捜してるやつらを煙《けむ》に巻くために、被害者のふりしながら、宙の家族の元信者や被害者の会の動向をあちこちのＳＮＳで探ってるんだ。Facebookもやってる。複数の名前や属性を使いわけるの、大得意。で、万季と友達になると万季の過去の記事も読めるわけ。友達とのやり取りを探ってみたら、茗らしき人間が、別名のアカウントで万季に近づいてたことがわかった。時期は、今年に入ってすぐ」

「それ、本当に茗さんなの？」

「文章の癖がそっくりだった。大毅と万季のなれそめや住んでいる場所を、さっきのオレみたいなノリで聞きだしてもいた。その上、宝幢村を知っているかと訊ねるコメントが残ってる。これ、茗で決定じゃね？」

国見大毅は、立岡に聞いた住所から転居していたという。万季の自慢めいた記事によると、できて間もないタワーマンションの上階に越したばかり、とのことだ。

「それで、その茗さんらしき人が宝幢村のことを訊ねた結果は？」

うーん、と悔しそうな声が返ってきた。

「表、つまりコメント欄に見える範囲では、万季は場所さえも知らないようすだ。茗から、桜の森がきれいなので行ってみては、なんて続きのコメントが書かれてるんだけど、また今度ね、とさらっとスルー。メッセージは本人同士にしか読めないから、直接のやり取りがあったとしても、茗のパソコンを見ないとわからない。ただ、この万季、あるとき面白いことを書いていたんだ」

耀が、もったいつけるように言葉を止める。

「読み上げるぞ。一月二十日。『マンションの外で、大《ひろ》ちゃんが女と会ってるところに遭遇。アラサー。むきーって思って駆けよったら、大ちゃんが、いいかげんにしろって言って、女、突き飛ばしてる。なにごとなにごと？　でもやったれーって思ったね。しつこい女、あたしも大ちゃんも嫌い。でも女、絶対に証拠を見つけてみせるって、捨てゼリフ。は？　なんの証拠？　そのセリフ、妻が夫に言うみたいじゃん。ムカムカしたから、あたし女のあと追いかけた。ところが、女、ドロン。駅前でまかれちゃった。むきー』。万季の頭が軽そうなのは置いといて、このマンションの外で会ってたって女、茗じゃないか？」

「大ちゃんっていうのが、大毅、お父さんの元上司だよね」

「そう。茗は万季と接触し、住所を割りだして、大毅にも近づいた。なにかを言われて、大毅は茗を突き飛ばした」

「そのあとは、どうなったの？」

「ぽつぽつとコメントが残っているけど、実のある話はない。茗らしきアカウントは二月から更新をしていない。万季と接触するために作られたのなら、用は済んだってことだ」

希子には、ひとつ気になっていたことがあった。

「ねえ、不倫での失踪じゃない可能性もあるよね？」

「どういうこと？」

来宝家の葬儀を見ていて思いだしたのだ。

麗美は車のディーラーと会っていただけなのに、不倫という噂が立った。同じことが考えられるのではないか、と。

「男女が一緒にいただけで、別の理由で会っているのに不倫って勘繰られることがあるじゃない。いなくなったのは同じ日だけど、実は別々の家出だったとか」

「偶然、同じ日に？」

「……変かな、偶然っていうのは。ただ立岡さんが誕生日の話をしてたでしょ。そんな日にいなくなるなんておかしいって、わたしも思うんだよね」

「いや、偶然ではないけど、不倫でもなかった、ってことだってあるんじゃないか？　理由が思いつかないけど」

「理由……か。わたしも考えてみる。あ、もうひとつ。万季さんは、『長い間待たされたけどもうすぐ婚姻届を出せる』って書いてたんだよね？　たとえば、不倫をしていたのは万季さんと大毅さんで、ふたりで画策して寿恵さんを殺した、っていうのは、あると思う？」

あー、と答える耀の声が、残念そうだった。

「悪い。説明不足だった。このふたりがつきあったのは二年ほど前からみたいだ。二周年記念、超らぶらぶだねーっていう、万季のへらへらした書きこみがあった」

「そうなんだ。たしかに万季さんと大毅さんと寿恵さんの三角関係だったら、茗さんのお父さんとは関係ないから、考えすぎだね」

「……いや待てよ。万季は、ほかの女には負けないなんてことも書いていた。ってことは、大毅に、万季以前の恋人がいてもおかしくないってことだよな。ちょっと調べてみる」

サンキュー、希子さん、と耀が電話を切った。

3

葬儀の翌日から雨が降り、梅雨寒となった。

気温の乱高下が激しいせいか、足が痛い、腰も痛いと言って、倫代が寝こんだ。

夏野菜の宝助っ人の募集、第二弾の受付がはじまっていたが、担当の茂山も、疲れで体調がすぐれないと休んでしまった。

希子は残されていた茂山の仕事を進めた。宝幢さくらプロジェクトは宙に浮いたまま、来宝ファームで雇うという約束もなく、ただ依頼された仕事をこなしている。

耀からは、それはまずいと言われた。今後も来宝ファームで仕事をするなら、ちゃんと契約を交わせと。耀は働いたこともないのに、ネットで調べていろいろと口を出してくる。

希子としても、そろそろはっきりさせたい。人並みに、いや今いるスタッフ以上に働けている。そう訴えて正式な雇用を麗美に頼みたい。けれど城太郎の死の後始末があるのか、麗美は来宝ファームに来ていない。

自分がこの先どうしたいのか、どう生きていきたいのか、希子にはまだ見えない。

十年間を家の中で暮らしてきて、やっと外に出たばかり、手探りだ。けれど仕事を任されることは楽しい。役に立っているという実感がある。十年前に伸一が倒れなければ、希子は美容専門学校を経て、美容師やそれに近い職業に就いていただろう。あったかもしれない人生のままではないけれど、今までの十年を取り戻しているような気がする。

自由で、楽しい。

そう感じてやっと、竜哉や倫代が、自分を早く結婚させたがっていた理由がわかった。この自由を知ってしまうと、なかなか手放せなくなる。なにも知らないままの自分を、佐竹の家から山之内の家に移したかったのだ。家のことをする働き手として。子を産む道具として。

以前、竜哉が言っていた。希子はおっとりして、かわいげがあり、伯父や伯母を大事にしていて、性格も素直だ、と。

美点かもしれないが、相手からはさぞ扱いやすいだろう。

翌週の月曜日にやっと茂山が出勤してきた。希子がしておいた仕事の礼もそこそこに、葬儀の日の話をはじめる。大半の時間を希子の隣にいたはずなのに、列席者の噂、遺族の噂、供された料理にまで詳しい。目も口も耳も、希子の倍以上働かせていたようだ。

「まだ居座ってるんだって、興次郎さんたち」

事務所にいるのは茂山と希子のふたりだけだ。ひそめる必要もないのに、茂山は声を低くする。

「親が亡くなったんだから手続きも大変ですよ。忌引き休暇をめいっぱい使うつもりかもしれないし」

「そういう休暇があるような仕事をやってなかったみたいだよ。このまま辞めて、こっちに居つくのかも。今、役場に勤めてる友達に探りを入れてるとこ。ほら、引っ越すなら住民票を移したり、学校の手続きしたり、あるじゃない」

「だとしたら、村の人口が四人増えますね」

これは竜哉の手柄にはならないだろうと口にしただけだったが、茂山は呆れ顔だ。

「のんきねー。興次郎さんがやってきたら、ここの体制が変わるかもしれないじゃない」

「来宝ファームに来るんですか？」

「どこに勤めるっていうの？　いくら村長の弟だって、いきなり村役場に入れるわけにいかないでしょ」

たしかに、と希子は納得する。

「そんなに変わるでしょうか」

「田垣さんが引退ってとこかな？　あの人ももう六十代後半だし」

「……わたし、仕事なくなりませんよね。なくなると困るんです」

「あたしたち下々のやることは、そう変わらないと思うけど」

やっぱりはっきりさせなくては、と思う。けれど麗美は、今日も来ていない。

それからね、と茂山の話は続く。

「麗美さんは、菜緒ちゃんに名古屋の私立小学校をお受験させるみたい。でも村の古い人たちはいい顔してないんだよね。名古屋までの送り迎えの時間があるなら、もっと子作りに励めって」

「励めもなにも」

希子は、葬儀のときに沖野に難癖をつけていた顔役を思いだす。

「でしょー、セクハラだよね。いつ励むのよ。その時間、慶太郎さんも役場で仕事してるって」

口を尖らせているが、どこか楽しそうに茂山は言った。

「ところでさ。竜哉くんとはどうなってるの」

ころっと話が変わった。

不意打ちをくらって、希子の表情が固まる。

「やっぱりムッとしてる? 夏目さんのことでしょ。お葬式の日、粉かけてたから」

「粉？」

「どこから来たのとか、休みはどうしてるのかとか訊ねてたじゃない」

そう言われればそんな会話が、竜哉と夏目の間であったような気がする。伸一の死のことで脅されたせいか、記憶から抜け落ちていた。

「そういう話は誰にでも訊くことだから、気にするほどじゃないよ」

茂山が慰めてきた。それよりも、と続ける。

「夏目さんさー、思ったより計算高いというか、探ってる感じがするね」

どういう意味だろう。茗のように、村に誰かを捜しに来たんだろうか。

「なにを探ってるんですか？」

「相手の家のようすを、話をしながらうまく引きだしてたんだよ。田んぼが何反あるかとか、姑や息子のことをね。あの子はおじさん転がしもうまいね」

「おじさん転がし……」

「慣れてる感じがする。もしかしたら水商売の子かな。もちろんそれが悪いわけじゃないけど、いい条件の家に嫁に入って生き直したいんじゃないかって思ったよ。あたしの勘」

茂山の勘は当たるのかどうか、まるでわからない。ミステリードラマの犯人をテレビ欄に載る順で決めそうな人だ。

夏目が人の扱いに慣れているという印象は持っていた。沖野や小寺など、ほかの宝助っ人ともすぐに仲良くなった。和気あいあいとしたムードが好きなだけだろうか。茂山の言うように嫁候補になりたいんだろうか。それともそう見せかけて、なにか探っているんだろうか。

いけない、と希子は頭を振った。耀に毒されすぎだ。全員に裏があるかのように見てどうする。

「よしてくれよ！」

と、突然、出荷作業場から大声がした。田垣の声だ。

茂山が腰を浮かす。

「この時間、事務所には誰もやって来ないよね、いいよね」

と、物見高いようすで見にいった。希子もついていく。

作業場の手前側に、田垣と沖野のふたりがいた。彼らから離れて、奥の駐車場に連なる開けたところに、小寺をはじめとする数人の宝助っ人が立っていた。驚いた顔で田垣たちを見ている。

「どうしたんですか、田垣さん。大声出すなんて珍しい」

わざとらしく明るい声で、茂山が訊ねる。

「すみません。私がミスをしました」

沖野が頭を下げる。赤い顔の田垣が、羞恥とも狼狽《ろうばい》とも取れる表情で唇を噛み、それから口を開く。

「いや、私が、……つい、興奮した」

「田垣さんってば、お葬式以来、お疲れなんですよ。あたしたちに任せて休みを取ってくださいよ」

葬式のあとすぐ休んだ茂山だ。どの口が言うとは誰も突っこまなかったが、苦笑が広がった。

「そうはいっても社長が来てないし」

「田垣さん、わたしにも仕事を回してください。しっかりやりますので」

希子も口を挟んだ。もしかしたら、今まで見ることのできなかった十年より前の資料を見ることができるかもしれない。そんな計算もあった。

「沖野さん、ホントごめんねー。あたしからも謝るわ」

茂山が、澱んだ雰囲気を吹きとばすように、また明るい声を出した。

4

耀から、今からそっちに行くというメッセージが希子のスマホに入ったのは夜の九時、希子が倫代の足を揉《も》んでいたときだ。もう少し待ってと返事をしよう。

希子がつたなくスマホに文字を打ちこんでいると、倫代が覗きこんできた。

「最近あんた、なにこそこそしとるん？」

倫代が探るような視線を投げてくる。

「なにも。経理の仕事を任せてもらえそうだから、合間に勉強してるだけだよ」

「ファームてあんなん、あんたの倍も年上の子が、お喋りしながらまわしとるだけやないの。ほんな覚えることないやろ」

「みんなベテランだから、お喋りしながらでも仕事ができるのよ。わたしはまだ慣れないから」

「いつの間にか嘘もうまなったたな。やっぱり外に出ると余計なこと覚えるなー」

ぴしゃりと倫代が言う。

「でも働かないと、お金を稼がないと、生活できないでしょ」

「竜哉くんとの結婚、どうするつもりや」

「えっと、それはまだ……」

したくありません。そう答えたい希子だ。うまく説得できるだろうか。

「竜哉くんと結婚せんのやったら、ほかの誰とするつもりなん？　たしかに村には独身の男がようけおる。ほやけど、みんな竜哉くんより劣るんよ。四十過ぎてたり、伯父さんよりえらい年寄り抱えてたり、バツがついてたり。冷静に考えんと」

「竜哉さんとほかの人を比べてどうこうじゃないの。わたしは竜哉さんが信じられない」

「あの森宮茗って子？　まだ言うとるん？　浮気のひとつやふたつぐらい、なんやの」

茗さんだけじゃないかもしれないよ。宝助っ人にやってきた夏目さんにも惹かれてるみたいだよ。わたしのこと、襲おうともしたよ。

全部ぶちまけてもいいだろうか。

――惹かれとる？　それはあんたが竜哉くんのこと放っとるせいや。襲われた？　婚約者やのになに言うとるの。

倫代はそう切りかえしてくるだろう。竜哉からもきっと、同じ答えが戻ってくる。だけど最後はわたしの気持ち、それでいいじゃないか。わたしがわたしの気持ちを大事にしないで、誰が大事にしてくれるというのだ。

希子は顔を上げた。

「でもわたしは嫌なの。それだけ。嫌だと思ってる人との結婚はできない」

倫代をじっと見つめる。

ここで怯んではいけない。

「あ、……あんた」

「明日にでも、正式に断ってきます。来宝さんのところが落ち着いたら、仲人の慶太郎さんと麗美さんにもお詫びのご挨拶に行きます」

「ま、待ちー。ちょっと待ちー」

「待ってどうなるものでもないから」

「いやもういっぺん、もういっぺん考えてみ」

倫代がすがってきた。

「この家をどうするん？　お墓をどうするん？　うちらの暮らしをどうするん？」

「だから働いてる。わたしがんばって働くから。誰とも結婚しないなんて言ってないし」

「ほやけど竜哉くん以上の……、ああ、堂々巡りやわ。もう！」

倫代が腰を上げた。壁に手をつきながら歩きはじめる。

「伯母さん、堂々巡りでも、条件が下がろうとも、わたしは竜哉さんとは結婚しません」

「お風呂入れてくるわ。その話はまた今度や。ええな」

希子がいくら話しかけようとも、倫代はそこから返事をしなかった。

倫代は風呂のあと部屋に引っこんでしまった。ほどなく寝息が聞こえた。希子は耀に連絡した。飛んでいくよという返事があり、実際、すぐにやってきた。納屋で会う。

「重大な話がいっぱいあるんだよ。ラッシュアワー並みに、って、見たことないだろ、ラッシュアワー」

先週、東京に行ってきたばかりじゃない、バカにしないでと希子が呆れると、本物のラッシュアワーはあんなものじゃないと耀は笑い、持ってきたバックパックからノートパソコンを出した。希子も何度か目にしたコンパクトな黒いノートパソコンだ。その隣にもう一台、銀色のノートパソコンを置く。

耀がそちらを軽く叩き、にやりと笑った。

「茗のパソコンだ。一昨日の朝、名古屋で立岡と落ち合ってそのまま受けとって、休日の間にいろいろ調べた」

「コインロッカーの中身は、本当にノートパソコンだったんだね」

希子も思わず興奮を覚える。耀がパソコンを起動させた。

「ただしここからが問題。開くためのPINコードが、つまり鍵がかけられてた。ま、それが普通で、来宝ファームが無防備すぎるんだけどな」

「耀くんがこれだけ煽るってことは、中を見ることができたんだよね？」

耀が嬉しそうに肩で笑う。

「わかってるじゃん、希子さん。もちろんだよ。父親の誕生日だった。父親捜しのブログに、うっかり誕生日載せてやんの。そういうの危ないっつーのに。ってことで、はい、オープーン。いかにも女の子らしい壁紙だよね。桜じゃないのはご愛敬《あいきょう》かな」

青い海とサンゴ礁の写真をバックに、アイコンがいくつか画面に載っていた。

「このあいだ言ってたFacebookも確認した。国見万季に絡んでたのは、たしかに茗だった。ほかにも収穫がもろもろ、大きくみっつ。1、茗のブログとメール。2、残念ながら突破できていないファイル。3、来宝ファームから持ってきたファイル。さて。どれから聞きたい？」

「そんなこと言われても。……えっと、順番に」

「では最初にブログとメール。以前、整理した疑問点の1、茗はなにかを捜していた。その答えは父親ではないかと推測したよな。これを見て、確信に変わった」

「以前見たものと同じブログなの？」

「同じ旅行のブログだよ。だけどコメント欄が違うんだ。公開のコメントは誰でも見られるけど、非公開のものは管理人しか見られない。これ、茗のパソコンだから見られるわけ。去年の十二月に宝幢村で父親を見たという、コメントを装って茗にあてたメッセージが入っていた」

「お父さん、本当にうちの村にいたの？」

隠れ住んでいるんだろうか。茗の父親が。そして不倫相手の国見寿恵も？

「茗にそう思われるように、そいつは誘導していた。情報を全部書くんじゃなく、順に思いだしたように装って信用させて、餌を投げたんだ。釣り針のついた餌をね」

「順に？」

「まず、茗のファンだと称してブログを持ちあげる。次に、父親捜しのブログも読んだと伝え、写真に似た男性を去年の宝幢村の桜まつりで見かけた、ってジャブを打った。茗の反応を待って、見間違いかもとか半年以上前の記憶だしとか書いていったん引いたあとで、やっぱり気になって当時撮った写真を捜してみた、この人じゃないか、って写真を送ってきた」

耀が、一枚の写真を画面に表示させた。宝幢村の桜まつりのショットだった。手前に桜、奥に人物が数人。そのなかのひとり、立ち姿の男性を耀が指さす。焦点は手前の桜に合っていて、人物はややぼやけている。

「写真と一緒に送られたメッセージに、この白いシャツ姿の男性では、と書かれていた」

「本当に茗さんのお父さん？　よく見えないよ」

「ピントが外れてるのはわざとだろう。茗はブログに父親の全身写真を載せていた。そこから茗の父親に見えそうな写真を作ることは可能だ。今のデジタル技術ってすごいんだぜ」

「茗さんは信じたの？」

「百パーセント信じたとはいえない返答だった。だけどこの誘導者は続ける。宝幢村は移住者が多い、訳ありのカップルがいる、隠れ住むにはちょうどいい、めったに顔を見せない人がいる。そんな、茗に期待を持たせるようなことを書いてる。最後の顔を見せないってのは、これオレんちじゃね？　って思ったね」

耀が苦笑した。希子もつられて笑う。

「このころにはコメント欄ではなく、メールでのやり取りになっている。誘導者が使っていたのは、匿名でもメールアカウントが取れるフリーメールだ」

「誘導した人は、自分のことをどう話してるの？」

「自分は元移住者、家族と住んでいたけど、離婚して出ていった。家族は村に残っているから下手なことは言えない。でもあの村にはなにか秘密がある、妙な感じ。なんて、そこも情報を小出しにして興味を惹いている。年齢設定はアラサー、女性。身の回りの話も披露して、茗と仲良くなってる」

「……アラサーの女性？」

希子は、茗がブログの画面を見せながら、自分をじっと眺めていたことを思いだした。

——はじめて？

——あなたって、ネット、本当にやってないんだね。

——あ、ううん、ううんそういうことじゃないの。確認、ただの。

あれは、メッセージを送ってきた人かもしれないと探っていたのか。茗は、その誘導者を怪しんでもいた。

「そうやって煽られて、茗も改めて調べる気になったようで、年明け、国見万季に近づいたようだ。オレ、あれから万季のFacebookをさらに遡ってみた。万季と大毅の関係は二年前からだったけど、何度も女性トラブルがあった。大毅はおじさんの割にモテてたみたいだ。万季も別の女から大毅を奪ったんだ」

「七年半前は？」

「昔すぎてわからなかった。だからって、関係した女性がいない保証はない。茗も同じことを思ったのかもな。万季から自宅の情報を得たあとに、大毅に突撃。そのときの大毅の返事に、なにか思うところがあったんだろう。宝幢さくらプロジェクトのことを知って、応募した」

「プロジェクトのことも、その誘導者から知らされたの？」

「いや、茗のほうから、宝幢村で検索したらこんなプロジェクトが出てきたんだけど、って誘導者に向けてメールが送られている。茗も、どこまで本当か探ってたんだろう。ださあ」

耀が、別の記事のコメント欄を表示させる。

「ほらこれ見て。ほかの人からも村に来ることを誘導された感じがある。旅ブログで食べていけるんじゃないですか、とか、環境を変えて新しいことに挑戦してみては、とか。それぞれ別の人のコメントだけど、そうやって外堀を埋めていった感じがする。こいつらもしかしたら、誘導者と同一人物かもしれない」

耀も複数の名前を使って、宙の家族の被害者の動向を探り、操っていると言っていた。同じようなことをやったのだろう。

「その誘導者が誰かは、わからないんだよね？」

「今のところはね」

と、そこで耀は早口になる。そっけなく続けた。

「ついでだけど、このあいだ言ってたパソコンとスマホの連携の話な。連携されてたから調べたら、茗の車が落ちたあたりを最後にスマホの電源も切れてるんだ。あのあたりは、スマホのすり替えの話が出る以前に、警察も最低限の確認をしているはずだ。でも見つかっていないってことは、壊されたか、電源が切れたあとで移動したか、どちらかだろう。スマホは捜せないかもな。で、その連携をするとパソコンにもスマホの中身が同期されるんだけど、なにを同期するかは保存容量に応じて持ち主が選択していて、茗は写真や動画が中心だった。写真と動画は宝幢村に来る以前のものが多くて、あらかたブログで使われていた」

「つまり、スマホについては、あまり収穫がなさそうってこと？」

「……だからついでって言ったんだ。ついでのついでに、2、残念ながら突破できていないファイル。これは言葉どおりで、フォルダにＰＩＮコードとは別のパスワードロックがかかっている。こんなふうに」

耀がパソコンを操作し、画面にフォルダを出した。開けようとクリックすると、パスワードを入力してくださいというメッセージが出た。

「突破するべくこれからもトライする。だけどこっち。こっちがなにより重要」

と耀はもったいをつける。

「3、来宝ファームから持ってきたファイルについて」

「耀くんが見つけたのと同じもの?」

「それもあった。希子さんに貸与されてたパソコンは、希子さんの前に茗が持ってたって話だから、オレと同じやり方で見つけたんだろう。八年前と九年前の受注書がまるっと全部、コピーされていた。来宝ファームの別のパソコンからコピーしたらしきファイルもあったよ。作付けのこととか、農業体験者の名簿とか、手あたり次第って感じだ。そこでオレも寿恵の名前を検索してみた。いなかったけど」

「唐聖社との取引額の不自然さには気づいてる?」

「いや。ファイルの並べ方やフォルダからはそのようすはない。父親が失踪した日付の受注書が含まれていれば、気づいたかもしれないな」

あれは七年前のものだから、貸与のパソコンの中にはなかった。希子が書類の束から見つけたのだ。

「そのかわり、茗は別のものを探し当てたらしい。星印をつけて別フォルダにしていた。

つまり特別扱いにしてたってことだよ」

　耀がフォルダのなかのひとつをクリックし、画面に出す。

「地図？」

「桜の森の計画書だ。地震による土砂崩れで地形が変わった山の、どのあたりに盛り土をしてどう整えるかというもの。でさ、電子データにはプロパティってものがあるんだ。ざっくり言うと設定や情報な。そいつを覗いたら作成者の名前が出てきた。raihofarm《ライホウファーム》って。どうしてこれを来宝ファームが作る？　桜の森は、村の計画なんだろ？」

「山には来宝家が所有する土地もあるし、計画が進めば、来宝ファームも無関係じゃないからじゃない？」

　希子は画面を見つめる。耀が、地図を何枚か切り替えていった。そのなかの一枚の地図にいくつもの×の印がある。

　なんだろう、この×は。

「気になるだろ、この×印。オレも気になった。最初の年に桜を植えた区画とばっちり重なってる」

　希子の顔のすぐそばに、耀の顔があった。耀は、自分のノートパソコンを開き、ひとつの表を呼びだす。

「ある仮説が浮かんだんだ。それで、こういうものを作ってみた。唐聖社からの、七年前から九年前の受注書を表にしたものだ。七年前が三件、八、九年前の二年間で合計七件の受注書があっただろ？　それぞれの日や近い日付で、茗の父親の件以外にも行方不明事件が三件あった」

「行方不明？」

「殺人事件の加害者が逃亡したまま消息不明。乗り捨てられた乗用車が見つかったけど運転者がいない。不動産会社の社員が金を持って逃走、の三件だ。……気にならない？」

オレンジの光の下、耀が意味深な笑いを浮かべる。

ぞわっと、背中を百足が這っていくような気持ち悪さを覚えた。

「なら……ならない。だって十件のなかの三件でしょう？　確率が低いよ。偶然じゃない？」

「合計十件のなかの四件だよ、希子さん。茗の父親の件以外にも、って言ったろ」

「そ、それでも」

「オレが挙げた三件は、事件として新聞報道があったものだ。単純な家出など、事件に巻き込まれたようすがないなら警察も積極的に捜さない。そんな案件はいっぱいある。茗の父親がそう。不倫で失踪しただなんて関係者しか知らない。茗自身もそう。死体が見つかるまで誰も騒がなかった。死体さえ見つからなければ人を殺しても殺したことになってない」

ある仮説……とは。

希子は答えに気づく。

「やめてよ。想像力が逞《たくま》しすぎるよ」

「じゃあ、この受注書の二枚の違いはなんだと思う？」

耀が画面に、画像ファイルを二枚並べた。一方が、茗の父親が失踪した日付のものだ。

「取引額が、約二倍。季節によって野菜の種類も量も違うのに、最終的な金額にはそれほど差がなく、どれもだいたい三百万円だ。なのにこれだけ、二倍の六百万。これはなにを意味するのか」

耀が希子の目を覗きこんできた。

「処理した人数がふたり、だ」

希子は首を横に振る。耳に入れたくない。

「茗はこの村に父親を捜しにきた。だけど見つからない。寿恵らしき女性も見つからない。なぜか。その答えがここにある」

「お、落ち着いて、耀くん。これは来宝ファームの受注書だよ？　耀くんの今の話だと、まるで来宝ファームがその怖い話に関わっているみたいじゃない」

「関わってるんだよ。確実に」

「どうしていちいち受注書を作るの？　そのまま金庫に入れればいいじゃない」

「数百万円もの金がいきなり増えたらビックリするだろ。寄付という処理をするとしても、一度や二度が限度だ。だから架空の会社を作って、なにか品物を売ったことにした。そして、この地図の×印」

桜の下に、死体が埋まっている。

想像してはいけないと思いながらも、希子の頭に想像が浮かぶ。若木ながらも満開となった桜。その下に、写真の男性。茗の父親。

「あの山、人魂が出るって噂があったよな」

耀のつぶやきに、希子はぎょっとした。

「山にはあんたらの家族が、思い出が、埋まってるんだろ？　ゲートがあったって、入りたい人はいる。そんな人たちが足を踏み入れないよう、噂を流したんじゃないの？」

人魂の噂は、村の人の足を遠ざける役に立ったのだろうか。それとも、灯りが見えても人魂だと思わせるという、役に立ったのだろうか。

「だ、だけどこの印、十一より多いよ？」

「だよな。十年前より前の税務データ、まだ見られてないし」

「金庫の中で、手が出せないから」

「地震で崩れた山を桜の森にするって計画、誰から出たんだ？」

いつだったか、隣の市のファミレスでそんな話をしていた。桜の森の計画は、自分のアイディアで生まれたと自慢していた。人口が増えた、観光客数も増えた、と。

「竜哉さん。村役場の、山之内……」

突然、電話の音がした。

いつの間にか午後も十一時を回っている。

5

耀がポケットからスマホを出した。そのまま通話をハンズフリーにする。

「ああ、立岡さん、一昨日はお忙しい中ありがとうございました。さっそくパソコンを調べてみたんだけど――」

「耀くん。この先は、下手に関わらないほうがいいと思うよ」

立岡の声が納屋に流れる。

「唐聖社という会社を捜したけれど見つからなかった。だけど教わった住所で、複数の会社が何度も設立と解散を繰り返していた」

「複数の会社？」

「それ自体はよくあることだよ。単なる分社化、経費削減のため、バーチャルオフィスなど、特に問題はない。ただ、そのうちのひとつが、かつてあったボーリョクダンに関係する企業だったんだ。黒牙組《くろがぐみ》というところなんだけど」

希子のなかで、ボーリョクダン、という音が、暴力団、と意味を持った言葉に変わる。

「かつて、ってことはもうないんですか？」

「みたいだ。近くの歓楽街で古くから店をやっている知りあいに話を聞いたんだ。なんていうか、店が暴力団にお金を渡す代わりにトラブルから守ってもらうしきたり、暴力団のお金の儲け方があるんだけど——」

「みかじめ料ですね。知ってます。お金の儲け方をシノギって呼ぶことも知ってますよ」

耀の合いの手に、きみは本当に高校生か、と立岡の苦笑が聞こえた。

「うん、知りあいの店とはそういう関係だったわけだ。ただ、昨今はそういったつながりも廃れて、警察の締めつけもあり、黒牙組は七年ほど前に解散している。きっかけはパスポートの偽造で摘発されたことだそうだ」

「パスポートの偽造？　それ、このあいだお見せした受注書と関係しそうでしょうか」

耀が訊ねる。

「ちゃんと裁かれたのが、つまり立件できる証拠が揃ったのがパスポートの偽造ということで、ほかにもよくないシノギに手を出していた可能性はあるね。パスポートの偽造は公文書偽造の罪というものになり、一年以上十年以下の懲役だそうだよ。裁判の結果は知らないけど、そろそろ刑務所から出てくる人がいてもおかしくないよ。きみたちも危ない目に遭うかもしれない。妹は殺されたのかもしれないと、やっと実感したよ」

立岡が、大きく息を吐く音が聞こえた。

「その黒牙組の人はまだ刑務所かもしれない。だけどつながってた誰かは確実に、きみたちの近くにいるはずだ。……妹が、ああなったんだからね。その人は、怖い人たちとつながれる人だ。高校生や若い女性が、いや誰であっても下手に手を出しちゃいけない。佐竹さんがたしか言ってたよね、目を瞑ったままでは暮らせないと。気持ちはわかる。だけどそれでも私は、目を瞑ったほうがいいと思う。妹の二の舞になる」

でも、と耀は声を大きくする。

「悔しくないですか？　つながっていたその誰かが茗さんを殺したのかもしれないって思いながら、それでも目を瞑るんですか？」

「……冷たいかもしれないが、私には死んだ妹より家族のほうが大切なんだ」

「だけどっ」

希子は、耀の肩に手を置いた。小さく首を横に振る。立岡は悔しくないわけじゃない。彼にとっての優先順位があるのだ。

「わかりました。……進展があったら連絡します」

「ダメだよ。進展させないようにしなさい。わかったね？」

希子と耀は礼を言って、立岡との電話を切った。

ふたりで、顔を見合わせた。先に口を開いたのは耀だ。

「唐聖社との最後の取引は、七年前だ」

「それは、黒牙組が捕まったから取引がなくなったってこと？」

「そして掘り返されることがないよう、山を桜の森にした」

念を押すような言い方だった。

「桜の森の計画は、山之内から出たって言ったたな。山之内は、茗とトラブった。茗の家にも探りにきた」

「うん。……七年前には来宝ファームに勤めていた」

希子は両の手で自らの腕を抱いた。もう七月だというのに、夜だからからうすら寒い。

……いや寒いのは、夜だからでも、気温のせいでもない。

「そのころに計画を作って、そのまま村に持ってったってことだな。実行するために村役場に勤めを変えたのかもしれない。これで疑問点の1から5までの答えがほとんど出たな」

「答え？」

「1、茗はなにかを捜していた。答えは父親。2、茗と山之内竜哉との関係。2の1の、ふたりの関係はわからないままだけど、2の2の、茗を殺したかどうかはイエス。動機は、山に死体を埋め、そこを桜の森にしたことを知られたため。証拠は、このファイル……まあ、直接は結びついてないから、あと一歩足りないかな。アリバイは、公用車に乗りかえれば成立しない。3、茗のスマホとパソコンの行方。3の1のスマホは見つからないけど、3の2のパソコンはここにある。4、山之内以外の容疑者は、未確定。5、受注書の謎。唐聖社との取引は今説明したとおり。さて、新たな疑問だ。山之内と黒牙組はどうやってつながったか。これが、疑問点の6だ」

「……耀くん、あのさ」

「疑問点4と関連して、この件が山之内単独かどうかも問題だな。来宝ファームや村にも影響する。こないだ死んだ前村長も関わってるんじゃないか？　当時の社長はお飾りという噂のある妻で、実権を握っていたのは前村長。これは確実に――」

「耀くん！」

「なんだよ。前村長もヤバくね？」

「ヤバいのはわたしたちだよ。立岡さんも心配してくれてるし、やめたほうがいいんじゃない？」

「はあ？　これだけ情報が出てきたんだ。今やめてどうすんだ。なんなら山から死体を見つけりゃいい。それを示せば、あとは警察やマスコミが調べてくれる。大騒動だ」

耀が、両手を大きく広げる。

「その前にわたしたちが殺されるよ」

「ビビるなよ、これからってときに。これだけわかったのに黙れるわけないじゃん」

「だったらここまでの情報持って、警察に知らせようよ。駐在さんに今わかってることを伝えて、あとを任せよう」

「その警察が、茗が事故死だって判断したんだろ？　しかも、来宝ファームのスマホを茗本人のスマホだと勘違いしてるって指摘しても無視したんだぞ」

う、と希子の声がつまる。

「それは、そのときは怪しくないと思ってたから」

「1、ただの無能で面倒くさがってスマホの違いを再調査しなかった、ってならまだまし。2、再調査すると自分たちの誤りを指摘されるかもしれないと無視を決めこんだ、ってならよっぽどの証拠がないと動かない。3、そいつもなんらかの形で不正や犯罪に加わってる、としたらオレたちも証拠ごと消される。三択で賭けてみるか？　オレは全部やだね。自分の手で、証拠を白日の下にさらす」

「現実を考えて。わたしたちふたりだけでだって無理だよ。山に埋まってるかもしれない死体を、スコップかなにかで掘りおこすの？」

「じゃあ、誰が信用できる？」

耀に問われて、希子は考える。……いない。自分は来宝ファームの人しか知らない。

希子はうつむき、その姿勢のまま首を横に振った。

「わからないなら自分でやるしかない」

「自分で……。でも、なにができるの？」

「オレはまず、この茗のパソコンのいまだに突破できていないファイルに全力で取り組む。見つからないよう隠していたんだ、ほかにも証拠があるかもしれない。それも重要な証拠が」

「茗さんがそのパソコンをコインロッカーに預けたのって、いつ？」

希子の質問に、耀が人差し指と中指の二本を立てる。

「取りに行った立岡に確認してもらった。蛇のじいさんや山之内とのトラブルが起きた二日前」

「調べていることを誰かに気づかれたんじゃないかと察したから、預けたわけだよね」

「だろうな。茗は、真相に近づいていたんだと思うよ」

「わたしもそう思う。茗さんは、鬼蜘蛛と鬼百足の裏伝説をわたしに訊ねたとき、山の伝説って表現をした」

たしか、彼女はこう言った。

——山の伝説の話をしてたじゃない。人を襲うとかいう。

「茗さんは黒牙組にまでは辿りつけなかったかもしれないけど、あの山に、桜の森に秘密があることには気づいたんだよ。わたしにそう訊ねてきた伯父のお葬式の日は、そのトラブルの三日前。近づきすぎたから殺された。本当に虎の尾を踏んじゃったんだよ」

あのときもう少し時間があれば、もっと詳しく話を聞いていれば、茗は殺されなかったのだろうか。

「たしかに危険はゼロじゃないけどさ」

「でしょう？　だから」

「じゃあこうしよう。誰が見てもクロって証拠が出たら、そこからはマスコミとネットを利用する。最近のマスコミは、ネットが騒ぎだすと後追いで興味を持つ。森宮茗の事故死の真相と新たな証拠、そんな煽るシナリオを作って、来宝ファームから出てきた情報もネットに流そう」

「そんなの流していいの？」

「よくないからやるんじゃないか」

耀がにやりと笑う。

「そのためには、あと一歩なんだ。山之内なり来宝ファームなりが黒牙組とつながっていた証拠が欲しい。それは山之内本人か、来宝ファームから見つけるしかない。オレは茗のパソコンを精査するから、希子さんは来宝ファームに現物となるものがないかを探って。だけど安全のために山之内には近づくな。オレがなにか考える」

第八章　自分の罪を自覚したほうがいいだろう

1

現物となるものを探ってなんて言われても、と希子は頭を抱えた。どこを探ればいいかさっぱりわからない。一番可能性が高いのは事務所にある大型の金庫だ。十年前より古い資料もそこにあるだろう。けれどダイヤル錠の番号は、社長と事務長しか知らない。耀に言いくるめられてしまった。今でもじゅうぶん近づきすぎている気がするのに、さらにあと一歩だなんて。ふたりとも、もう虎の目の前にいるんじゃない？

そんなことを考えながら翌朝、来宝ファームに出勤した。茂山が事務所の建屋の前で待っていた。希子を見るや近寄ってきて、腕を両手でがしりとつかんでくる。

「クーデターが起こった」

「え？　クーデター？」

「社長が代わる。あたし見ちゃった。田垣さんが早くから来ていて手続きの書類を作ってた。新社長は、なんと興次郎さん」

クーデターとはオーバーな言い方だが、いきなり社長交代とは。

「どういった経緯でそうなったんですか？」

「わかんない。でも慶太郎さん夫婦でしょ、興次郎さん夫婦でしょ、それから大奥様、その話し合いの結果なんじゃない？　怖いわー。城太郎さんが死んだとたんに一変だよ」

なにかが起こるんじゃないかとわくわくしていた茂山だ。今も言うほど怖がっていないようすだ。

自分はどうなるんだろう。希子のなかで不安が広がる。来宝ファームには正式に雇われていない。宝幢さくらプロジェクトも棚上げのままだ。麗美でも興次郎でもいいから、言質を取っておかないと。

「麗美さんや興次郎さんは、今いらしてるんですか？」

「まだ見てない。今の話、内緒ね。発表前だから。発表されたら驚いてあげて」

そう言いおいて、茂山は希子から離れた。新たに出勤してきた人に近寄っていく。

宝助っ人を含め、全員が発表前に知りそうだった。

午前が終わろうとしているが、麗美も興次郎も現れず、なんの連絡もなく、浮き足立った雰囲気のなかでみなが仕事をしていた。

麗美はだいじょうぶだろうかと、希子は思いをはせる。自分たちスタッフでさえ、これだけ驚いているのだ。突然仕事を取り上げられて、ショックで寝こんでいないだろうか。いや、麗美はそんなに弱くない。きりりと顔を上げて、自分の実績を並べ、興次郎に同じことができるかと論理的に主張したはずだ。

それでも社長の座は、興次郎に移ってしまうのか。竜哉が次期社長という甘い期待を打ち砕かれたように、麗美もまた来宝家の壁を破れない。竜哉は遠縁にすぎないから。麗美は嫁にすぎないから。麗美でさえも……。

希子は頭を振った。今は他人のことを心配している場合じゃない。ちゃんと仕事をこなせる人間だとアピールしなくては。

「……ちゃん、希子ちゃん」

希子の後ろで、小さく呼ぶ声がした。田垣だ。

「ちょっといいかな。こっちに」

田垣に促されて立ちあがる。そのコソコソしたようすから、クビになるのではと、また不安が頭をもたげる。田垣は今日も胃の調子が悪いのか、手で腹部を押さえながら歩く。

希子は逃げだしたい気分になりながらも、出荷作業場の裏へとついていった。

「希子ちゃん、長谷川耀という高校生を知っているかな」

眉を八の字にした情けなさそうな表情で、そう問われた。茗の遺体を発見した高校生だと、来宝ファームで知られている耀はそれだけのはずだ。

「近所の子ですが？」

田垣が小さくうなずく。

「お叱りの電話があったんだよ。そちらの職員が、……具体的には宝幢さくらプロジェクトの取材で動いていた女性が、高校生と不純異性交遊をしていると」

「不純異性交遊？」

「森宮さんかなと思ったけれど、今も働いている人と言われたから、希子ちゃんだよね」

「わたしのことだと思いますが、不純異性交遊って、そんな関係じゃありませんし、いったい誰がそんなことを」

「名前は名乗らなかったんだ」

「どういうことです、それ。男性ですか？　女性ですか？」

希子の勢いに、田垣がたじろぐように身を引く。

「だ、男性だ。……そうだよね、誤解だよね。自分もそう伝えたんだけどね。ただその長谷川くん、高校生だから、その、岐阜県の青少年健全育成条例で、何人《なにびと》も青少年に対してみだらな性行為またはわいせつな行為をしてはならないと――」

「そんなことしてません！」

思わず大声が出てしまい、希子は周囲を見まわした。誰もいない。

「わかってるよ。希子ちゃんに限って。だけどいろんな人の目があるんだよ。さっきの条例では、深夜の外出に誘いだすのもいけないとなっていてね」

深夜の外出、それは引っかかるかもしれない。昨夜も十二時近くまで相談をしていた。

「それを言ってきた人は、ほかにはなにを？」

「ほかは特に。あー、いや風紀が乱れると。上の人間に釘《くぎ》をさしておこうという感じかな。風紀委員のおばさんのような。男性だからおじさんか」

「上の人間ということは、田垣さんをご指名だったんですか？」

「社長じゃないかな。でもいないから、自分が代わりにね。……だから希子ちゃん、誤解されないよう、もう二度とその子とは会わないほうがいい」

「わかりました」

希子は顔色を変えないよう心掛けながらうなずいた。

「本当に？　本当にわかってる？」

不安そうな表情で田垣が見てくる。希子はもう一度うなずいた。

昼休みに耀に電話をかける。

耀は、夜中の外出に気づいた父親が他人のふりをしてチクったのではという。希子は、神社で会っていたところを竜哉に目撃されたのではと思う。だが竜哉なら、声で田垣に気づかれるだろう。

「立岡って可能性もあるかもな。昨夜、オレたちのこと止めてきたし、注意のつもりで」

「もし立岡さんなら、わたしたちが会わなければ調査もこれ以上進まないと考えたのかもね。でも回りくどい方法だね」

「事務長のおっさんからオレたちの噂は立ちそう？」

「田垣さんはそういうのを嬉々として喋る人じゃないよ。かなり迷惑そうだった。今、来宝ファームではいろいろ問題が勃発してるの。田垣さんも精神的に参ってるみたい」

ふーん、と耀の声が返る。

「オレたち、つるんでいるって知られないほうが安全だな。互いが互いの切り札になる」

「切り札？」

「いざというときに、ほかにも秘密を知っている人間はいるぞ、って脅すためのさ」

そのいざとは、身に危険が及ぶということだ。希子は、頬にあてたスマホを強く握る。

「電話も他人に聞かれないようにしないとな。これからはなるべくメッセージで送るよ」

言葉どおり、電話が切られた。すぐに液晶画面にメッセージが流れる。

——午後の授業かったるい

——桜の森行ってくるわ

希子が「スコップじゃ掘れないよ」とようやく一文を返す間に、耀はどんどんメッセージを送ってきた。

——わかってる

——でもアタリをつけておく。地図の×印を見て

——そうだ、希子さんにプレゼントがある。会ったときに渡す。期待してて

耀は昨日から興奮しどおしだ。希子はため息をつく。

午後になっても来宝家からは誰もやってこず、社長交代の発表もなかった。茂山が、ガセじゃないわよと帰り際にささやいてきた。

——桜の森に来て。

——証拠があった。

耀からメッセージが入ったのは、希子の仕事が終わったころだった。折り返しの電話をしてみたけれど、耀は応じない。

希子はそのまま、車で山へと向かった。

桜の森は、東峰と西峰の中腹、自分が生まれ育った宝幢温泉の跡地の幢可にあるが、道ごと一変している。地震のあとから六年前までは山に入るゲートが閉められていたが、その後、桜の森を整えたときに道も整備したのだ。桜もまだまだ若木で、もっと奥まで植えないと桜の森という表現には遠いが、それでも宝幢村の未来を担っている。

それなのに十一体も、いやもしかしたらそれ以上、村とは関係ない遺体が埋まっているだなんて。

若葉の季節が終わり、山の緑は濃くなっていた。桜の木もほかの緑にまぎれている。

桜の森は道路脇に小さな駐車場があり、その先に観光用の遊歩道が作られていた。季節外れとあって、駐車場には車が一台もいない。希子の先を行く車も後に続く車もなく、向かい側からも来なかった。

希子は車を降り、桜の森に入っていった。夕刻の今、空は曇っていて、かげりゆく太陽も見えない。

「耀くん、どこにいるの?」

駐車場の駐輪スペースに、耀のマウンテンバイクはなかった。希子はスマホを片手に歩き回って呼びだしたが、返事はなく着信の音も聞こえない。また、道ともいえない山の中を走っているんだろうか。滑り落ちてなければいいけど、と呆れる。

もしもこの下に死体が埋まっているなら、ショベルカーなどの重機を使わないと掘り返せないだろう。扱うには免許がいるはずだ。宝満建設に勤めていた人なら持っているだろうか。でも宝満建設は……

「……あ」

希子はあることに気がついた。もしかしてと思いながら遊歩道を戻る。考えるにつれ足が急《せ》いた。走りだす。

すでに薄暗くなっている森の中、目の前に立ちふさがる男とぶつかりかけて希子は転んだ。肩から掛けていた鞄が横倒しになり、中身がこぼれる。

「どうなさったんですか。こんなところで」

訊ねようとした言葉を相手が先に言う。沖野だった。

希子はこぼれた荷物をかき集めた。

「わたしは人と会う約束が。沖野さんこそどうしてここに」

普通免許証は宝助っ人の採用の条件にないが、自前の車を村まで持ってきている人は重宝される。沖野は持ってきている人のひとりだ。村内や、隣の市への配達にも行ってもらっている。茗の家の掃除に行くときにも、車を出すよと言われた。けれど彼の車は、桜の森の駐車場になかった。こんな山の中、徒歩では来られないというのに。

――そして今、沖野は手袋をしている。

いけない、と気づいて駆けだす間もなく、首に沖野の腕が巻きついていた。絞めつけられ、声も出ずに意識が消える。灰色の空、緑の木々、すべてが暗闇に溶ける。

2

希子が目を覚ましたのは古ぼけた部屋だった。かつて家族で住んでいた宝幢温泉の自分の部屋にも似て、畳敷きで土壁、一畳サイズの腰高窓にかかる日に焼けたカーテンの色までそっくりだ。勉強机が目に入ったところをみると、子供部屋かなにかだろうか。天井からの暗い蛍光灯が、部屋を灰色に沈めている。

「……わたし、あの」

なにかをせっせと運んでいた沖野がこちらを見た。七輪だ。旅館だった実家でも使っていた。

ぼんやりした意識のまま立ちあがろうとしたが、立ちあがれない。身体をひねってみると腕が止まった。ベッドの足の部分を抱くように、後ろ手にされているようだ。手首はなにかで固定されている。投げだした足も、膝上と足首の上に布テープが巻かれていた。すっと肝が冷え、現実だと感じた。

「は、放して！　誰か！」

足踏みするように両足を動かしたが、テープはびくともしない。膝と尻を揺さぶってみるも、ベッドは持ちあがらない。つながれた腕が引っぱられ、肩に痛みが走った。

「黙れ」

戻ってきたのは低い声だ。短く鋭い言葉が、面倒くさそうに睨むその表情が、今まで接していた宝助っ人の沖野とは別人だと告げていた。

「近くには誰もいない。大声など無駄だ」

「助けて！」

「聞こえなかったのか。無駄だ。村に空き家が多いことは知っているだろう。ここは北之《きたの》畝《うね》だ。もちろん誰にも目撃されていない」

北之畝というのは村の外れの字名で、もう住む人がいない。桜の森にも近い。

「殺す、んですか、わたし、を」

口にしただけで、希子は恐ろしさに震えた。七輪。一酸化炭素中毒を起こさせるつもりだろう。たまに、換気の悪い農業用のハウスで事故が起こる。

沖野は表情ひとつ変えずにうなずく。

「わ……、わたしがどこまで知ってるか、知りたくないですか？　知らずに殺したら、た、たいへんなことになりますよ」

話をしよう、長引かせよう、そのうちになにか逃れる方法を思いつくはずだ。希子は必死に頭を働かせる。

「俺は周囲を観察するのが得意だ。おまえに友人や知人が少ないことはわかってる。誰に相談をする？　来宝ファームでも周囲と年齢差があり、夏目のようになれなれしくもない。婚約者の山之内とも仲違いをしている。葬儀のときにすぐ表情を変えたしな」

ぐ、と声が詰まった。

「た、竜哉……山之内さん。彼があなたの仲間なんですね。あなたっていったい――」

立膝をついてそばに寄った沖野が、手袋のまま不自由そうにシャツのボタンを外した。冷静にと心掛ける希子の喉が悲鳴を上げる。

「勘違いをするな」

襟を肩からずらし、背中を見せてきた。吠《ほ》える虎の入れ墨が、盛り上がる筋肉に映えている。

「……黒牙組の、人？」

うなずきながら沖野がシャツを着直している。

「そういうことだ」

「そ、そういうことじゃわかりません。なぜうちの村にいるんですか。黒牙組は解散したんじゃないですか？　こ、殺すなら納得させてからにしてください。ほ、ほらあの、冥土《めいど》の土産に教えてやろうとかいう」

「陳腐なセリフだな。みながそう言う」

沖野の目は表情を持っていなかった。みなとはどういう意味なんだろう。何人も殺しているんだろうか。

「だ、だって」

「泣く必要はない。おまえらの前村長が取引に乗った。それだけだ」

「前村長……、やっぱり城太郎さんも関わっていたんですか？」

一瞬、沖野が口元だけで笑う。

「世の中には人を消す仕事というのがある。誰かが死ぬと、なぜ死んだかを調べられる。けれど死体がないと調べもはじまらない。だから消す。方法はいろいろ、あの山は捨て場所のひとつだ。対価は払っている。依頼主から我々に。我々からおまえらに」

「農作物の取引に見せかけて、お金を？」

「村の財政は豊かになっただろ？　ならいいじゃないか。桜が植えられてからも、俺はたまに確認していた。墓を暴かれないように。こんなことで足をすくわれるわけにはいかない」

「に、偽パスポートの事件で、警察に捕まったんじゃ」

「詳しいな。だが警察に捕まることと刑務所に入ることは別だ。俺がその件に関わっている証拠は最後まで出なかった。組は一応解散したが、俺が再興を託されてるんだよ。組長ももうすぐ出てくる」

ガラス玉のようだった沖野の瞳が、生き生きと煌《きら》めいた。そんなことができるかどうか希子にはわからないが、沖野自身は本気のようだ。

「……その組長さんが、うちの村に人を埋めようって言ったんですか？」

「提案したのは俺だ。なにしろ山にはすでに死体が埋まっているんだからな。もう十四年になるのか。便利に使わせてもらったよ」

「十四年？　そんなにも以前から？」

地震のあと、温泉を復活させることを諦めてからということになる。いったい何体が埋まっているんだろう、希子は気が遠くなりそうだ。

「ど、どうしてこんな遠くの村まで、わざわざ」

沖野の目が、細くなった。

「知りたいか？　そうだな、おまえも他人を恨んで死んでいくより、自分の罪を自覚したほうがいいだろう」

「罪？」

「おまえら村の連中が、俺の母を殺した。それが理由だ。シンプルだろ」

「殺した？　なにを言ってるんですか？」

「昔、この村に住んでいたと言ってるんだよ。俺が小学校に入学して間もなくだから、三十七、八年は前だ。父が死に、母方の身内を頼ってやってきた。親切心に溢れた純真な子供だった俺は、翌年の春、一級下に入学した子が通学路でふざけて用水路に落ちそうになったところを、とっさに手をつかんで止めた。だが、とろいそいつははずみで肩を脱臼、俺も一緒に用水路にドボンだ。しかしこの用水路が問題だった。来宝家と宝満家の土地の間を流れる面倒な場所にあって、なにかあると一方が堰を止め、また一方が止め、たびたび諍いが起こっていた。さあ、この先の展開に想像はつくか？」

「……展開？」

「肩を脱臼したのは、今の村長の慶太郎だよ。当時は、城太郎が若き村長だ」

あ、と希子は思いだす。古くから、水に関する諍いがたびたび起こっている。四十年近く前にもたしか……

「村長が、慶太郎さんが、用水路に突き落とされて怪我をしたって」

沖野がバカにしたように笑う。

「突き落とされた。そうだな、その認識のままだろうよ。慶太郎が用水路に落ちたせいで堰が壊れた、また来宝家と宝満家の争いの火種になる、わざと壊したと思われる。それを避けようとした連中が、俺が慶太郎を突いた、悪いのは俺、ということにしたんだ」

怪我をさせたものが村八分にされて、いなくなったと。その話も聞いていた。

「避けようとした人たちって、誰ですか」

「慶太郎にケチをつけたくない取り巻き、無益なトラブルを防ぎたかった村人、つまりおまえら全員だ。よそから来た俺をスケープゴートにした。俺と母は、累が及ぶことを懸念した身内に追いだされた。母は俺が二十歳になる前に死んだ。その後、俺は転落の人生を歩んだ——と、俺の話を聞いた城太郎は言ったな。どこが転落だ。面白い人生だよ。組ではずいぶん活躍した。組長に目をかけられて娘をもらった。つまり俺は次期組長ってわけだ。最高だろう？」

そういえば沖野は、夏目たちに漏らしたことがあった。

——父親が早くに死んで、母方の親戚を頼って引っ越したことがあったんですよ。周囲になじめなくて、辛い思いをしました。なんというか、のけものにされまして。

あれはうちの村でのことだったんだ。城太郎の葬儀で笑ったのも、天気が理由じゃない。満足の笑いだ。あのとき顔役も言っていたじゃないか、にやにやした笑いだったと。

この村を、汚してやったという笑いだ。

「復讐がしたかったんですか。お、お気持ちはわかりますが——」

「そんなたいそうなものじゃない。ただのきっかけ、タイミングに恵まれたおかげで埋める場所ができたってだけの話だ」

「……く、組長の娘さんって、もらったって、つまり結婚したってことですよね。沖野さん、奥さん、いたんですね」

「それがどうした？　いないなんて言った覚えはない」

「このこと、今までのこと、奥さんが知ったら、きっと悲しむし――」

「おまえはバカなのか？　俺たちの世界で嫁に口を出させると思うのか。……ああ、時間稼ぎか。無駄だ。そろそろ観念しろ」

沖野がじっと見てきた。また感情のない目に戻っている。

「ま、まだです。そ、そう。わたしのこと、事故に見せかけるの？　それとも自殺？　縛られてる痕が残ります」

「すぐわかる」

沖野が立ちあがった。

「わたしの車だって桜の森に残ってるし」

「放置するわけがないだろ。牽引《けんいん》してそこにある。窓のすぐ向こう」

カーテンに向けて、沖野が顎をしゃくった。そのまま沖野は背後へと歩いていき、希子の視界から消えた。扉のきしむ音がする。

希子は声を高めた。

「こ、このこと、桜の森に死体が埋まっていること、ほかにも知ってる人がいる！　わたしを殺しても、その人が全部知ってるから、すぐばれる！」

「よくわかってる」

沖野の声が少し遠いところから聞こえ、ほどなくまた姿を見せた。力なく四肢をだらけさせた耀を肩にかかえて。

「耀くん！」

「おまえを呼びだしたのはこいつじゃない。俺だ。言っただろう、観察が得意だと。実のところ、おまえよりこいつのほうが目立っていた。森宮茗の遺体を見つけたあと、興味深そうにあちこち首を突っこんでいたな。そして今日だ。桜の森を探っていた」

「い、生きてるの？」

「眠っている。睡眠薬を飲んで。この先の筋書きを教えてほしいか？　交際を反対されたこいつが抵抗するおまえを縛り、無理心中に至った。同じ薬、あとでおまえにもやるよ」

「交際なんてしてない。怪しまれるに決まってる！」

「男と女が死んでいればそう思われる」

「茗さんの父親と、不倫相手にされた女性と同じように？　交際していたように工作したんですね。田垣さんに変な電話を入れたのはあなた？」

「……田垣に変な電話？」

沖野が首をひねる。

「わたしと耀くんの仲を中傷するような。あなたじゃないの？」

「知らないな。だが噂はもう立ってるのか。いいことだ」

沖野が布テープを手にして背後に立った。テープを伸ばして破る音、貼りつける音がしている。扉を目張りしているのだろう。

「もう言い残すことはないな」

七輪に入れた練炭に火がつく。

どうしよう。あとはなにを訊ねればいい？　もっと話をして、ここから逃げる方法を見つけなくては。

「ま、まだだから！　茗さんは私物のパソコンを残してた。そこに、調べたことが全部書かれてます。そこから全部ばれます」

沖野がからかうような笑顔になった。

「もういただいたよ。そいつが背負っていたバックパックからな。ノートパソコンが二台。そいつのと、あの女のだな」

希子はうなる。ほかに、耀はパソコンやスマホでなにをしていたっけ。なにを説明されたっけ。なにか、外とつながる方法はないだろうか。誰かに気づいてもらえないだろうか。

誰かに——

「…………あ、スマホ……」

「ここにある」

沖野がそう言って、片隅に置かれたバックパックと、希子の鞄に目をやる。

「今は、持たずに死んでいくのは不自然だ。余計なものは消した。遺書も書いた」

「同じように、現場に一台が残されていればいいと、茗さんのスマホをすり替えたんですね？　中のデータをチェックするより、来宝ファームから貸与されたものを茗さんの私物に見せかけるほうが早いから。社名のシールをはがして、茗さんのスマホケースに入れて」

ほほう、と沖野が目を細めた。

「正解だ。本人のものはもう壊した」

「わたしも茗さんと同じように、スマホを二台、持っています。自分のものと来宝ファームからの貸与物。さっき、桜の森で転んで鞄の中身を撒き散らして、慌てて集めたときに一台しか入れなかった気がする。その鞄に、もう一台ありましたか？」

沖野がじっと目を見てくる。

希子はその目を見つめ返す。空洞のような暗い目を。

黙ったまま、沖野は希子の鞄をひっくり返した。ビーズの花模様がカバーに施されたスマホが転がり落ちる。沖野がスマホを持って、希子につきだした。

時刻が見えた。19：44だ。

「それはわたし自身のものです。来宝ファームのシールが貼られたスマホがもう一台ある。カバーなしの。そこに安全確認の連絡が入るの。一日二回」

「誰からだ？」

「……立岡さん。茗さんのお兄さん」

沖野が、ふいを突かれたような表情をした。彼ならばありえると納得したのだ。

巻きこんでごめんなさい、立岡さん。もし自分たちがこのまま死んだら、沖野はあなたを殺しに行くかもしれない。だけどこのまま殺されたくない。

「おまえが転んだ場所はわかっている。回収すればいいだけだ」

「連絡が入る時間は午後八時。二十時です。もう時間がありませんよ。捜しに行ったらどうです？」

「その手に乗ると思うのか。こっちからメッセージをすればいい」

沖野が希子のスマホを手にして、後ろ手にされた指に、スマホを押しあててくる。

「できません。立岡さんの名前はそのスマホのアドレス帳には入ってないんです。茗さんのことでお会いしたので、来宝ファームのほうの番号を教えました。そのスマホに電話がかかったこともないから、折り返しもできません」

目の前にあるスマホに入っていないのは本当だ。立岡との連絡は、すべて耀が担っていた。沖野もビーズの花模様のスマホの画面をスクロールしてアドレス帳の名前を確認していたが、残念そうに舌打ちをした。

沖野がバックパックから、耀のスマホを取りだそうとする。

「耀くんのスマホからでも無理ですよ。耀くん、わたしのことを名前で登録してなかったでしょう？　内緒にしておきたい相手はあだなにするんだそうです。わたしの名前はボロ車でした。あなたはわたしのアドレスを、やり取りの内容から推測したんでしょ？」

「立岡はなんて登録されている？」

「知りません」

「嘘だ」

さあ、ここからだ。希子は覚悟を決める。

「嘘じゃ……あっ……」

さりげなさを装って、希子は窓のほう、カーテンを見た。声も沈ませる。

「なんでも、ありません」

沖野が、笑いながら希子の頬を平手打ちにした。

「なんでもなくないだろ。乱暴をしないとでも思ったか。おまえはそいつの無理心中に巻きこまれた、そういう設定だ。今すぐ殺してもいいんだ。……さあ、話せ！」

凄味《すごみ》のある声でどやされた。希子は弱々しく答える。

「車を、……見ただけです」

「車？　そうか、スマホは山の中じゃない。車か」

「いいえ！　山です」

「今、鳴らせばわかる。持たされたスマホの電話番号は？」

アドレス帳を表示させた希子のスマホを、顔に押しつけられる。

「入れてません」

スマホで殴られる。

「何番だ？　おまえ、数字に強かったたな。出荷作業場で、夏目とそんな話をしていただろ。このスマホのアドレス帳にはほとんど名前がない。履歴も番号のまま。来宝ファームのスマホも、番号で記憶してるんだろう」

「……いいえ」

希子はぎこちなく目を伏せる。

「嘘をつくなって言ってるだろ！」

スマホを手の中に握りこんで、さらに殴られた。

「…………電話番号は、090‐11××‐××23」

沖野が液晶のキーパッドをタップする。呼びだしの音がしばらくしていた。外からはなにも聞こえない。沖野が窓のほうに近寄ろうとしたとき、ぷつっと電話がつながった。

「助けてください！」

希子は叫んだ。

沖野が通話を切り、スマホを投げつけてきた。

「おまえ、わざと別の番号にかけさせたな。ふざけた真似をしやがって」

「最後を間違えただけ！　最後は23じゃなくて、32だった。わたしが来宝ファームから借りてるのは32で、その人が23だっただけ」

折り返しの電話がかかってきた。沖野が拾いあげてつなげる。「もしもし」という相手の声だけ聞いて、電源から切った。沖野が笑いだす。

「バカが。かけさせる相手を間違えたな。こいつは今、おまえにかまっていられるほど暇じゃない。駐在に連絡したところで、ここがわかるはずもない。村中捜して見つけだしたとしても、ふたりとももう、死体だ」

沖野に鼻をつままれた。希子は息苦しさに口を開いた。そこになにか流し込まれる。呑みこんでしまった。睡眠薬なのだろう。

「もう一台スマホがあるってのも、嘘だろ。騙されるか」

「嘘じゃない。本当に立岡さんから連絡が来ます。返事がなければ警察に連絡してもらうことになってます」

「あいつはたしかレストランをやっていた。そんな人間が夜八時に定期連絡をよこすか？　嘘をつくならもう少し頭を使え。やつの始末もつけてやる。面倒は残さないほうがいい」

沖野は部屋の電気を消した。カーテンを開け、窓から出ようとする。

「そこから出るんですか？　鍵がかかってなかったらばれます！　警察はそんなにバカじゃない！」

見苦しいな、と沖野が肩をすくめる。

「ここの窓の鍵はネジ締まり錠だ。古いせいで溝がバカになっている。本来はねじ込むんだが、ただ突っこんでるだけだ。隙間に物を押しこんで何度か叩くと、緩んで棒が外れるんだよ。そうやって、そいつがこの家を密会場所に使うために壊した。ってことになっている。……おまえ、意外といい根性してたよ。地獄で会う日が楽しみだ」

窓の向こう、沖野の車が去る音がした。

暗いなかにオレンジ色の光が浮かんでいる。

七輪に入れられた練炭だ。不完全燃焼が起きるのは、酸素がなくなるせい。だからそれまでは普通に息をしてもいいはずだ。でもその猶予は、どのぐらいの時間なんだろう。部屋も暑くなっていく。

希子は息を吸いこんだ。大声を出す。

「耀くん！　起きて！　耀くんってば！　さんざん偉ぶっておきながら寝てないでよ！　こらっ、起きなさい！」

叫んでも、足でドンドンと畳を打ちつけても、耀は起きない。どれだけの量の睡眠薬を飲まされたのだろう。自分もまた、いつ眠くなるのだろう。ちゃんと起きていなくてはと、希子は歯で内頬を噛む。血の味がした。それでも噛み続ける。

もっと早くに気づくべきだった。

ぎりぎりで、桜の森であることに気づいたのだ。

来宝ファームで、山に死体を隠したり、桜の森にしてごまかそうとする計画に関わっていないといえる人物は、ひとりだけだと。

——だから望みを託した。

3

耀のほうが先に眠らされていたのに、起きたのは遅かった。なかなか目覚めず、希子はやきもきしていた。ベッドのそばで安堵の息をつく。

「げ。ヤブの病院じゃねーか」

そう言って、耀は飛び起きた。ようすを見にきた年配の看護師がムッとしている。

「オ、オレなんで？」

「睡眠薬を多めに飲んだと思われますが、もう問題ないでしょう」

冷たい口調だった。当然だろう、矢部医師の娘だ。耀の腕ですばやく血圧を確認し、病室を出ていった。

「なんで、ってのは症状じゃなくてここにいる理由なんだけど……。あれ、どうして希子さんもいるの？　げ、その顔、だいじょうぶか？」

希子の左の目の上は腫れて切れ、右頬も赤くなっていた。鏡で確かめたときは自分の顔にぞっとした。矢部はこの先さらに腫れるだろうと言っていた。痕は残らないと思うけれど、という言葉を信じるしかない。

「沖野に殴られたの」

「細身のおっさん？　宝助っ人とかいう？」

「そう、その人」

「オレも桜の森にいたときに声かけられた。なにをやってるのかって訊くから適当にごまかしてたら、急に首に腕を伸ばしてきやがった。そのまま意識がなくなって。目が覚めたとたん、水飲まされてまた気が遠くなって。あいつなにもの？　村に火でもつけんの？」

黒牙組の人」

耀らしい派手な反応だ。

「……それって、え、ってことはヤツが犯人？」

「うん。わたしたち、殺されるところだった」

「まじ？」

「警察にも話したけど、沖野はもう、わたしたちを始末したと思ってるはず。立岡さんを殺しに東京に向かった。警察が追ってる」

「はあ？　オレが寝てる間になにが起きたんだよ」

「あとで説明する。立岡さんを保護してもらうようにも頼んだ。結局、迷惑かけちゃった」

「そういえばオレの荷物って」

耀がベッドの脇に置かれたバックパックに手を伸ばす。重みで中身が入っていないとわかったのだろう、表情が曇る。

「ノートパソコンは二台とも、沖野が持ってった。耀くんのと、茗さんのと」

「あの野郎、ぶっ殺す！」

病室の外、廊下で人の声がした。さきほどの看護師の声が、お静かにと言っている。

「耀！　いったいどうなってるの？」

耀の母親の佑美が、扉を勢いよく開けてやってきた。お静かにの声がまた聞こえる。今は夜の十時過ぎ。ほかに患者はいないのだが。

「危ない目に遭わせてすみませんでした」

希子は、深く頭を下げた。

「なにがどうなってるの？　佐竹さん、あなた耀になにをしたの？」

ヒステリックに佑美が叫ぶ。

「興奮するなよ。話が長くなるから」

と耀。

「わけがわからないじゃない。急に警察から連絡が来て、北之畝の空き家で息子さんを保護しました、だなんて。しかも意識がなくて矢部医院にいるって」

「そんなことより、出ていく用意をしたほうがいい。この村は間もなくとんでもない騒ぎに巻きこまれる。全国から警察とマスコミがやってくる。ヘリがばんばん飛ぶ」

「耀？　なにを言っているの？」

混乱している佑美に、すみません、と希子は声をかけた。

「お話を止めて申し訳ないんですが、お父さまにお伺いしてほしいことがあります」

佑美を介してあることを訊ねてもらったところ、答えは「知らない」だった。佑美は不審げだ。

もうひとつお願いしたいと、希子は頭を下げた。

「睡眠薬を飲まされて車の運転ができないんです。送ってもらえませんか」

「かまいませんよ。先生も、もう帰ってもいいと言うし。警察への説明は、あなたが済ませたんでしょう？」

「あとでオレにも問い合わせがあると思うけどな」

耀が余計なことを言ったせいで、希子は佑美にまた睨まれた。

「行先は別のところなんです。家の前に置いていってくれれば、あとはどうにかします」

希子はきっぱりと告げた。

「どこだよ。オレも行くよ」

「耀くんは帰らないと」

「オレ抜きで話を終えようとするなよ。オレの活躍を無にするつもりか」

佑美に頭を小突かれていたが、耀は頑として譲らない。

三人で病院の外に出ると、風が吹いていた。空に、雲が流されていくのが見える。

佑美の車に乗って、耀に問われるままに北之畝の空き家での顚末《てんまつ》を話した。どういうことと？　なんなのそれ？　と怒っていた佑美が、静かになっていく。耀がなにを調べていたかという話をすると、声をなくした。

「その空き家に警察を呼んでくれたのは誰なんだ？」

耀が問う。

「麗美さん。電話をかけたの。電話番号を覚えていたから」

「からくりは？　ひとことつながっただけなんだろ？　縛られたうえに電源まで切られてしまったら、もう電話をかけられないだろうし、どこにいるかなんて」

「耀くんが教えてくれたじゃない。なくしたスマホを捜す方法を。電源が切られても最後にあった場所を示すって。わたしが借りてるスマホは来宝ファームのものじゃなくて麗美さん個人のものだったから、わたしのいる場所がわかるんじゃないかと思った」

「麗美個人の？」

耀が訊ね返してくる。

「綱渡りだったけど、ほかに方法を思いつけなかった。最後の望みだと思って」

「それって、いや、うーん。……けど、よく電話をする気になったな。あの女社長も噛んでるかもしれないじゃないか。来宝ファームの社長なんだから」

「でも、宝満建設の関係者でもある」

宝満隆之介の娘だから。

それに、もっと早く気づくべきだった。

「桜の森の計画に、宝満建設も合併先も加わっていないんだよ。隆之介さんが産廃誘致の計画を立てているという噂があったせいで、村のことに絡ませてもらえなくなってた」

「絡ませてもらえなかったって話は聞いたことあるけど、それとどう関係があるの？」

「もしも麗美さんが噛んでいたなら、どうにかして工事に絡ませる。だって多額のお金が動くんだよ」

「そうか。だから逆に知らないってわけだ。冴えてるじゃん」

耀が前の席から腕を伸ばし、希子の肩を押した。

急に車が停まった。佑美が、耐えきれないように叫んだ。

「耀！　今すぐここを出ましょう。なんて恐ろしいところなのよ」

「さんざん、村から出ない出ないって言ってたくせに」

耀が、してやったりとばかりに笑っていた。

4

雲の間から、星が覗いている。

車のライトが、門構えを闇に浮かびあがらせた。村では中の上くらいの設えだ。庭は広く、土蔵はまだ残っていて、敷地内には親世代が暮らす本屋《ほんおく》と息子世代が暮らす新屋《しんや》のほかに、納屋もあった。

新屋は暗く、静まりかえっている。倫代に聞いたことがある。以前、大きな親子喧嘩をして、村にはいくらでも空き家があるから離れて暮らそうと、息子夫婦は越していったらしい。その後しばらくして、本屋の妻が亡くなった。父親がひとり暮らしになっても戻ってこない息子のことを、倫代はくさしていた。父親に就職の世話を頼んだくせに、と。

ひとり暮らしも気楽で悪くない、その分、自分で健康に気を遣っている。と言っていたその人は、縁側でぼんやりと座っていた。

「どうしたんだい、希子ちゃん。こんな時間に」

「自殺なさるんじゃないかと、心配になりました。前村長が亡くなった今、田垣さんが守りたい人はもういないんでしょう?」

ふふ、と座敷からの灯りを受けながら、田垣が静かに笑う。

「自殺か。そんな勇気があったら、今みたいなことにはなっていないよ」

そう言うが、庭先にはポリタンクが置かれていた。うっすらと灯油のにおいが漂う。耀が「冗談だろ」と言いながら、遠くへ移動させる。

「自分で浴びるわけじゃない。燃やそうと思ったんだ。……だけど燃やしたら、いけないと思った」

一斗缶に、幾枚もの紙が入っている。受注書が希子の目に入った。それとは別に、文章が書き連ねられたものもある。耀が一枚を手に取り、読み上げた。

「二〇〇五年十一月十五日、紺色のベンツ、来訪者は四人。身長一八〇センチほどで痩せ型の男、あいつ。銀縁眼鏡に灰色のジャンパー。三十代ほどでヤスと呼ばれる男。固太りで黒のジャケット……これ、なんすか?」

「……包みの中は女性、一五〇センチほど、長い髪、肩に蝶《ちょう》の入れ墨、下着姿。二〇〇六年三月二日、紺色のベンツ、来訪者は前回と同じ。包みの中は……、最初のほうは覚えてしまった。死体を埋めにやってきた男たちと、埋められた死体の特徴だ。メモをしておいた。なにかあったときのために」

抑揚のない声で田垣が答えた。身長一八〇センチほどで痩せ型の男、あいつ、――とは沖野だろう。

田垣は、そこで改めて希子の顔を見て、眉をひそめた。

「無茶をしたんだね。……無事でよかった。でもどうしてここへ？　なぜ気づいたの？」

「わたしと耀くんが不純異性交遊をしているというお叱りの電話、あれは嘘だと気づいたからです」

「嘘、か」

「はい。あれはわたしたちへの警告だったんですね。けしからんと騒ぐ人がいないとは思いませんが、この村の人なら、むしろ噂の種にして楽しむでしょう。訴えてきたのは、わたしたちふたりを関わらせたくない人です。田垣さんは、電話の相手は男性だと言いました。耀くんにそれを伝えると、最初、父親ではないかと答えました。でもご本人に訊ねたところ、否定されました。そんな電話をかけたら、かえって変な噂が立つと」

「うん」

「竜哉さんが腹いせで、かけたのかもしれないとも思いました。でも田垣さんなら声でわかるはず。さっき、沖野に無理心中を装われて殺されそうになりました。その証拠を作るために電話をしたのでは、そうも思いました。だけど沖野は知らないようすだった。それでわかったんです。わたしたちを関わらせないようにしたいのは田垣さんだと」

「希子ちゃんが探っていると気づいたのは最近だ。どうすればいいのかさんざん悩んで、伸一さんの、いや、希子ちゃんの家にいったのが昨夜だ。そうしたら、その子が納屋に入っていくじゃないか。あとから希子ちゃん自身も。本当に不適切な関係かもしれない。だけどそういうことと希子ちゃんが結びつかない。そして思いだしたんだ。その子は森宮さんの死体を見つけた高校生で、いろいろ興味を持っていたってね。これはまずいと思った。……でも少し遅かったみたいだ」

すみません、と希子は苦笑する。

「地震で崩れた山に死体を埋める。それに関与しているのは竜哉さんだと、最初は思いました。わたしたちが見つけたのは七年前から九年前の受注書で、竜哉さんはそのころ来宝ファームにいて、その後、村役場に移ってあの山を桜の森にする計画を立てたと聞いたから」

田垣はゆっくりと、首を横に振る。

「竜哉くんは関係ない。……利用したんだ。桜の森で蓋をする計画は以前からあった。黒牙組が解散したタイミングこそがチャンスだった。だけど万が一、彼らがやってきたときのことを考えて、なにも知らない人間が立案したことにしておきたかった。案の断片を伝えて、竜哉くんを乗せた」

「沖野から、十四年ほど前から死体を埋めていたと知らされました。当時竜哉さんは大学生で、村にはいなかった。現村長の慶太郎さんや麗美さんもです。沖野は、城太郎さんが、前村長がやったことだと言いました。でもひとりでできるでしょうか。そんなころから行われていたなら、来宝ファームが関わっているのなら、補佐をするのは田垣さんしかいない。地震のあとで村役場から退いた田垣さんしか」

「違う！」

と、田垣が声を大きくした。希子の肩が、びくりと跳ねる。

「ごめん、興奮して。主犯は自分のほうだ。城太郎さんが巻きこまれたんだ。いや、自分が巻きこんでしまったんだ。なのに、責める言葉のひとつもなく呑みこんでくれた」

田垣は、縁側をぽんと叩いた。座れと言っている。

――希子ちゃんは地震の日のことを覚えている？　たしか小学校にいたんだよね。本震があった午後五時半に校庭で遊んでいた子たちは、親御さんが迎えにくるまで学校に残されていたから。

午後の五時半。村役場の仕事は終わっていて、すぐに帰る人は帰る、残ってる人は残っているという状況だ。

そのころ職員のなかに態度のよくない人がいてね。今でいうパワハラ、気の弱い人を怒鳴って萎縮させる人だったんだ。助役から注意してもらってもダメだったから、ここは村長じきじきにガツンと言ってほしいと頼んでいた。彼が帰宅しようとしたのと、村長が外から戻ってきたタイミングが合って、庁舎の裏手のほうでちょっとした言い争いになった。まだ帰るな話がある、いや離してくれ今度にしてくれ、そんなだったと覚えているよ。自分は、長雨の影響を視察していた村長と一緒にいた。公用車を運転していたんだ。

そのとき地震が起きた。はずみで、村長がその職員を押すかたちになってしまい、彼は倒れた。自分は立っていられずにしゃがみこみ、村長も地面に手をついて耐えていた。揺れが収まったとき、その職員が縁石で頭を打っていたことに気づいたんだ。意識がない。救急車を呼ぼうとしたけれど、あれだけの地震だからみなが呼んでいるだろうし台数もない。まず来ないだろうとわかっていた。庁舎の中からも騒ぐ声がしている。そこから見える家が瓦を落としていた。村長のまだ通じていた携帯電話が鳴り、自分の携帯電話も鳴った。

自分が隣の市の病院に連れていくと請け負った。村長は地震への対応が最優先だ。自分と倒れている職員のふたりが足りなくなるけど、災害が起こったら帰宅した職員も役場に戻ってくるきまりだ。なんとかなるだろう。自分は一刻も早く病院に行き、処置の終わった彼と一緒に戻ってこよう、そう思った。

公用車を走らせていると被害の状況が見えてきた。瓦ばかりか、小屋の潰れた家がある。道端で戸惑う人もいる。道路には亀裂が走っていてうまく進めない。思ったよりもひどい状況だ。

峠近くでは、道がごっそりと削り取られていた。この先を車で行くのは無理だ。道の向こう側でもそれ以上進めなくなった車が引き返していくだろうから、おぶって運び、同乗させてもらおうと、怪我をした職員を車の外に出した。

そのとき、彼が意識を取り戻した。言い争いの続きと思ってか、罵り、殴りかかってくる。なにを話しても興奮状態は収まらない。馬乗りになられ、抵抗した。いつの間にか自分が上になっていた。気づけば自分の下で、彼がぐったりとしている。どうしようと怖くなり、身体が震えた。

それは恐怖からの震えじゃなかった。三十分後の余震だったんだ。頭に石が当たった。

見上げると、さらに大きな石が落ちてくる。自分は慌てて車の陰に隠れた。地面の揺れが収まったあと彼のそばまで行ったけれど、もう死んでいた。

道はさらに大きく削れていた。車が谷へと傾いていく。とっさに、車の鍵を彼のポケットに入れた。自分が彼を運んでいたことは、村長と自分しか知らない。彼が職務でここにやってきて地震に巻きこまれた、そう思わせられるのではと思った。また地面が揺れ、道の亀裂はさらに深くなり、車が谷へと落ちた。彼をその亀裂のそばへと置いた。彼もまた、落ちていった。

自分は村への道を歩いた。少し下りていくと立往生している車があった。この先は行き止まりだと話をして、一緒に村へ戻ってきた。相手は東京のほうのナンバープレートをつけていた。

地震の被害は甚大だった。彼は公務中に殉職したことになり、自分も村長も復旧作業に忙殺された。

峠の下で自分を拾ってくれた男性がやってきたのは、温泉跡地のボーリング調査も終わり、宝幢温泉の宝幢村としては復興できないとわかったころだ。

それが沖野だった。乗せてくれたときは観光で来たような口ぶりだったけれど、身内の葬式だったんだ。たしかに地震の前に、高齢の独居老人が亡くなっていた。村にはもう身寄りのない男性だ。孫娘が、子供とともにわずかな期間、住んでいたことがあった。娘も孫娘も嫁いでいたから、誰も彼女らの苗字を知らない。

その孫娘と子供、沖野の過去は、申し訳ないがすっかり忘れていた。村長もそうだった。

「宝幢温泉があった山が放置されたまま、人が入れなくなっているでしょう、そこを整えるために寄付をさせてください。沖野と、彼が連れてきた男たちがそう言ったんだ」

「……寄付？」

希子は田垣に訊ねる。

「見返りに埋めたいものがある、と。村長が男を殺して、部下が地震に乗じて遺体を捨てたのを見た、同じことをさせていただきたいだけです、そう彼らは笑った。全部、見られていたんだ。村長と職員が諍いをしていたところからずっと。……それがはじまりだった。逆らえなかった。逆らったらすべてを明るみに出すと言う。寄付も回数が過ぎると怪しまれるので、架空の取引を行う形にした。それだってよくよく見れば怪しいが、自分が役場を辞めて来宝ファームの事務長になり、ごまかした。最初に彼らに脅されたときに、自分が全部背負って死んでいればよかったと、何度思ったことか」

田垣は力なく、肩を落とす。その肩が震えているので泣いているのかと希子は思ったが、涙も出ないようだ。

「違うね」

そう言った耀の声が冷たかった。

「間違えたのは最初だ。正直に、死なせてしまったと警察に言えばよかっただけ。大人たちはいつもそうだ。最初の選択を間違えて、臭いものに蓋をする」

「耀くん！　今そういうの、言わなくてもいいでしょ」

田垣は、すまない、とつぶやいた。

「もらった金は、来宝ファームから村へと寄付した。自分たちが良心を殺すことで村が潤うならと思った。城太郎さんもそう思っていたはずだ。実際、村の財政は厳しかったんだよ。隣の市との合併案も出てはいたが、村の名前は消したくなかった。黒牙組の連中が埋めた人たちもまた彼らのような人々なのだろうと、それ以上考えないようにしていた。偽造パスポートに関わった罪で彼らが捕まり、肝を冷やしたけれど、黒牙組自体が解散すると聞いてほっとした。やっと解放されると」

そして桜の森で、すべてを塗りつぶすことにした。

「村も来宝ファームもきれいにして、慶太郎さんに譲った。誓って、慶太郎さんには関係ない。慶太郎さんに一片の曇りもない。……なのに」

「沖野が現れたんですね」

希子が口を挟む。

「ああ。沖野はどう逃れたのか、偽造パスポートの件では不起訴処分になったそうだ。以来、半年おきぐらいに呼びだされて東京に行き、ようすを訊かれる。沖野もたまに村へと、チェックをしに来ているようだ。あなたたちとの関係は山を整えるまでの約束だったはずだと訴えたが、弱みを握られているからなにもできない。沖野にしても、今も特殊詐欺だかなんだか怪しげなことをして暮らしていて、出るところに出られるはずなどないのに。そうやって数年過ごしていたところで、森宮さんがやってきた」

「茗さんは、誰かに誘導されて宝幢村に来たようすがあります。田垣さん……は違うみたいですね」

驚いた顔で田垣が見てくる。

「そんなこと、気づきもしなかった。最初はただ、明るくかわいい子だと思ってた。でもなんだかいろいろなところに首を突っこんで、誰かが隠れ住んでいるって噂はないかとか、無人の寺で寝泊まりしている人はいないかとか、妙なことを言いだす。そして……」

田垣が、ぶるっと身を震わせた。

「なにがあったんですか」

「村のことを、桜の森を宣伝する女性がいるが、あれはなにものだと沖野から水を向けられて、うっかり寺を探っているという話をしてしまったんだ。山に死体を埋めていた時分、動物に荒らされないよう深く埋める必要があって、彼らは無人の寺に滞在していた。残したままにしているものがないか、森宮さんがそれを気づかないかが心配でね。どういうことかと質問されてごまかしたものの、沖野の行動は早かった。すぐに村に来て、私の知らない間に森宮さんに接近した」

希子は想像する。茗はなにも気づかず愛嬌を振りまいていたのだろう。

「沖野はほんの数日ほど観察し、森宮さんが竜哉くんとトラブルを起こしたことに乗じて殺した。その後の顛末も確認したいので、長く滞在できるよう手配しろとも言われた」

「沖野を宝助っ人に加えたのは、田垣さんだったんですね」

「……言うことを聞くしかなかった。だってどうすればいい？　私は城太郎さんを、村を守りたかった」

耀が、田垣を睨んでいた。田垣も気づいて耀を見る。

「そうだね。私はまた間違えた。そのせいで希子ちゃんたちを危ない目に遭わせた。正直に警察に話していれば」

あ、と田垣がなにかに気づいたような顔をする。

「そうか。城太郎さんだったのかもしれない」

「なにがですか？」

「森宮さんを村に誘導した人がいる、って希子ちゃん、言ったじゃない。城太郎さんは後悔していた。死を前にして苦しんでいた。すべてを明るみに出したかったのかもしれない」

「最低だな」

耀が吐き捨てる。

「明るみに出したいなら自分の口で言えよ。他人を巻きこむなよ。なにが後悔だ。なにが死を前にして、だ。自分だけ楽になってんじゃねえよ」

希子はたしなめようと思ったが、できなかった。同感だった。これでは茗は捨て駒だ。

すまない、と田垣が自身の膝の間に、頭を埋める。

「それでも、言えないんだよ。私もそうだ。せめて死んで詫びたいと思ったけれど、どうしても死ねなかった」

5

そこから、村は大混乱になった。

田垣が自首し、残していた書類を警察に提出すると、行方不明者に関する情報を求めて全国から捜査員がやってきた。田垣は埋められた人の特徴や場所を記録していたため、それに沿って桜の森が掘りおこされた。結局、十四年前から七年前までの八年で、三十一体もの遺体が埋められていた。と、それは後日の話だ。

茗の件も、再捜査となった。田垣が、茗を殺害する手伝いをさせられたと告白したのだ。

田垣が呼ばれたのは、茗の住む家に侵入した沖野が茗の首を圧迫して意識を失わせたあとだった。柔道の絞め技で落としたところだと言う。沖野は当然のように、田垣に仲間としての行動を要求した。沖野は峠近くの脇道まで茗を連れていき、田垣が乗って運んできた茗の車の運転席に座らせて、谷に落としたという。田垣が茗の車を運転したのは、過去に茗の車に乗ったことがあるため、髪や唾液などがうっかり落ちても疑われないからだ。

沖野は、用意していたジュースやスナック菓子を、車が谷に落ちたはずみでひっかかったかのように、茗の身体に振りかけた。虫や鳥、動物を呼び寄せるためだという。そして木の枝で、開けた運転席の窓から首を目がけて突き刺した。致命傷となったのはそちらのはずで、フロント部分に突き刺さった大枝があったのは偶然だという。車を落とした後は、ふたりで村に戻り、茗が住んでいた部屋を、茗自らが出て行ったように整えた。

沖野は、立岡を襲おうとしたところで警察に捕まった。立岡に被害はない。いきさつを知った久美子から、怒りの電話が希子たちにかかってきたが。

茗の殺害について、田垣と沖野の供述は少し違っている。沖野は、田垣が村を探る人間を消すよう持ちかけてきたと嘯《うそぶ》く。一方の田垣は、茗の存在を口にした失態は認めたものの、殺人など依頼するわけがないという。村を、前村長を守りたいという気持ちだけで、沖野に逆らえなくなってしまったのだと。

人を消す仕事については、沖野は黙秘したままだ。解明はこれからとなる。茗の父親の事件関係者――国見大毅をはじめ、今わかっている依頼者から切り崩していく予定だ。

「茗の父親は巻き添えをくっただけだったんだな。それも、寿恵が殺される現場を見たせいで一緒に殺されて不倫相手に仕立て上げられたっていう。超かわいそうじゃん」

電話の向こうで、耀がおおげさな声を出す。

行方不明になった人物とその状況のリストが、未確認だとしながらも週刊誌に載っていた。殺害を依頼したと目される人物も示されている。もちろんまだイニシャルだ。不倫をしていたのは国見大毅のほうだった。借金もあった。夫婦の財産は妻の寿恵が親から遺されたもので、それを狙っての犯行だった。

「他人事だと思って、ひどい言い方」

「ごめんごめん。でも名誉が回復できてよかったじゃないか。せめてもの救い？」

軽い調子で耀が言う。声が弾んでいた。

耀は今、東京にいる。夏休みを待たずに引っ越したのだ。

近所の動向に目を光らせる田舎より、都会のほうが人に紛れられる。やっと家族がそれに気づいたのだと、耀は嬉しそうだった。

「勉強、ちゃんとやってるの？　学校、何度もサボってたよね」

「全然だいじょうぶだって。ガーディアン活動だって怠らない。いつかオヤジが報いを受けようとも、オレは逃げきってやるさ。希子さんには大、大、大感謝してる。落ち着いたら連絡して」

あ、と思いだしたように言葉を止め、耀は続けた。

「例のプレゼント、うまく使えよ」

それを使う機会は、なかなか訪れなかった。相手がつかまらないのだ。マスコミの対応に追われているから仕方がない。

クビと言われていない以上はと、希子は今日も来宝ファームに出勤した。人手は足りない。宝助っ人の半分は逃げ、半分は野次馬気分で頼りにならないのだ。自然が相手なので、野菜の収穫は毎日必要だ。たとえ売れないとしても、放置はできない。

「夏目さん、またテレビに出てたよ」

作業をしながら、茂山が希子に話しかけてくる。夏目は村から逃げたひとりだが、宝幢村や来宝ファームの話、そして沖野の話を、インタビュアーに問われるまま、山のような誇張を加えて答えている。

「タレント気分っていうか、困ったもんだよね、まったく」

はい、としか希子には答えられない。茂山は話を続けている。

「麗美さん、ついに離婚が成立したって。社長の座を取りあげられてかなり怒ってたみたい。ほらドラマでよくあるじゃない、内ポケットに潜ませた退職届。あれみたいに、離婚届がすでに用意されていて、大見得切って渡したって噂だよ」

「急でしたものね、社長交代の話は」

「やっぱり大奥様が仕切って交代させたみたいだよ。兄弟で力を合わせて宝幢村と来宝ファームを盛り立ててほしい、麗美さんにはストレスのかかる社長業から退いて早く跡継ぎを産んでほしい。大奥様がそう迫って、麗美さんがプツンとキレたって話。そこに今回の事件でしょ。ここぞとばかりに名古屋から宝満家が乗りだしてきた」

「隆之介さんがですか。城太郎さんのお葬式のときは、好々爺って雰囲気でしたけど」

「まさにお祖父ちゃんとして、菜緒ちゃんの将来を危ぶんだんじゃないの？　自分が預るって言って、ふたりとも名古屋に連れてっちゃったんだって。でも興次郎さんも災難だよね。社長の座が転がりこんできたところで、いきなり貧乏クジ。しっちゃかめっちゃかになったところから始めなきゃいけないいんじゃね」

希子はふと思った。二男の興次郎と前村長は仲が悪かったという噂、あれはもしかしたら、興次郎を関わらせないためだったのかもしれない。田垣が息子を遠ざけていたのも、巻きこみたくなかったからだろう。

でもねと、茂山が声をひそめる。

「大奥様も興次郎さんも、さすがは鬼蜘蛛の来宝家。最後に一矢報いたね」

「一矢？」

「離婚したいなら、来宝ファームが借りている宝満家の土地を手放せって迫ったらしいよ」

「それは、麗美さんが来宝家にいるから使えていたものですよね？」

「そう、麗美さん名義の土地。それの代わりに、桜の森のもっと上、山道しかない、ううん、その道さえも崩れた東峰の土地と交換してやるからって。面積はずっと広いけどさ、交換してやるもなにも、どっちの立場が上なんだって気がしない？」

宝幢温泉の跡地にあたる幢可、桜の森までは整備したが、中腹より上は手つかずで、東峰も西峰もそれ以上崩れないようにしてある程度だ。山肌が見えたままのところもある。

「道がなくて、どうやってそこまで行くんですか？」

「さあ？　登山とか？　いつだったか麗美さんが調べてた、あのドローンってのなら行けそうだけど」

「あれは、人は乗れないんですよ。無人航空機のなかのひとつの種類が、ドローンだそうです。カメラがあるから、どんな状況なのかはわかるでしょうけど」

希子の言葉に、なーんだと茂山がつぶやく。

「それで承知したんですか？　麗美さん」

「背に腹は代えられなかったんだろうね。菜緒ちゃんのためにも、山に死体を埋めていた村になんていたくないだろうし。出ていくところがあるだけ、幸せだよね」

茂山がため息をついた。

岩間が茂山を呼んだ。茂山がそちらに向かう。夫が村役場に勤める岩間は、事件の発覚以降、一度も希子に話しかけない。

ずるずると続いていた梅雨が明けると同時に、猛暑が訪れた。

竜哉との連絡もやっとついた。短い時間なら会えるという。マスコミがどこにいるかわからないから目立つ場所では会いたくないという竜哉に、希子が提案したのは家にも近い神社だった。

昼日中の約束だ。木々が地面に濃い影を落とし、蟬《せみ》の声があたりに響いている。

なんの用かと問われて、希子はボイスレコーダーを取りだした。少し距離を開けて立ち、蟬たちに負けないよう、音声を最大にする。

――やめてください。あたし、婚約者の方と、希子さんと友達になったんですよ。山之内課長のこと、言いつけますよ。

――そんな怖い顔しちゃダメだよ。宝幢さくらちゃんはもっとニコニコしてなきゃ。

――無理やりキスなんてしてきて、ニコニコできるわけないでしょ。まじ訴えますよ。

――ちょっとちょっと。移住者の名簿だって見せてあげたじゃない。茗ちゃんだから見せたんだよ？　それをなに？　宝幢さくらの役、ほかの子にチェンジしちゃうよ。

茗が集中的に移住者の取材をしたり、耀の父親、悟の職業を把握していたのは、竜哉が嚙んでいたからだった。竜哉は歓心を買いたかったのだろう。茗もそれを利用した。

ボイスレコーダーは間もなく、ジジジ、と油蟬に似た音を発し、同じセリフを流した。

希子は少し進め、続きを聞かせる。

——今の、なんだよ。まさか録音してたのか？

——これ以上のことをするつもりなら、警察に行きますから。あ、今も録音中です。

——なにが警察だ。盗聴だ。そっちのほうが犯罪だろ。

——身を守る手段ですよ。

「おい、ちょっと待て。なんだそれは」

竜哉が近寄ってくる。希子は「ストップ」と叫んだ。

「茗さんと竜哉さんの声です。取りあげても無駄ですよ。同じものを持っている人がいます。別のファイルにはこんなものもありました。こちらは茗さんがいなくなる三日前のものです」

——あたしの家に入りましたね？

——なに言ってるんだ。被害妄想もいいかげんにしろ。

——嘘つき。

「そ、それは本当に誤解だ。彼女の被害妄想だ」

「それは？　じゃあ、そのまえのは認めますね？」

希子が畳みかける。竜哉が口をわななかせる。

「……どこにあったんだ。くそっ」

「答える義務はありません。竜哉さんはこれを捜すために、わたしと鉢合わせた日に、茗さんの家に侵入したんですね。茗さんの車から見つかったスマホが、本人のものじゃないとわかったのはその前日でした。来宝ファームの誰かから伝わったんでしょう。死んだ人の車にあったスマホを備品に戻すのは嫌だと言っていた岩間さんでしょうか。ご家族が役場にお勤めですし。竜哉さんはそれを聞いて、もしかしたら茗さんの私物のスマホには音声データが入っているんじゃないか、茗さんの家のどこかにあるんじゃないか、そう焦ったんじゃないですか？」

不愉快そうに、竜哉が舌を鳴らした。

「なにが侵入だ。得意げに。もう誰も住んでなかっただろうが。村は、いたずらをされないよう空き家を見回る義務があるんだ」

「合鍵を持ってたんですか？」

「持っていない。……だけど窓の鍵が古かったから、開いたんだ」

茗が住んでいた家の窓の鍵も、ネジ締まり錠だった。北之畝の空き家から出ていくとき、沖野も同じことを言った。希子も茗の家の片づけをしていて、ガタついているところに気づいたことがあったと思いだす。だからあのとき、玄関の扉に鍵が閉まっていたのだ、と納得した。

「それまでも、そうやって茗さんの家に入っていたんですか」

「入ってない！　あのときが初めてだ。誤解するなと言ってるだろう！」

竜哉の必死の表情を見ていると、そうなのだろうと思えた。

家に入ったのは、きっと沖野だ。同じように窓からか、扉の鍵をピッキングしたのか、なんらかの手口で侵入したのだろう。茗はどこかにその痕跡を見つけて怪しみ、家捜しされることを恐れてパソコンをコインロッカーに避難させたのだ。

引き取った茗のパソコンは、沖野によって壊された。けれどそのまえに、耀がファイルにかかっていた鍵を突破して、コピーを取った。

それが、桜の森に行くまえに耀がメッセージに書いた「プレゼント」だ。耀のパソコンも壊されたが、どちらもバックアップを取ってあった。筐体《きょうたい》を壊されたのはむかつくけど、データ保全は当然のリスク管理だよと、耀は自慢げだった。

せっかくだから希子さんでも扱えるようにこれもあげるよと、新品のボイスレコーダーもつけて音声データを渡してくれた。なにかあったら、自分の手元にも残っているデータをネットに流してやるからと。

データの形式から見て、茗はボイスレコーダーを使っていたようだと耀は言う。それは見つからないままなので、沖野が持っていったのか竜哉が持っていったのかはわからない。今の竜哉の反応をみるに沖野のようだ。茗は身につけたままでいて、きっとそれも壊されたのだろう。

「……僕を脅して、どうしたいんだ」

「このくらいの保険をかけないと、婚約破棄はできそうにないから」

希子がそう言うと、竜哉が、ぐあ、といつものように笑った。

「まだ婚約者のつもりだったのか？　思いあがるなよ。誰が裏切者と結婚なんてするか。おまえのせいで村が壊れかけているんだぞ」

――なんてもん、暴いてまったんや。
――黙っていればええのに。迷惑やわ。
――裏切者。
その声は、希子の耳にも入っていた。
蟬の合唱より、大きな声で。

終章

名古屋市千種《ちくさ》区の文教地区として名をはせる街に、輸入雑貨を扱うそのセレクトショップはあった。入居するビルは宝満麗美の兄の会社の持ち物で、経営不振にあえいでいた店に手を差しのべてそのまま乗っ取った。麗美は手慰みにその店を預かっている、と聞いていた。

九月も終盤だというのに、暑い日だった。希子は汗ばみながら地下鉄からの広い歩道を歩いていた。店の前につき、表情を引き締める。

磨かれたガラス壁の向こうに、華奢《きやしゃ》な食器が並ぶ。色とりどりのグラスが、光を乱反射している。希子は気後れしながらも大きく息を吸う。

いざ、と一歩を進めた。

客はちょうど途切れていた。麗美が懐かしそうに目を細める。

「あらお久しぶりね。お元気？」

おかげさまでと反射的に答えようとして、希子は留《とど》まった。儀礼的な挨拶はいらない。

「いえ、実は伯母に腫瘍が見つかりまして」

城太郎の葬儀のころから体調を崩していた。気温の乱高下のせいばかりではなかったのだ。

それは大変ね、と答えた麗美が椅子を勧めてくる。

「よかったらお茶でもいかが？」

「けっこうです。伯母を病院に預けて、急いで来たんです。お話があってまいりました」

「涼んでいらっしゃいな。わざわざいらしたのは、電話では済まないからでしょ。お店は閉めるからだいじょうぶよ」

麗美はにっこりと笑って店の奥に引っこんだ。テレビでしか知らないウォーターサーバーが片隅にある。バケツのように巨大なボトルが頭に載った器械だ。そこから水を汲んだ麗美が、やがて盆を持って現れた。冷房がきいているからか、供されたハーブティーは温かい。

なにから話をはじめるべきか迷っていた希子は、麗美の鮮やかな指先に目を惹かれた。以前も同じようなビーズで彩られていた。

「キラキラしたものがお好きでしたよね。貸していただいたスマホのケースもビーズが貼られていて。あれのおかげでわたしは助かりました。……あの夜、沖野に捕らえられたとき、貸与物のスマホを私物と思わせて、麗美さんに電話をかけました。あなたはわたしの意図にすぐに気づいて、スマホの位置を確認し、警察に連絡をしてくれた」

ほほえみながら、麗美がカップに口をつける。ミントの爽やかな香りが漂っていた。

「わたしは単純に、麗美さんが持っていたスマホだから、麗美さんにはわたしの持っているスマホの位置がわかると思ったんです。耀くんに、スマホとパソコンを連携させる機能があると聞いていたから。でも耀くんはあとで教えてくれました。他人に貸すのなら、その連携は切るはずだと。そうしないと相手のスマホの中身が覗けてしまう。……覗いていたんですね、麗美さんは」

穏やかな笑顔の麗美は、なにも言わない。

「竜哉さんがわたしに乱暴しようとしたとき、すぐにいらしたのも、スマホが連携されていたからですよね」

「病院に行っていたのは本当よ」

「麗美さんはわたしを使って、宝幢村の秘密を、来宝ファームの秘密を暴きたかったんじゃないですか。わたしを駒として扱うために。だからそんなスマホを持たせた」

「駒、ねえ」

「わたしのまえの駒は茗さんだった。彼女を村に誘導したのは麗美さんですね？　田垣さんが、亡くなった城太郎さんが仕組んだんじゃないかと言ったせいで、そちらで決着しているけど、城太郎さんにネットを介して人を動かすなんて、できるでしょうか」

「あらそれは偏見よ。老人だから、病人だからという属性で、人を見てはいけないわよ」

「……そうですね、すみません。でも今回のことで得をしたのは、麗美さんだけです。ご存じかと思いますが、今、村は大変なことになっています。移住者は出ていき、農作物は売れません。慶太郎さんは関係者として責任を取らされ、興次郎さんが継いだ来宝ファームも事業縮小を余儀なくされています。なのに麗美さんだけが、来宝家からも来宝ファームからも手を引けた。本当は、城太郎さんたちが山に死体を埋めていたことを知っていたんじゃないですか？」

　麗美は、ティーポットに指先をそわせている。

「知っていたとして、どうしてわたくし自身が暴かないの？」

「来宝家の一員として告発すると、関係者になってしまうからです。自分が社長の座にあるときに告発するとあとの始末をしなくてはいけない。座を退いてから告発しても興次郎さんに押しつけたと非難される。あなたはなにも知らなかった、結婚相手の家がとんでもないことをしていた、だから娘を連れて逃げる。そんな構図を作りたかったんです」

「五十点……かな」

　ふふ、と麗美は笑う。

「桜の森に死体が埋まっていることを知らされたのは、父からよ。来宝ファームの社長から早く退きなさい、わたくしに継がせた宝満の土地も来宝ファームに売っていいから、菜緒とふたりで名古屋においでと。一年くらい前かしら。父が、よくない噂を耳にしたせいだった」

「噂？」

「ええ。父はあちこちにつながりを持っているの。危ない人も、危ない話をつかまされた人もいて、そんなところから噂を聞いたみたい。もう終わっている話だけど、という注釈つきだった。物証はないけれどじゅうぶんすぎるほど怪しい噂でしょ。わたくしも調べはじめたわ。探偵も雇った」

「探偵？」

突拍子もない単語に、希子はのけぞった。麗美はそれを見てまた楽しそうにほほえむ。

「村にも何度か来てるのよ。不審に思われないよう女性の方にとお願いして。知らない人が来ていても、エステを呼んでると答えられるでしょ。なのに一度だけ男性が来た。とたんに不倫の噂が立って、びっくりしたわ」

「それ、わたしに車のディーラーだと言ってた話ですか？」

「嘘をついたわね、ごめんなさい。でもわかるでしょう？　わたくしのやることなすこと、みんなが見てるの。……ホント、面倒ね」

最後の言葉を、麗美は吐き捨てるように言った。

「茗さんのことも探偵に調べさせたんですね。村に誘導したのも、写真やメッセージなどの工作も、実際にはその人たちがやって」

「ええ。村を引っかき回して暴いてくれることを期待してた。ところが茗さん、急に消えてしまった。もう終わっている話だと聞いていたからショックだったわ。わたくし、お願いした探偵に行方を捜してもらってもいたのよ」

「そのあとは、どうしてわたしに？」

「あなたが山之内さんの婚約者だったから。一時期、彼のことを疑っていたの。そこから揺さぶれるかもしれないと思ってね。わたくし、夫にも疑いをかけていたもの」

「……慶太郎さんにも？　そんな」

麗美が少しうつむき、ほどなく顔をあげて目を合わせてきた。

「ねえあなた、あの村は好き？　わたくしは嫌い。息苦しい村よね。どこに行っても見られている。なにをしても噂が立つ。それでいて、来宝ファームの仕事や村おこしの施策、わたくしがアイディアを出したものも、夫や他人の手柄にされる。お飾りだと言われる」

「でも、麗美さんは慶太郎さんと、その、ロミオとジュリエットみたいに、熱烈に結ばれたんじゃないんですか？」

「ロミオとジュリエットねえ。でも、彼らにはそのあとの人生はなかったのよ。あれはあのときだけの情熱。だから美しく見えるの。生きていたら、いつまでも幸せに暮らしました、と幕が下りるかしら。それはおとぎ話の世界よ」

麗美がティーポットを持ち上げ、希子のカップに継ぎ足した。飲んでみて、と促す。希子は言われるまま従った。

ミントの香りは鈍くなり、渋みが強くなっていた。

「美味しくなくなったでしょ。美味しいものには美味しい時間がある。そういうこと」

「それが慶太郎さんですか？」

麗美がゆったりと笑う。

「最初の子が死産だったあと、妊娠はしてもなかなかお腹の中で育たない状態でね。菜緒はやっと、うまく育ってくれたの。でも女の子だとわかったとき、あの人は残念がった。お義母さんや周りに影響されたのかと思ったけれど、次に男の子が生まれなかったら菜緒に婿を取るなんて言いだして、本質的なものだとわかった。変わってしまったんじゃなく、好きという感情に溺れたわたくしが、見えてなかったのね」

「だから宝幢村から逃げたんですか？　麗美さんには、村に残って立て直すという道もあったはずです」

　麗美が肩をすくめる。

「立て直す、か。逃げるのはいけないこと？　村を出てはいけない？」

　麗美が嬉しそうに、希子を見つめる。

　希子は見つめかえした。

「いいえ。わたしも出たいと思っています。……わたし、来宝ファームの仕事をクビになりました」

「あらやだ。あなたのことは興次郎さんに頼んでおいたのに」

「埋められていたのは村とは関係のない人で、少なくとも村は潤った。村に傷をつけずに言い抜ける方法はあったのではないか。わたしは村の秘密を暴いた裏切り者だ。周囲からそう言われています。村八分にされようとしています。だから、わたしは麗美さんを脅迫しにきました」

「脅迫？」

「わたしも村から出してください。伯母の入院費と、わたしの進学費用を出してください」

「進学ってどこに」

「十年前、美容専門学校への進学を控えていました。一度、お話ししたことがあるように記憶しています。伯父が倒れて叶わなくなったんです」

麗美が希子の顔をじっと眺め、うなずいた。

「美容専門学校か。それも悪くないけど、ふふ、脅迫ねえ、脅迫。いいわ」

ふふふふ、と麗美が満足そうに笑う。しばらく止まらない。

「あなた、気に入ったわ。そういうの、好きよ。ねえ、わたくしの仕事を手伝わない？経営の勉強もさせてあげる」

「なんの話ですか」

「これよ」

麗美が、ウォーターサーバーを指さす。

「宝幢温泉は山の中腹にあった。その意味がわかる？」

わからない。希子は首を横に振る。

「水が湧くのは、地下に水脈があるからよ。鬼蜘蛛と鬼百足を戦わせた白蛇が斃《たお》れ、温泉が湧いた。そんなのただの伝説。それだけの水が地下に眠っていただけのこと。宝満の家ではね、地震が起きるずっとまえから、宝幢温泉につながっていく水脈を探してた。もちろん地震のあともね。産廃を誘致しようとしているって噂が立ったこと、覚えているでしょう？　あれは水源を探していたの。桜の森ができたおかげで山に登れるようになって、ドローンも使って、また密かに調査を再開したの。そしてついに見つけた。ただ、東側の山、来宝家が持つ東峰だった」

「……本当ですか？　地震のあと、温泉を復活させようと村でもボーリングをしたはずです。でも、なにも出なかったって」

「温泉があったところでは、そうだったわね。でも目的は温泉より上流よ。人の手の入っていない山の中だから、とてもきれいよ。当然、死体を埋めた場所よりも上。村の人たちみんな、用水路だの堰だの、どうしてそんな下のほうの話にかまけるのかしらね。もっと上を見なさいよ」

含み笑いをしている麗美を、希子は唖然《あぜん》として眺める。

「そちらのウォーターサーバーの水は、富士山麓のものよ。ビジネス展開の参考にさせてもらうつもり。やっぱり山梨と静岡の生産量が多いの。二〇一八年の統計では全国のうち、合わせて五七パーセント近くね。でも岐阜だって、五パーセントぐらいはあるのよ」

希子はやっと、だけど、と声が出た。

「死体が埋まっていた山、ですよね。上流だったとしても、なんていうか、印象が」

「なにをやわなことを。戦国の昔からどこかで人は死んでいるものよ。とはいえあなたが言うとおり、ブランドとして打ちだせなくて大迷惑だわ。本当だったら、宝幢温泉の湧き水とかなんとか、天然水的な売り方ができたのに」

「……えっと、それは、どう違うんですか」

「ミネラルウォーター類には品質表示のガイドラインがあるのよ。農水省のほうからの通達で、表示事項に、品名とか量とか賞味期限とかを表示しなさいっていうのがね。来宝ファームの工場出荷物にもあるからわかるでしょ？　それでね、その表示事項のなかには採水地の項目もあって、ナチュラルウォーターやミネラルウォーターという品名なら記載が必要なんだけど、飲料水、ボトルドウォーターと表記して売る分には、採水地の記載がいらないの。まずはそうやって売る」

「まずは？」

「村があのまま生き残れると思う？　以前から、隣の市との合併話が出ていたでしょ。もうそれに乗るしかないでしょうね。そのタイミングで、イメージが悪いから村の名前を消すんじゃないかしら。あの水源地の地名は、宝幢村字東峰。村の名前がなくなったら上につくのは市の名前でしょ。採水地として記載しても、もうわからない。新たにミネラルウォーターとしても売れる」

希子は小首をかしげた。

「村の名前、なくすでしょうか」

「この水源の話を持って、わたくしが迫るつもりよ。宝幢の名前を残して滅びたいのか、捨てて新たな産業を立ちあげたいのか、ってね。見ものだと思わない？」

くくく、と麗美は声を出して笑った。

「知ってる？　人間が利用できる淡水って、地球の水のうち〇・〇一パーセントなんですって。海水を淡水に変えようとか、上下水の処理をどうとか、水ビジネス産業の市場は拡大してるのよ。そんななか、わたくしは水源を押さえたというわけ」

「それが、麗美さんの狙いだったんですね」

「ばかりでもないわ。けれど、転んでもただで起きる気なんてない。村から逃げだすだけなんて、つまらないじゃない」

麗美が軽く片目を瞑った。もう一方の瞳が輝いている。

宝満家は、鬼百足にたとえられていた。鬼蜘蛛を食い、白蛇に呑まれた鬼百足が、今まさに内側から食い破ろうとしている。

どう？　と麗美がまた訊ねてくる。

「面白そうです。わたしも、転ばされるのは嫌です。ただ起きるだけというのも、嫌です。嫌だと、やっと、わかってきました」

「でしょう?」

「だからわたしも両方やってみます」

「両方?」

「麗美さんに協力します。けれど、わたし自身も、自分の力で稼げるようになりたい。……なります。麗美さんを信じていないわけじゃありませんが」

「最高の答えだわ。そうでなくっちゃ」

麗美が大きくうなずいた。希子の飲みかけのカップを取りあげる。

「淹れ直してくるから、飲んでいって。もっと美味しく淹れてあげる」


希子が外に出ると、また熱い風が吹いた。

迷いながらやってきた。だけど麗美と対峙《たいじ》して心が決まった。

麗美はわたしを利用した。だったらわたしも利用する。わたしはわたしの道を、わたし自身で探していく。

希子は足を速めた。来年、どこで桜を見ているだろう。

〈参考文献〉
『図解 よくわかる地方自治のしくみ〈第5次改訂版〉』 今井照・著 学陽書房
『図解入門ビジネス 最新農業ビジネスがよ〜くわかる本』 橋本哲弥・著 秀和システム
『集落営農／農山村の未来を拓く』 関満博 松永桂子・編 新評論
『山村再生ビジネスとマーケティング』 山村再生研究会・編 日本林業調査会
このほかにもさまざまな本や新聞記事、ウェブサイトを参考にさせていただきました。

二〇二〇年二月 光文社刊

解説

東《あづま》えりか
（書評家）

二〇二三年八月、映画「Barbie バービー」が日本公開された。女の子ならだれでも知っているあの人形を実写化した作品だ。「バービー人形を生の人間が演ずるコメディ」と捉《とら》えられていたこの作品は、封切り直後から全く違う感想で埋め尽くされた。主演のマーゴット・ロビーが製作にも携《たずさ》わり、現代のジェンダー問題や思い込みによる価値観の偏《へん》重《ちょう》など重厚なテーマをピンクに染め上げた作品であることが明らかになったのだ。

人形である以上、人々の思いを体現しなければならない世界にいるバービーやケンは、自分の存在価値を疑うことなく生きている。だが、一度外の世界の経験したことのない考え方が入ったら、社会にどんな変化が起きるのか。バービーというわかりやすい女の子アイコンを使った演出の見事さに驚かされた。

「ジェンダー問題（男女格差、あるいは男女不平等）」に関して問題提起をする小説は、ここ二十年あまりで非常に増えていると思う。いまやどんな小説でも、ステレオタイプの男女の役割を使うことはナンセンスになった。

だがそれも一部のことでしょ、と諦めてしまっている女性層がいることも否定できない。ジェンダー問題が奥深いのは、女性の敵が女性であることが少なくないからだ。

さて本書『宝の山』を解説することから遠く離れてしまったように感じるかもしれない。だが本書は見ようによっては「バービー」と鏡映しの世界の話だと思うのだ（いや「バービー」が『宝の山』のようなありふれた世界を皮肉っているのだな、本当は）。

未読の方の興を削《そ》がない程度に『宝の山』のあらすじを冒頭だけ紹介すると、主人公の佐竹希子《さたけきこ》は28歳。木曽山脈の西側、愛知県寄りにある人口千五百人余りの岐阜県宝幢《ほうどう》村に伯父、伯母とともに住んでいる。16年前の地震でこの村の唯一の観光資源であった宝幢温泉が山崩れで土砂に埋まり、旅館を営んでいた希子の両親と兄、伯父たちのひとり娘は土砂に流されて消えた。

その後この伯父伯母のもとで高校まで出た希子は現在、脳溢血《のういっけつ》で倒れた伯父と足と腰の痛みを訴える伯母の介護に明け暮れている。

ただこの春、この村の名門、来宝《らいほう》家の一族で村役場の地域振興課課長である山之内竜哉《やまのうちたつや》と婚約が調い、近所の口さがない女性たちから、少々遠慮のない祝福を受ける毎日だ。

産業がなく人口が減少著しい村では積極的に移住者を受け容れている。佐竹家の三軒隣に越してきた四人家族の長谷川《はせがわ》家もそんな一家だが、光線過敏症で表に出られないという夫の悟《さとる》と奇行が目立つ長男で高校3年生の耀《てる》が町の噂話となっている。

かつては来宝家と交代で村長の座を分け合ったもう一方の名家、宝満《ほうまん》家は、いまは名古屋に居を構え、宝幢村の勢力は唯一の企業ともいえる農業生産法人「来宝ファーム」も営む来宝家に一手に握られている状態だ。

竜哉は、この村の観光資源として山崩れのあった宝幢温泉の跡地を桜の名所にしようと女性ブロガーの森宮茗《もりみやめい》をキャラクターの宝幢さくらに仕立て上げ、村のPRプロジェクトを進行していた。だがその茗が、取材先とトラブルを起こし勝手に東京に帰ってしまった。

そこで白羽《しらは》の矢が立ったのは希子だ。茗の代わりとなって「宝幢さくら」として村の取材を始めると、いままで家に縛られて知らずに暮らしていた世間の理不尽さが見えてきた。

そんななか茗が交通事故で死んだという一報が入る。どうやら彼女は何かを探るために、宝幢村に潜入してきたらしい……。希子は耀の力を借りて、この村の謎を探り始める。

さてここで冒頭に紹介した「バービー」に戻る。彼女が住むバービーランドは人種も役割もちがう女性の「バービー」たちが仕切っている。ボーイフレンドのケンたちも人種や体形はさまざまだが、バービーの添え物だ。それが当たり前だと思っている。

だがある日、バービー自身違和感を覚える。どうやら現実社会に何らかの不具合があったようだ。そこで標準タイプのバービーとケンはファンタジーの世界から現実社会にやってきて、自分たちの常識が全く通用しないことを知り、さらにケンに至っては男性優位主義の思想をバービーランドに持ち帰ってしまった。

そう、「バービーランド」は閉じていた。自分たちの生活や考え方が現実とは違うことなど、埒外《らちがい》の思想だ。だが一度、それが崩されると「自分は何者か」を考え始める。

この宝幢村も同じ構造だ。二つの名家が競い合い、ときにロミオとジュリエットのような恋愛事件があっても、家長は男性でそれを支えるのは女性。男に多少の悪癖があっても、それは甲斐性《かいしょう》というもので、女性が平穏で幸せに暮らすためには力のある男と結婚するのが一番だ。外の情報や仕事に携わって余計な知識はない方が便利。

だが希子は知ってしまう。伯父伯母の介護のため、なりたい職業に進めなかったこと、何の疑問も持たず権力の強い男性のもとに嫁ぐことは良いことなのか、隣近所の噂を鵜呑みにする危険性、そして何より村は平和であるという確信がぐらつく。

最初は怪しく思い、遠ざけていた耀はある事情から親を守るためにＩＴに詳しく、希子の疑問を解決するための指南役となった。

知識や好奇心は力だ。ひとつ物事を理解する度に、希子は新たな自分を発見し前に進んでいくが、伯母や婚約者、村の衆にとっては煩《わずら》わしいだけだ。何も知らない純情で従順なお人形が何より女の幸せだと信じて疑わない。

宝幢村そのものについても住民たちの間に思い込みがある。山の中の小さな村で、地震によって多くの人が死んだ。しかし今は観光や農作物、Iターンの人たちを招へいすることによって、打算無しに村を盛り上げようとする善意の人たちばかりが住んでいるにちがいない。むしろ自分が知らない生活をしている人は許せない。噂話は人の口に戸を立てられず、知らないうちに評価されている閉鎖社会なのだ。

その隠れ蓑《みの》を使った犯罪が『宝の山』のミステリーを複雑に面白くしていく。希子が覚《かく》醒《せい》し、過去の自分を引きずりつつ尻込みしながら村の秘密を暴いていく姿はリアリティがある。新しいことを始めたり、知ったりするのは怖いことだからといって後ろ向きになったら終わりだ。

水生大海はデビューから一貫して「閉鎖された社会から外に踏み出す」小説を書き続けていると思っている。何より衝撃的だったのは第1回ばらのまち福山ミステリー文学新人賞優秀作で二〇〇九年のデビュー作『少女たちの羅針盤』(光文社文庫)だ。本書の文庫解説を担当したこの賞の選考委員でもある島田荘司氏によると、高校生の演劇少女たちの相克を描いた本書は、少女漫画を想起させると最終選考作を選ぶ段階の評判は良くなかったそうだが、私は単行本を一読した時にミステリーの枠にはめるべきではない秀作だと感心した。

15年ほど前は、今よりジェンダー問題は喧《やかま》しくなく、もし描いたとしてもそれは女性の権利を取り戻す、といったような定型に近い作品が多かったのだ。だがこの作品の終盤で、ある少女の生き方に驚かされた。こういう選択肢もあるのか、と水生大海という作家の可能性の大きさを感じたのだ。

いまや「社労士のヒナコ」や「ランチ探偵」などのお仕事小説シリーズの高評価で人気作家となったが、こちらを「白水生」とすれば、ひそかに「黒水生」と呼ばれる人の原罪のような欲望を描いた作品を私は好む。

近著でいえば『マザー/コンプレックス』(小学館文庫)のねじくれた性欲と過激な母性や、『女の敵には向かない職業』(光文社)の叶わない才能への嫉妬《しっと》と羨望《せんぼう》と征服《せいふく》欲など、そこらに転がっている小悪党感を感じさせる小説に魅力を感じる。

最後に『宝の山』の単行本発売時に書かれたエッセイを一部紹介しよう。取材のために歩いた高低差の階数が五十三階にもなったというのだ。(小説宝石2020年3月号掲載)

——山がこうあり、隣の自治体とはこのぐらいの距離で、とあれこれ設定しました。小説がある程度の形になってから、情景描写を補おうとさらにイメージハンティングに。

（中略）

城下町、門の跡、櫓《やぐら》の跡。急勾配の山道は、行けども行けども頂上が遠い。それでも山の上から見る景色は最高に美しく、ハイテンションになってさらに別の山城跡に。おかげで一日トータルの上った階数が、五十三階というわけです。

データから確認した最初の山城は、三十五階分に匹敵しました。三十五階でも充分高い。ここに住んでいた人たちは、どれだけ頻繁に麓と行き来していたんでしょう。住んでいるその場所から動けない人もいたのかも。――

生きてきた環境が変化することに対して人は臆病であり、価値観を変えることは難しい。希子はその一歩が踏み出せたのかどうか、ぜひあなたの目で確認してほしい。

光文社文庫

宝《たから》の山《やま》

著者　水《みず》生《き》大《ひろ》海《み》

2023年10月20日　初版1刷発行

発行者　三宅貴久
印刷　新藤慶昌堂
製本　フォーネット社

発行所　株式会社　光文社
〒112-8011　東京都文京区音羽1-16-6
電話（03）5395-8147　編集部
8116　書籍販売部
8125　業務部

ISBN978-4-334-10075-9　Printed in Japan

組版　萩原印刷

光文社文庫　好評既刊

刑事失格　南英男
女殺し屋　南英男
復讐捜査　南英男
毒蜜快楽殺人 決定版　南英男
毒蜜謎の女 決定版　南英男
毒蜜闇死闘 決定版　南英男
毒蜜裏始末 決定版　南英男
毒蜜七人の女 決定版　南英男
毒蜜首都封鎖　南英男
月と太陽の盤　宮内悠介
野良女　宮木あや子
スコーレNo.4　宮下奈都
神さまたちの遊ぶ庭　宮下奈都
つぼみ　宮下奈都
クロスファイア（上・下）　宮部みゆき
スナーク狩り　宮部みゆき
チヨ子　宮部みゆき

長い長い殺人　宮部みゆき
鳩笛草 燔祭／朽ちてゆくまで　宮部みゆき
刑事の子　宮部みゆき
贈る物語Terror　宮部みゆき編
森のなかの海（上・下）　宮本輝
三千枚の金貨（上・下）　宮本輝
ウェンディのあやまち　美輪和音
フェルメールの憂鬱　望月諒子
美女と竹林　森見登美彦
奇想と微笑 太宰治傑作選　森見登美彦編
美女と竹林のアンソロジー　森見登美彦 リクエスト！
棟居刑事の代行人　森村誠一
棟居刑事の砂漠の喫茶店　森村誠一
春や春　森谷明子
南風吹く　森谷明子
遠野物語　森山大道
友が消えた夏　門前典之

光文社文庫最新刊

蘇れ、吉原　吉原裏同心(40)	佐伯泰英
神君狩り　決定版　夏目影二郎始末旅(十五)	佐伯泰英
闇先案内人　上・下	大沢在昌《ありまさ》
ヒカリ	花村萬月
宝の山	水生《みずき》大海《ひろみ》
アンソロジー　嘘と約束	アミの会